Vengeance

John Inman

Vengeance

JOHN INMAN

Publié par
DREAMSPINNER PRESS

5032 Capital Circle SW, Suite 2, PMB# 279, Tallahassee, FL 32305-7886 USA
www.dreamspinnerpress.com

Vengeance
Copyright de l'édition française © 2016 Dreamspinner Press.
Titre original : Payback
© 2015 John Inman.
Première édition : février 2015
Traduit de l'anglais par Anastasiya Reznik.

Illustration de la couverture :
© 2015 Maria Fanning.
Les éléments de la couverture ne sont utilisés qu'à des fins d'illustration et toute personne qui y est représentée est un modèle

Édition e-book en français : 978-1-63477-799-5
Édition imprimée en français : 978-1-63477-798-8
Première édition française : juin 2016
v 1.0

Édité aux Etats-Unis d'Amérique.

Pour John B., qui a toujours cru en moi.

I : ANNIVERSAIRE

LA PEAU dorée de Spencer était comme du satin familier sous mes mains. Ses doigts s'enfouirent dans mes cheveux tandis que je caressais ses jambes sveltes et faisais courir ma bouche le long de sa cuisse, pour le goûter une énième fois. Et même maintenant, après quatre ans passés ensemble, il trembla en dessous de moi, comme je m'y attendais.

Nos ébats avaient beau être chorégraphiés par des années d'expérience, cela signifiait seulement que nous en savions d'autant plus sur les besoins de l'autre, sur ses désirs profonds. Pourtant, ce soir-là, en plein milieu de notre anniversaire et après deux bouteilles d'un excellent champagne, un dîner et quelques heures passées à échanger des mots doux et à se câliner sur le canapé, notre chorégraphie si bien répétée était sur le point de passer par la fenêtre. La spontanéité serait rétablie sans vergogne et je suis certain qu'aucun de nous ne s'attendait à *ça*.

Remontant toujours, je glissai mes lèvres sur la hanche de Spencer. J'embrassai, testai, explorai, évitant soigneusement le membre gonflé qu'il essayait de placer sur mon chemin en arquant le dos.

Obstiné, et infiniment amusé, je poussai son mât dressé de côté avec la joue et à la place, je plongeai ma langue dans son nombril. Il en eut instantanément le souffle coupé et s'accrocha à ma tête telle une araignée en chute libre, éclatant d'un rire convulsif et luttant pour se dégager de mon emprise.

— Non ! Je ne supporte pas ça, lâcha-t-il en gloussant. Arrête, arrête, *arrête* !

Me complaisant dans la sensation de l'organe qui pulsait contre ma joue, je poussai un petit rire malicieux et marmonnai, le visage caché dans des poils pubiens à l'odeur de savon :

— Quoi ? Quel est le problème ? Ne me dis pas que ça chatouille ?

Je luttai pour rester en place, mais il me jeta sur le dos et étendit son délectable corps sur moi afin de m'immobiliser. Se mettant à califourchon sur mon torse pour m'encercler de ses longues jambes, il glissa son dard contre mon visage et laissa des traces de liquide précieux que je léchai sur son passage.

1

— Mmm. Délicieux.

Il cria encore plus fort lorsque j'empoignai ses fesses et l'attirai vers moi, aspirant ses bourses et les faisant rouler sur ma langue jusqu'au fond de ma bouche.

— Oh, putain ! s'exclama-t-il, riant si fort qu'il en était tout haletant à présent. Ne fais pas ça. Je déteste ça !

Difficile de parler la bouche pleine, mais j'y arrivai :

— Non, c'est faux. Tu adores !

— Merde, ça chatouille !

Slurp, slurp, gloup, pff.

— Qu'est-ce que tu cherches à faire, chou ?

Il fit volte-face au-dessus de moi, la tête pointant au sud et non plus au nord, et là, il plongea son visage dans mon entrejambe et souffla sur mes bourses, tel un père espiègle qui soufflerait sur le ventre de bébé pour provoquer des bruits de pets. Spencer eut droit non pas à un bruit de pet, mais à un bon cri de ma part. De toute façon, c'était sûrement ce qu'il attendait.

Je relevai mes hanches du lit et arquai le dos, me poussant contre lui. C'était une bonne décision, puisque je le sentis lâcher mes bourses et remonter jusqu'à mon membre pour en engouffrer le bout dans sa bouche rieuse.

— On a du mal à se retenir, Blanche Neige ? bredouilla-t-il autour de mon sexe.

J'essayai de m'enfoncer dans son entrejambe et penchai la tête de côté afin de l'avaler avec un meilleur angle. N'y arrivant pas, je me contentai simplement de le dégager et de le jeter sur le côté du lit. Réalisant à présent un parfait 69, je pus enfin me mettre à l'ouvrage. Et lui aussi.

Il grognait tandis que je glissais ma langue sur son gland et l'aspirais plus profondément pour en extraire la sève, et me délecter ainsi de mon repas.

— Tu es divinement bon, soupirai-je.

J'attrapai son fessier et passai lentement un doigt sur son entrée, le faisant sursauter de plaisir. Ses jambes tremblèrent contre moi et j'étais pratiquement certain que les miennes tremblaient également.

Lorsqu'il exécuta un mouvement à la Linda Lovelace et happa mon membre tout entier jusqu'à la gorge – une compétence que je ne maîtrisais *toujours pas* – je *sus* que mes jambes remuaient, car il les colla à lui et vint m'empoigner les fesses pour me retenir.

— Oh, chéri, souffla-t-il au-dessus de mon sexe, le lâchant pour revenir sur mes bourses.

Il adorait goûter à elles. Et savait parfaitement que j'aimais ça, moi aussi. Libérant *son* sexe, je m'avançai derrière ses boules, me dégageai la vue en levant sa jambe bien haut et posai mes lèvres sur son ouverture.

— Oh, bon sang, Tyler, haleta-t-il en s'agrippant à nouveau à mes cheveux, sans pour autant chercher à m'éloigner.

Cette fois, il me tira à lui. Je léchai goulument son entrée, tel un garçon affamé dévorant son cornet de glace. Tout haletant, Spencer frissonna et se colla à moi. Lorsque j'essayai de me frayer un chemin à coups de langue, il arqua le dos autant que possible et m'attira encore plus près.

— Tu aimes ça, marmonnai-je. Allez, n'essaie pas de nier. Tu sais que c'est vrai.

Il me tirait à tel point les cheveux que je commençais à me demander s'il en resterait à la fin de cette petite session.

— Oh, pour l'amour de Dieu, Tyler, arrête de jacasser. Je n'ai pas besoin d'un commentaire en direct. Mais, oh, mon Dieu, oui, refais *ça*. Oh, bon sang !

Apparemment, il se dit que nous n'étions pas dans une position optimale pour ce que nous faisions, alors il grima sur moi, posant ses jambes dorées et musclées de chaque côté de mon corps. Il s'abaissa doucement sur mon visage, et s'installa comme une poule qui couve ses œufs.

Et là, aussi heureux que jamais, je m'accrochai à ses cuisses pour le tenir en place et y allai franchement.

Son entrée était succulente, la sensation de ses bourses sur mon menton, divine. Et lorsqu'il se pencha en avant pour non seulement s'exposer davantage à moi, mais également reprendre mon sexe dans sa bouche, je crus mourir et m'envoler au ciel.

Il frottait son membre d'avant en arrière sur ma poitrine, sa respiration se faisant courte et irrégulière à mesure que je m'enfonçais dans son entrée accueillante. J'étais certain qu'il aimait mon œuvre, puisque ses jambes puissantes se mirent à nouveau à trembler, à frissonner et à me resserrer dans leur étreinte, à tel point que j'eus l'impression d'être une aveline emprisonnée entre les dents d'un casse-noix. Ce qui me rappela que j'avais faim.

— J'adore manger chinois, bafouillai-je autour de son endroit intime.

— Moitié chinois, haleta-t-il. Combien de fois va-t-il falloir que je te le répète ? Je suis *à moitié* chinois. Oh, mon Dieu, ne t'arrête pas, Tyler. Pitié, continue.

La chaleur de sa bouche, qui enveloppait si délicieusement mon membre, m'enivrait tant qu'en baissant les yeux, j'étais sûr de ne pas y retrouver mes bourses. Elles seraient profondément aspirées dans mon corps jusqu'à la rate. Mon sexe, lui, s'il avait pu être plus dur, aurait pu briser de la glace. Ou même enfoncer un clou.

J'étais à bout de souffle, le dos si arqué qu'on aurait dit une passerelle. Je le pénétrais aussi loin que possible avec la langue et, dans mon excitation, j'ondulais autant qu'un rideau au vent.

— Je vais… je vais… je vais…

— Hum, murmura Spencer autour de mon membre. Donne-toi à moi, chéri. Laisse-toi aller. Remplis ma bouche. Nourris-moi. Laisse-moi t'engloutir.

Contre toute attente, j'arquai le dos un peu plus. Je fus surpris de n'entendre aucun os craquer ni voir un tendon partir en zigzag à travers la chambre, comme un élastique. Avec le fessier magnifique de Spencer posé sur mon visage tel un masque d'Halloween, je sentis mes bourses se contracter et mon sexe se tendre. Spencer, lui, suçait, caressait, salivait et me prenait tout entier.

Alors que j'allais exploser, il traîna son membre sur ma poitrine, heurtant du même coup mon menton avec ses bourses, et là, il poussa un premier cri. Deux secondes plus tard, après un silence intense pendant lequel la chambre sembla comme vidée de son oxygène l'espace de quelques battements de cœur, et après nous être figés dans un rictus d'extase absolue, il cria telle une banshee, en même temps que moi.

Ma semence gicla au moment où Spencer engouffrait ma hampe dans sa bouche jusqu'à la racine. Précisément à cet instant, ses jambes se resserrèrent en étau autour de moi et sa propre semence se déversa sur mon torse, contre lequel il se masturbait frénétiquement, comme s'il avait perdu tout contrôle. Du moins, c'était ce que je soupçonnais.

Je l'attrapai rapidement par les jambes et le tirai vers le haut afin de recevoir son membre grossi et juteux dans ma bouche, et peut-être venir réclamer quelques derniers jets de sperme. Cependant, c'était trop tard. J'eus une ou deux gouttelettes, mais le reste avait atterri sur mon buste, de la poitrine à l'entrecuisse. N'étant pas du genre à me restreindre ou même à y songer, je recueillis autant de sperme que possible et me léchai les doigts.

Lui s'activait sur moi, gorge déployée, ses mains me malaxant, et extrayait les dernières gouttes de mon sexe.

Toujours tremblants mais enfin repus, nous nous effondrâmes l'un sur l'autre, enfouissant nos visages dans nos toisons souillées. Lentement, le sexe de Spencer s'amollit contre mes lèvres. Là encore, je sentis du jus s'en échapper, que je léchai. Je frissonnai en voyant la réponse tremblante de Spencer devant mon appétit insatiable.

Lorsque nous fûmes enfin capables de parler, c'est Spencer qui s'exprima le premier. Sa voix était rauque et presque aussi faible que la mienne.

— Eh bien, ça change.

Mon cœur battait encore la chamade.

— C'était incroyable.

— Je t'aime, Tyler Benjamin Powell, chantonna Spencer, pressant ses lèvres contre la base de mon sexe et m'attirant une énième fois à lui.

— Je t'aime aussi, Spencer Walter Chang. Plus que jamais.

Nous rigolâmes devant cette utilisation ridicule de nos noms complets, puis nous laissâmes la pénombre grandissante nous envelopper. Je jetai un coup d'œil au terrain ondoyant qu'était le torse de Spencer, puis regardai à travers les portes coulissantes qui menaient à la terrasse du premier étage. Les étoiles se réveillaient dans le ciel de Californie. Au loin, une rangée de palmiers poussant à flanc de coteau se dessinaient sur les dernières lueurs chatoyantes d'un coucher de soleil orangé.

Toujours dans un 69, Spencer caressa l'arrière de mes jambes avec ses mains douces et posa la tête sur mon ventre.

— Tu sens merveilleusement bon, souffla-t-il.

J'approchai ma main de sa joue et il se tourna pour en embrasser la paume.

— Tu ne t'es pas encore lassé de moi ? demandai-je tout sourire, connaissant déjà la réponse à cette question, qu'autrement je me serais abstenu de poser.

— Jamais, Tyler. Chaque jour passé ensemble, je t'aime un peu plus que le précédent. Même si tu fais ton crétin d'ignorant et me qualifies de Chinois pure souche, quand tu sais pertinemment que ma mère est aussi blanche que toi.

— Elle aussi, elle aime les chibres chinois ?

— À ce qui paraît. Si tu veux, je lui demanderai la prochaine fois que je la verrai.

5

Je souris contre son membre ramolli et une nouvelle goutte de son jus atterrit sur ma joue. Je la recueillis avec un doigt que je plaçai dans ma bouche.

— Je crois que tu as forcé sur le joint. Ton robinet fuit encore.

Il se raidit dans mes bras.

— Quoi ? demandai-je. Qu'y a-t-il ?

— Où est Franklin ?

À la seule mention de ce nom, nous nous figeâmes.

— Mince. C'est trop calme. Il est sûrement dans la salle à manger, à dévorer tes roses.

— Sale bête, grognai-je. Si c'est le cas, je le tue ! Les roses que tu m'as achetées ne devaient pas être données.

— Eh bien…

— Eh bien, quoi ?

Spencer pouffait contre mon ventre.

— Pour tout te dire, ces roses étaient un cadeau de ma sœur pour notre anniversaire. J'ai juste changé la carte et t'ai dit qu'elles venaient de moi.

— Radin de Chinois !

— Et c'est reparti ! À *moitié* chinois. À moitié ! Et merci bien, mais je t'ai trouvé autre chose.

— Vraiment ? Qu'est-ce donc ? lançai-je, remotivé.

Spencer s'éloigna de moi assez longtemps pour aller fouiller dans le tiroir de sa table de nuit, dressée près du lit. Il en sortit une boîte de velours de la taille d'un portable et, après avoir allumé la lampe, il me la tendit.

— En fait, c'est pour nous deux.

Je m'assis à ses côtés et il passa un bras autour de ma taille, me scrutant. J'ouvris la boîte de velours et y vis deux bagues plantées parallèlement dans un lit de soie noire. Les bagues étaient en or, l'une sertie d'un cercle d'onyx et l'autre d'un cercle de lapis-lazuli. Toutes les deux étaient serties d'un diamant qui reposait au centre. Et quel diamant !

— Des alliances, me murmura Spencer à l'oreille. La bleue est pour toi. La noire est pour moi. À moins qu'ils se soient trompés de taille. Là, ce serait le contraire.

Je n'en revenais pas.

— Peu importe laquelle revient à qui. J'adore les deux.

Nous nous étions mariés à l'hôtel de ville sur un coup de tête, l'année précédente, et nous nous étions alors dit que nous trouverions un jour

6

les bonnes bagues. Mais c'était sans compter notre travail, et finalement, l'occasion ne s'était pas présentée. Apparemment, Spencer en avait eu assez d'attendre.

Il décrocha l'alliance au lapis-lazuli et m'ordonna :

— Donne-moi ta main.

Je m'exécutai et il me passa la bague au doigt. Elle m'allait comme un gant.

— À mon tour, ajouta-t-il.

Et je m'exécutai encore. Tenant la main chaude de Spencer dans la mienne, je poussai délicatement la bague d'onyx sur son doigt, et en forçant un peu, elle passa la jointure pour trouver sa place.

— Elles sont parfaites, chuchotai-je, admirant l'éclat doré sur nos mains, l'un entrecoupé d'une bande bleue, l'autre d'une bande noire.

Je me tournai et posai mes lèvres sur celle de Spencer. Les mains toujours entrelacées, nos nouvelles alliances tintant l'une contre l'autre, notre baiser pouvait durer l'éternité.

Tout comme nous, j'en étais *persuadé*.

Comment un amour tel que le nôtre ne pourrait-il pas durer ?

LES ROSES étaient sauves, mais Franklin avait réussi à pousser une chaise contre l'évier et à monter discrètement sur le comptoir pendant que nous étions dans la chambre, à faire des choses qu'il n'avait pas besoin de connaître. Une fois sur le comptoir, il avait mangé jusqu'à la dernière miette des restes, dont une miche entière de pain à l'ail que j'avais achetée pour le dîner *suivant*. Spenser enfilait son sous-vêtement pendant que nous nous tenions dans l'embrasure de la porte pour observer les dégâts.

— Où est le chien ?! grondai-je.

Nous entendîmes un gémissement derrière nous et nous tournâmes. Franklin se trouvait devant la porte d'entrée, le ventre bien tendu et un bout de papier d'aluminium lui pendouillant au coin de la bouche. Les yeux gros comme des balles de ping-pong, on aurait dit qu'il allait déféquer, aboyer, ou exploser. Peut-être même les trois. Je jetai un regard sur le pauvre animal et lançai :

— Alerte générale ! On doit le sortir. Vite !

Spencer et moi partîmes au quart de tour, ramassant nos vêtements là où nous les avions jetés plus tôt et nous habillant en quatrième vitesse, si bien que je ne compris qu'une fois entièrement vêtu que je portais la

7

chemise de Spencer, et lui la mienne. Malgré la contrainte de temps (Franklin grognait à présent et semblait tout bonnement désespéré, donc le temps pressait), j'eus un moment pour humer l'odeur de mon mari, dont elle était imprégnée. Étonnamment, moins de cinq minutes après notre feu d'artifesses dans la chambre conjugale, je sentais déjà mon membre tressauter dans l'anticipation d'une nouvelle escapade sexuelle que nous réservait encore cette nuit de célébration extraordinairement romantique.

Après quatre ans de vie commune, même sa chemise sale suffisait à me rendre fou. Malheureusement, si nous ne sortions pas Franklin illico presto, le côté romantique de la soirée toucherait à sa fin, et nous passerions alors le reste de notre nuit d'anniversaire à nettoyer après le chien. Nous le savions aussi bien l'un que l'autre.

J'attrapai la laisse, Spencer les clés de la maison et une bonne poignée de sachets ramasse-crottes, et nous voilà dehors en un clin d'œil, entraînés par Franklin dans sa promenade.

Il fit ses besoins à moins de deux pas du porche, donc le dépôt arriva par chance dans notre jardin, et pas celui du voisin. Une fois qu'il eut fini, et pendant que Spencer ramassait ses excréments, ce qui n'était pas beau à voir, Franklin exécuta sa version canine de *Cats*, le spectacle. Il se dandinait et gambadait sur la pelouse comme s'il visait les Tony Awards pour la meilleure chorégraphie post-déjection. La langue s'agitant derrière son grand sourire denté, il finit par se calmer, et lorsque Spencer eut enfin terminé de nettoyer et de jeter les déchets nucléaires dans la poubelle accotée à la maison, nous nous engageâmes dans la rue pour notre petit tour vespéral, avec Franklin en chef de file. Bras dessus, bras dessous, Spencer et moi le suivions.

Il faisait bon en ces soirs estivaux à San Diego. L'air était parfumé, le ciel infini. Des milliards d'étoiles clignaient à présent, alors que les cieux s'assombrissaient autour d'elles. Seul un léger trait laissé par le soleil rouge marquait encore les limites de l'horizon, traçant grossièrement les contours de la ville qui s'étendait au loin.

Spencer et moi avions acheté cette ancienne maison traditionnelle dans le quartier de South Park, deux ans auparavant. Son voisinage un peu vieux jeu devenait progressivement snobinard, comme le disait si bien Spencer. Cet embourgeoisement transformait le style année cinquante du quartier en une version plus moderne. L'arrivée de jeunes gens fortunés, avec leurs entreprises et leurs restaurants chics, avait également profité au marché de l'immobilier, permettant aux vieilles bicoques d'être rénovées, remodelées et revendues deux fois leur prix d'origine.

J'imagine que Spencer et moi étions nous-même des personnes aisées. Il était ingénieur logiciel, et moi je faisais la comptabilité pour une grande chaîne de restauration rapide. À nous deux, nous amassions près de deux cent cinquante mille dollars à l'année. En couple depuis quatre ans, mariés légalement depuis un an, et fiers parents d'un chien sans scrupule que nous avions trouvé à la SPA, car nous croyions plus judicieux d'avoir un chien de garde (ce que Franklin n'était certainement pas), nous songions à agrandir notre famille de manière plus significative. Et je ne parlais pas d'un nouveau chien.

— Un garçon serait sympa, lâcha Spencer à brûle-pourpoint, en marchant à mes côtés.

J'avais l'impression qu'il se parlait surtout à lui-même, ce qui ne m'empêcha pas de rejoindre la conversation.

— Une fille aussi serait sympa, ajoutai-je. Un de chaque.

Comme Spencer tenait à la fois ma main et la laisse, il nous arrêta brusquement tous les deux et plissa les yeux en me donnant cet air qui, eût-il été nu, m'aurait vraiment enflammé.

— Ne nous emballons pas, dit-il, me regardant de haut – il avait dix bons centimètres de plus que moi – avec ses yeux rieurs délicatement en amande.

— D'accord, conclus-je en levant une main en signe de résignation. L'un ou l'autre. Pas les deux. Mais tu préfèrerais quoi ? Un garçon ou une fille ? C'est sûrement un point sur lequel nous devrions nous mettre d'accord avant de nous lancer dans l'adoption.

Spencer mit exactement deux secondes à répondre, et voilà pourquoi je l'aimais tant. Ma réponse aurait été la même, mais avec beaucoup plus de fioritures et infiniment moins de sincérité. Au clair de lune, son visage paraissait doux et gentil lorsqu'il dit :

— Celui qui aura le plus besoin d'un foyer.

— Évidemment, répondis-je en portant sa main à mes lèvres.

Nous marchions sous les lampadaires, Franklin en tête, remuant gaiement la queue et reniflant tout ce qu'il croisait sur son chemin. Au loin, au bout de la ville en pente, nous apercevions les lumières éclatantes de Tijuana, qui brillait de tous ses feux tel un collier de pierres précieuses étendu sur l'horizon. L'air était chargé d'une odeur de feu de bois provenant d'une quelconque cheminée. Comme c'était l'été et qu'il était loin de faire froid, peut-être qu'un autre couple profitait d'une soirée en tête-à-tête. Sans doute se câlinaient-ils allongés sur le sol de la salle à manger, au coin du feu, leurs corps dénudés entrelacés – leurs verres de vin à l'abandon – à se susurrer des mots doux inoubliables qu'eux seuls pouvaient entendre.

— Bon sang, lançai-je tout haut. J'ai des images érotiques d'autres gens maintenant. Je dois vraiment être d'humeur à ça.

Spencer me donna un coup de coude dans l'épaule.

— Bien. Je te veux en manque.

Et pour la dixième fois depuis que nous avions quitté la maison, nous regardâmes tous les deux la bague à notre doigt. Je me penchai pour lui chatouiller l'oreille avec les lèvres. Puis, je me retirai, puisque nous approchions du quartier d'affaires de notre petit coin de San Diego, aussi connu sous le nom de South Park. Si les homosexuels étaient supposément acceptés, je refusais encore de montrer notre affection en public, même si Spencer, lui, s'en moquait.

Il sourit lorsque je m'éloignai de lui, tout à fait conscient de mon propre geste.

— Le petit Catho a encore peur de se montrer tel qu'il est.

— Et comment, m'exclamai-je. Mais ne t'inquiète pas. Ce petit Catho va te montrer une ou deux choses, quand tu seras à poil dans son lit.

— Mais on a déjà fait ça, lança-t-il, hilare.

Je levai un sourcil bien haut devant sa réplique.

— Oui, et on recommencera.

— Bien, répéta-t-il, avec, cette fois, une sorte de ronronnement sexy.

Nous dépassâmes le café du coin de la rue et comme toujours, l'endroit était bondé. Deux hommes d'âge mûr étaient assis à une table à l'extérieur, jouant aux échecs et dégustant des muffins sous le jet de lumière qui se dégageait de la fenêtre derrière eux. Un labrador jaune crème pelotonné à leurs pieds releva la tête pour la hocher au passage de Franklin, et les deux chiens se reniflèrent la truffe.

À l'angle, nous tournâmes sur le boulevard, notre endroit favori pour les promenades. La rue était parsemée d'arbres dont la cime s'étendait au-dessus du trafic, atteignant parfois l'autre côté ou se tenant par les branches au milieu de la voie. En cette saison, en été, leur feuillage était si dense que les lampadaires éclairaient à peine le trottoir, offrant à Spencer et à moi un endroit feutré et sombre pour marcher côte à côte, nous frôler la main et échanger des mots affectueux sans mettre le Catholique en moi mal à l'aise.

Trois pâtés de maisons plus tard, nous quittâmes le boulevard et entrâmes dans un quartier résidentiel, peut-être à moins de deux kilomètres de notre rue. Ici aussi, les vieilles maisons étaient bien entretenues, les pelouses parfaitement tondues et, parmi toutes les voitures garées dans la rue, nous ne vîmes pas un tacot. L'argent avait également trouvé son chemin jusqu'ici.

Droit devant, nous aperçûmes une barrière en bois sous un plant de faux-poivriers, et là, Franklin se mit à remuer la queue et à tirer sur la laisse. Il connaissait maintenant notre destination et son gémissement d'impatience rendait ce fait limpide. « Allez, allez, allez » semblait nous dire Franklin tandis qu'il nous traînait vers l'espace canin, son endroit préféré au monde. Après un dernier saut surexcité, il tira la laisse des mains de Spencer et se fit la malle. Ce dernier rigola :

— Bon, le voilà parti. Sans aucune retenue.

— Ouaip, renchéris-je tout sourire. C'est bien notre garçon.

Spencer et moi enjambâmes la barrière et posâmes nos fessiers sur sa partie la plus haute, tel un couple de cow-boys, à observer Franklin qui courait en ronds de plus en plus amples sur l'herbe bien coupée, traînant sa laisse derrière lui. Il sauta par-dessus deux chihuahuas plantés là, à bavarder, puis plongea entre les jambes d'une jeune femme avec son loulou de Poméranie. La femme glapit de surprise.

— Désolé ! lui criai-je.

Néanmoins, elle me sourit et secoua la main, me signalant que ce n'était rien. Les propriétaires de chiens sont une espèce fort indulgente.

Franklin renifla l'arrière-train d'un berger allemand, que cela ne sembla pas déranger, puis entreprit de monter un beagle, que cela dérangea. Le beagle chercha à lui mordre l'entre-pattes, ce qui aurait coupé court à ses joyeuses sauteries s'il n'avait pas bougé à ce moment-là.

Lorsque la nuit tomba enfin et que l'herbe fut recouverte de rosée, plusieurs propriétaires rassemblèrent leurs animaux, tirant sur la laisse pour rentrer à la maison. Les voitures vrombirent derrière nous, la lumière de leurs phares se diffusa sur la pelouse. Le gravier du parking craquant sous leurs pneus, les propriétaires sortirent sur la rue et disparurent dans la nuit, accompagnés de leurs chiens confortablement installés sur la banquette arrière.

La pleine lune éclairait l'espace canin d'une lumière tamisée et seule une lampe de sécurité brillait à l'arrière, près des toilettes publiques. Comme le parc était barricadé, nous n'avions pas peur que Franklin s'enfuie. Sa seule façon de s'éclipser était de passer par le portail près de là où Spencer et moi étions perchés.

Dans la pénombre, et après la désertion du parc, je me sentais enfin assez confiant pour prendre la main de Spencer.

— J'adore les alliances, dis-je.

Nous regardâmes tous les deux nos mains et les admirâmes à nouveau. Les diamants reflétaient des éclairs de feu sous le clair de lune, l'or luisait d'une flamme plus douce. Cela faisait des mois que nous parlions d'alliances, mais je ne trouvais aucun style qui me plaisait. Spencer avait donc pris l'initiative de trouver la solution parfaite, comme il le faisait pour tant d'autres aspects de notre vie commune.

Ses doigts se resserrèrent autour des miens.

— J'ai su que c'étaient les bonnes au premier coup d'œil.

— Tu me connais bien.

Il porta ma main à sa bouche et embrassa ma bague.

— Tyler, je te connais mieux que je me connais moi-même. Je n'aurais que faire de cette vie insipide si tu n'étais pas là pour la partager avec moi. Tu me crois, n'est-ce pas ?

Malgré toutes ces années passées ensemble, Spencer arrivait encore à me faire fondre avec un regard ou une phrase. J'avais une boule dans la gorge, mais je murmurai :

— Oui. Idem.

Il sourit de manière espiègle, ses dents étincelantes dans le noir.

— Tu as toujours su manier les mots à la perfection.

Nous sursautâmes tous les deux lorsque la jeune femme avec son loulou passa le portail près de nous et nous lança un :

— Bonne nuit, les garçons.

— Bonne nuit, nous répondîmes, et Spencer ajouta : Très mignon votre chien.

Elle rit et ramassa la bête à poil dans ses bras.

— C'est le seul mâle dans ma vie qui m'ait rendue heureuse.

Spencer m'attira à lui, toujours aussi discret, qu'il s'agisse d'un ami ou d'une inconnue.

— Je vois tout à fait, renchérit-il. Je sais *exactement* ce que vous voulez dire.

Je lui envoyai un coup de coude dans les côtes pendant que la jeune femme gloussait. Elle nous souhaita encore bonne nuit et, reposant son animal au sol, elle remonta la rue, menée par son petit chien. Nous nous retournâmes alors pour voir ce que traficotait le nôtre, mais il semblait introuvable.

— Franklin ! Par ici, mon garçon ! sifflai-je.

Le parc paraissait totalement désert. Il n'y avait pas un chat – ou chien. Spencer s'entoura la bouche avec les mains et cria :

— Franklin, viens ici ! C'est l'heure de rentrer !

Nous réagîmes tous les deux lorsque nous entendîmes un gémissement. On aurait dit qu'il venait des toilettes sous la lumière de sécurité. Je tapai des mains – Franklin savait que ça allait barder – mais rien. Cette fois, pas même un couinement.

Spencer et moi descendîmes de la barrière et nous dirigeâmes à l'autre bout de la pelouse mouillée, sifflant encore de temps en temps pour essayer d'attirer l'attention de Franklin. À six mètres des toilettes, des voix et des rires nous parvinrent. Nous nous arrêtâmes net.

— Je croyais que nous étions seuls, chuchota Spencer.

— Pareil.

Je tapai encore des mains.

— Franklin ! Au pied. Allez !

Cette fois, le gémissement ne laissait aucun doute. Franklin émergea de la porte des toilettes, mais juste assez pour qu'on voit sa tête. Il nous envoya un aboiement apeuré et c'est là que je remarquai que quelqu'un le retenait. Quelqu'un le tenait par la laisse ! Nous entendîmes des messes basses. Puis une chasse d'eau.

— Ça ne présage rien de bon, marmonnai-je.

— Ne panique pas, me murmura Spencer qui partit en direction de la porte des toilettes, avant de crier d'une voix sévère, celle qu'il me réservait lorsque je commençais à lui porter sur le système : Bon les enfants, fini de jouer. Lâchez mon chien pour qu'on puisse tous rentrer à la maison.

D'autres rires résonnèrent dans les toilettes et juste après les rires, une voix. Ce n'était pas celle d'un enfant.

— Tu le veux ton clebs ? Pourquoi ne pas venir le chercher toi-même ?

— C'est bien ce que je compte faire, répondit Spencer sans hésiter.

Je tendis la main pour l'arrêter, mais il était déjà trop éloigné. Il s'engouffra dans l'entrée et je lui courus après, le suivant à la trace.

La noirceur totale du lieu me coupa le souffle. Le premier son qui me parvint fut le grognement de Franklin, grognement qui se transforma en un cri surpris de douleur lorsque j'entendis le bruit facilement reconnaissable d'une botte ou d'un poing tapant mon chien. Je vis rouge.

— Enfoiré ! Lâche-le ! hurlai-je de colère.

Je balayai l'air à la recherche d'un mur, d'une cabine, de Spencer, de tout ce qui pourrait m'aider à me faire une idée sur ce qui m'entourait. Dans les ténèbres, seule l'entrée grisâtre restait visible sous le clair de lune, et même ce dernier ne passait pas à l'intérieur. D'ailleurs, il ne rendait l'obscurité que d'autant plus pénétrante.

J'entendis des bruits de pas et les cliquetis des ongles de Franklin sur le sol en béton. Il semblait comme exécuter une danse nerveuse, tentant de fuir. Il grogna, mais fut calmé comme par un coup de pied ou de poing dans la chair. Après ça, Franklin resta silencieux, sauf pour pousser un gémissement occasionnel.

— Rendez-moi mon chien ! cria Spencer un peu plus loin, et je me demandai s'il voyait son interlocuteur.

Moi, en tout cas, non. Néanmoins, je sentis un corps passer près de moi par derrière, puis un autre. Ils semblaient converger vers Spencer. Et là, deux mains sortant de nulle part me poussèrent fortement. J'atterris à quatre pattes dans une cabine puante et ma tête heurta de plein fouet une cuvette, me faisant voir trente-six chandelles.

Un tintement de métal se fit entendre. Ce bruit de tuyau métallique tapé contre le mur en béton provoqua ma première grosse frayeur. Je me remis difficilement debout.

— Spencer, m'égosillai-je. Cours ! Sors de là !

J'entendis du mouvement. Spencer grogna, puis Franklin glapit de nouveau, comme si en pleine lutte, quelqu'un lui avait marché sur la patte.

— Putain de clébard, lâcha une voix sinistre.

Quelqu'un alluma un briquet et les toilettes furent exposées à la lumière. Pendant un court instant, avant que le briquet soit éjecté des mains de son porteur, je vis clairement le tableau. L'homme à la lumière semblait mexicain. J'aperçus la laisse de Franklin enroulée autour de sa main, qui tenait le briquet. La lumière vacillait, puisque le chien attaché à la laisse essayait de s'enfuir, tiraillant sa main dans tous les sens. L'homme portait un collant sur la tête et son visage était rond et gras, avec un ignoble grain de beauté sur la joue. À sa place, mon objectif principal dans la vie aurait été de le faire enlever à la première occasion. Mais peut-être les voleurs de chiens n'étaient-ils pas sujets à de telles considérations esthétiques.

Pendant que le gros homme tenait la lumière bien haut pour illuminer la scène, trois hommes, dont Spencer, se battaient contre le mur du fond. Un homme, tout en longueur avec une moustache hirsute, brandissait une

14

barre de fer comme il aurait tenu une batte de baseball. Il l'abaissa de toutes ses forces sur Spencer, rata sa cible et délogea un bout de béton du mur qui vola à travers la pièce et vint me taper à la joue. La surprise et la douleur me coupèrent le souffle.

Encore étourdi par ma rencontre avec la cuvette, j'essayai de me jeter dans la mêlée et d'attraper Spencer pour le conduire vers la porte. Des mains vinrent me jeter à nouveau au sol et des bottes, décorées de chaînes en métal sur le côté, sortirent de nulle part pour m'assener un coup dans la poitrine. Tout haletant, je me pris dans les bras, lorsqu'un second coup de pied me heurta à la hanche, m'arrachant un cri perçant.

— Laissez-le tranquille ! s'exclama Spencer. Putain, vous lui faites mal !

Une voix moqueuse et gutturale se fit entendre derrière le briquet toujours allumé.

— Regardez ce qu'on a là. Un Chintoque et sa pédale de petit copain.

— Laissez-le, soufflai-je.

Pile à ce moment-là, la flamme du briquet s'éteignit. Ce dernier s'envola lorsque Spencer envoya un coup de poing circulaire qui atteignit l'homme au grain de beauté à la tête, le repoussant brutalement dans la cabine que je venais de libérer. Le briquet retomba au sol et disparut dans le noir.

— Connard ! quelqu'un cria quand je m'élançai pour essayer d'atteindre Spencer et de le sortir de là.

Je dus cependant attraper la mauvaise personne. Un coup de poing sortit de la pénombre et s'écrasa sur mon visage, m'envoyant valser contre le mur. Ma tête éclata de douleur. Pendant que je glissais au sol, j'entendis quelqu'un s'exclamer :

— Ça suffit les conneries ! Éclatons-leur la gueule, à ces enculés !

— Non, soupirai-je, dans le brouillard. Spencer, enfuis-toi ! Sors d'ici !

Et juste au moment où je tentai de m'accrocher au mur et de me remettre sur pieds, je vis à nouveau un jet de lumière. Cette fois, c'était un miroir accroché au mur qui reflétait, depuis l'entrée, le faisceau lumineux des phares d'une voiture qui passait par là. J'eus l'espoir qu'il s'agissait d'une voiture de police, espoir qui s'éteignit lorsque la voiture parcourut la rue, du rap résonnant joyeusement sur son sillage.

Je tressaillis lorsqu'une fois encore, la barre de fer s'abattit contre le mur en béton. Une fois. Deux fois. Mais la troisième fois, le bruit fut différent. Un bruit plus assourdi. Un bruit plus brutal, plus terrifiant. Le son du métal tapant la chair – du métal tapant l'os.

Spencer poussa un gémissement inimaginable. Je croyais avoir entendu chaque son, chaque énoncé, chaque chuchotement qu'il était capable d'émettre. Dans la colère, la joie, le désir. Mais ce son-ci m'était étranger. Il s'échappa de son corps comme s'il y avait une fuite d'air. Comme une perte d'espoir. Comme s'il acceptait lourdement ce que lui réservait le destin.

Une fois encore, la barre de fer tinta lorsqu'elle heurta le sol.

— Raté, se moqua la voix.

Il s'agissait de la voix gutturale de tout à l'heure. Je la reconnaissais déjà comme celle de l'homme corpulent au bout de la laisse. Le son qui arriva au coup suivant, j'étais certain de ne jamais l'oublier. Il s'ajoutait joyeusement aux craquements d'os, à l'écrasement de la chair. Il y eut une pénible expiration, puis la barre tapa encore. Et encore. Un bruit mouillé. Un bruit cruel. Mais cette terrible expiration ! S'agissait-il de Spencer ? Ce bruit-là venait-il de Spencer ?

— Non, implorai-je quand un autre coup atterrit sur mon front.

Et encore un. Puis l'obscurité s'abattit.

DES HEURES – ou des jours – durant, j'essayai d'ouvrir vainement les yeux. Mes sens endormis étaient assaillis par la puanteur des excréments, par l'odeur âcre de l'urine ancienne. Ou peut-être nouvelle ? Je me souvenais vaguement de l'endroit où je me trouvais, et je frémis.

Ma joue reposait contre le béton froid du sol. Je tentai de bouger, mais mon corps s'y refusait. Étais-je paralysé ? Étais-je mort ? Mes lèvres formèrent le nom de Spencer, mais aucun son ne parvint à mes oreilles.

L'air frais de la nuit soufflait sur ma peau. Je tendis la main pour la glisser au sol dans l'unique direction qu'il m'était possible de suivre. Mes doigts me firent mal dans le mouvement, une douleur sourde qui se diffusa dans tout mon corps, et je compris qu'ils étaient cassés. Là, dans la pénombre et dans le froid croissant, je sentis le soyeux des cheveux de Spencer du bout de mes doigts éclatés.

Et je sentis autre chose… quelque chose de collant. C'était une tâche de sang, déjà froide au contact. Comment l'avais-je deviné ? Je le savais, voilà tout. Le silence autour de moi était profond. Je m'efforçai d'entendre la respiration de Spencer, mais ne distinguai que les pas feutrés d'un petit animal, un rat peut-être, passer tout près de ma tête. Mon corps trembla tandis que je luttais faiblement pour respirer, pour survivre. J'eus un haut-le-cœur et du vomi se déversa entre mes lèvres. Sa chaleur réconfortante s'étala sur ma joue.

Spencer. Spencer.

— Non, suppliai-je par la pensée un Dieu auquel je ne croyais plus. C'est trop tôt. Ne me le prenez pas.

Mais les ténèbres s'en moquaient, indifférentes, me réclamant à nouveau. J'étais perdu.

II : PERTE

DES DOIGTS glacés me caressèrent le front. Il me semblait que je n'avais jamais rien senti d'aussi rassurant. Au-delà de ce toucher, au loin, en dehors de la sensation d'une douce peau pressée contre la mienne, j'entendis un bip. C'était comme le son d'un camion en marche arrière, celui qui écarte les piétons du chemin. Mais plus faible. Moins criard.

J'essayai de tourner la tête à la rencontre de ces doigts apaisants sur ma peau, vers cette caresse tendre et attentionnée, et là, je réalisai que ce toucher n'était plus. Les doigts avaient disparu. Ou peut-être les avais-je imaginés. Je fus foudroyé par la douleur.

Le « bip » résonnait encore et encore. Prisonnier du noir derrière mes paupières et de la douleur affreuse qui m'envahissait, je tentai d'imaginer à quoi correspondait ce fameux bruit. Je croyais le savoir. J'en étais pratiquement sûr.

Néanmoins, avant que j'aie pu capter une réponse, des élancements en balayèrent même jusqu'à la question, ne laissant que la douleur. Elle secouait mon corps telle une décharge continue, fatale et inconditionnelle, qui dévorait chacune de mes pensées.

C'est alors que mon amie l'obscurité me rappela à elle.

LE BROUHAHA s'infiltra en moi, me poussant au réveil. Je sentis mes cils battre la mesure sur ma peau. Une tige froide, comme un tube en plastique, reposait autour de mon cou. Lorsque j'essayai de déglutir, une douleur intense éclata, comme si ma gorge était en feu. Ma main me faisait mal là où elle était posée, appuyée contre mon flanc. Mon avant-bras était emprisonné dans une pierre ou du béton. Je sentais sa dureté inflexible sur ma hanche.

Un plâtre. Ma main et mon bras étaient dans un plâtre. C'était *sûrement* cela. Mais pourquoi mon bras était-il emprisonné dans un plâtre ? Avais-je été dans un accident de voiture ? Que s'était-il passé ?

Je m'efforçai d'ouvrir les yeux, mais dès le premier éclat de lumière, je les refermai aussitôt. Mes pensées étaient vagues, défilant dans mon esprit

18

comme des feuilles automnales qui glisseraient silencieusement à travers la pelouse, poussées par le vent, sans arrêt, sans repos et sans direction précise.

J'essayai de me calmer. Je me demandai brièvement où la douleur était passée et alors, elle revint. Partout. Elle sifflait à travers moi à la manière d'une locomotive sortant à toute vitesse d'un tunnel. Rugissante. Furieuse. Implacable.

J'entendis une plainte. Était-ce moi ? Avais-je poussé ce son ? Des doigts tendres me caressèrent à nouveau la joue.

— Donnez-lui quelque chose, supplia une voix, que j'imaginai mienne.

— L'intraveineuse devrait suffire, ajouta une autre voix.

Et à nouveau, cette maudite obscurité m'emporta.

SPENCER, NU et resplendissant, se lovait sous moi. Ses doigts allongés me tiraient les cheveux, m'implorant de le prendre tout entier. Je souris lorsque son jus se déversa de son membre, mais très vite, je compris que quelque chose clochait. À la place de son sperme délicieux, c'est du feu qui gicla dans ma gorge. Du feu liquide. J'essayai de me débattre, mais il me tenait en place tandis que les flammes de son orgasme me déchiraient encore et encore de l'intérieur. Brûlantes. Ardentes.

J'essayai de crier, mais aucun son ne sortit.

J'ouvris instantanément les yeux et la première chose que je vis fut une lumière rouge clignotante qui me regardait de haut, au-dessus de… mon lit. J'étais dans un lit. Mais ce n'était pas le mien. C'était un lit inconnu. Ce lit comportait des barrières en plastique et des draps blancs, et une sorte de table était placée au bout, au-dessus de mes jambes bordées.

La lumière du jour me poignardait les yeux, mais j'acceptai volontiers ce mal-là. J'avais l'impression de ne pas l'avoir vue depuis des lustres. Mes yeux s'embuèrent sous les rayons, mais j'appréciai les bandes fines de lumière qui passaient à travers le store de la fenêtre à ma gauche. Dehors, il faisait jour. Le soleil brillait de mille feux.

Lorsque ce « bip » si familier vint troubler à nouveau mes pensées, je bougeai les yeux pour en trouver l'origine. C'est là que je compris que la lumière rouge et ce bruit travaillaient de concert. Et ils semblaient être synchronisés avec mon rythme cardiaque. Mais comment était-ce possible ?

Je sentis une pression sur le bout du doigt et, en me concentrant, je réussis à porter ma main à mes yeux. Un oxymètre accroché à mon index mesurait mon pouls. Voilà ce que je sentais. Voilà comment mon rythme cardiaque se retrouvait connecté à la machine accotée au lit.

Lorsque j'essayai de lever mon autre main, je rencontrai une résistance. Puis, je me rappelai. C'était apparemment le bras plâtré, et j'étais trop faible pour le soulever. Un gémissement s'échappa d'entre mes lèvres lorsque je tournai la tête pour embrasser du regard la pièce où je me trouvais. Il n'y avait personne d'autre. Aucun être humain alité, ou être humain tout court. Personne. Seulement des meubles de rangement, des machines et des écrans.

Spencer, où était-il ?

Je laissai échapper un cri d'angoisse lorsqu'une déferlante de souvenirs, qui m'apparurent les uns après les autres, s'imposa violemment à moi. Une barre de fer émiettant du béton. Un chien pleurant dans le noir. Des rires moqueurs et des injures en espagnol. Un rat filant près de mon visage dans la pénombre. La puanteur de la pisse.

Où est Spencer ?

Je criai à nouveau, un son d'angoisse qui me choqua. Il déchira ma gorge sèche telle une lame émoussée. Là seulement, je me rendis compte qu'un tube de trachéotomie y était enfoncé. Ce corps étranger n'était pas à sa place, fixé là. J'essayai de le saisir, de le sortir, mais la force me manquait.

L'écho de bruits de pas hâtés résonna dans le couloir, à l'extérieur de ma chambre. La porte s'ouvrit violemment. Le crissement d'un chariot. Des mains douces et pressantes s'activèrent sur les tubes qui m'entravaient. On tenta de m'apaiser à coup de « shh » tandis que les mains faisaient leur travail.

Un calme artificiel s'installa progressivement en moi. La pièce s'estompa. C'était encore la perfusion. Je commençais à connaître. Je commençais à l'accueillir les bras ouverts. Mes paupières se fermèrent doucement, voilant la chambre, le remue-ménage que j'avais causé. Je m'endormis.

J'OUVRIS LES yeux, et les lumières au-dessus de ma tête se mirent à clignoter un instant plus tard. Je plissai les yeux pour regarder, puis tournai la tête vers la fenêtre. Les stores étaient ouverts, mais le soleil ne brillait plus dehors. Il faisait nuit.

Un froissement de tissu et le crissement d'une chaise tirée plus près de mon lit, attirèrent mon attention. Une main glissa sur la mienne, celle qui n'était pas enterrée sous un plâtre. Je faillis sourire devant la sensation plaisante d'une peau contre la mienne. J'avais l'impression que mon dernier contact remontait à si longtemps…

— Tyler ? Tyler ? M'entends-tu ? m'appela une voix familière.

Je ravalai un sanglot. C'était si bon d'entendre une voix connue, même si je n'arrivais pas à placer un visage dessus. Je tournai péniblement la tête dans sa direction et ce faisant, je compris que ma gorge avait été libérée. Le tube de trachéotomie avait été enlevé. Dieu merci. Je déglutis une fois, deux fois, juste histoire de m'assurer que j'en étais capable. Ensuite, j'essayai de retrouver ma voix. Elle était là, quelque part. C'était certain.

Une main tendre attrapa mes doigts saufs, évitant tant bien que mal l'appareil toujours attaché à mon index. D'autres doigts passèrent entre les miens. Je sentis du parfum. Une odeur familière. Puis, je m'en souvins. White Linen d'Estée Lauder. Spencer en achetait à sa mère à chaque Noël. Je me focalisai sur un visage tout près de moi, et comme on pouvait s'y attendre, c'était elle. Mme Chang. Ses cheveux étaient plus bleus que dans mes souvenirs. Les femmes utilisaient-elles encore de nos jours du pigment bleu pour déjaunir leurs cheveux ? Et les coiffaient-elles encore de l'avant vers l'arrière avec des ondulations crantées ? Ou Mme Chang était-elle vraiment la dernière Américaine à faire vivre ces modes, comme Spencer adorait le souligner pour plaisanter ?

Mme Chang m'observa à travers ses verres à double-foyer, mais une certaine tristesse que je ne lui connaissais pas transparaissait dans ses yeux tendres. Pour une femme qui riait pour un rien, cette tristesse était nouvelle. Je me demandai quelle en était l'origine.

Le premier mot que je prononçai me donna la sensation d'un bout de verre traîné le long de ma gorge, mais ensuite, la douleur s'amenuisa.

— Bonjour, murmurai-je à peine plus fort qu'un souffle.

Je m'éclaircis la voix et essayai à nouveau tandis que ses doigts se resserraient autour des miens.

— Mme Chang, continuai-je, c'est bon de vous voir.

Je tentai de sourire, mais ne semblais pas en être capable. La vieille dame posa la paume de sa main à la peau de papier froissé contre ma joue.

— Bon retour parmi nous, répondit-elle, ce qui me sembla une chose étrange à dire – étais-je parti ?

Une multitude de bruits sourds explosa à nouveau de l'autre côté de mon lit. Je tournai la tête, ce qui, étrangement, m'arracha un gémissement, et là, se tenant au mur du fond, se trouvait le père de Spencer. Il avait l'air sévère, comme toujours, mais j'y étais habitué. Il ne m'avait jamais apprécié. Spencer et moi nous en amusions tout le temps. Il ne m'aimait pas et ne supportait pas non plus le fait que son fils était gay. C'était un homme frêle et pas très grand qui parlait toujours avec un petit accent de son pays d'origine, qu'il avait quitté étant encore enfant. Néanmoins, élevé aux États-Unis, il avait tout d'un Américain. Jusque dans ses préjugés.

Lorsque je posai les yeux sur lui, il sembla légèrement surpris et détourna rapidement le regard pour fixer la nuit noire à travers la fenêtre.

— Tyler, lança à nouveau Mme Chang, regagnant mon attention, avant que je tourne la tête, sans un bruit cette fois, pour la regarder en face. Tyler, te souviens-tu de ce qui s'est passé ? Y a-t-il quoi que ce soit que tu puisses signaler à la police ?

— La police ?

Qu'avait-elle à faire là-dedans ? Et tout à coup, des ombres s'insinuèrent dans mon esprit. Les fragments d'un souvenir. Franklin tenu en laisse, une femme nous souhaitant bonne nuit, un coucher de soleil orange qui s'estompe dans la nuit, une petite langue de feu qui illumine les ténèbres. Un cri. *Mon* cri.

Mon cœur bondit de peur.

— Où est Spencer ? Pourquoi n'est-il pas ici ? Pourquoi suis-je seul ?

Je vis, abasourdi, deux larmes couler sur les joues de Mme Chang.

— Oh, mon chéri…

J'entendis un sanglot près de la fenêtre. M. Chang. M. Chang pleurait. Ce bruit, plus que tous les autres, me plongea dans une terreur soudaine. J'attrapai les doigts de Mme Chang si fort qu'elle poussa un petit cri de surprise, avant de me masser la main pour desserrer ma prise.

— Où se trouve Spencer ? lançai-je en essayant de contrôler la panique dans ma voix, même si je l'entendais tout pareil. Pourquoi n'est-il pas ici ? C'était la voiture ? Y a-t-il eu un accident ?

À présent, les larmes de Mme Chang s'écoulaient librement, mais c'était une femme forte. Elle ne se laissait pas aller. Elle se contenta de se rapprocher et de poser sa joue contre la mienne.

— Oh, mon chéri, je… je croyais que tu savais. Spencer… Spencer nous a quittés.

Et une fois que les mots furent prononcés, sa force s'envola. Elle éclata en sanglots contre moi et je sentis ses larmes couler sur ma joue. Je la repoussai avec mon bras indemne. Sous la colère, je me crispai. Mais de quoi parlait-elle ?!

Puis, mes yeux s'écarquillèrent, et je me rappelai. L'espace canin. Les toilettes publiques.

La barre de fer.

— Hier, dis-je, essayant de mettre de l'ordre dans mes pensées, de me rappeler. Nous promenions le chien. Trois hommes... ils nous guettaient dans les toilettes. Je... je suis tombé. Non, attendez. Je ne suis pas tombé. On m'a poussé. Franklin pleurait. Il avait peur. Ils l'ont frappé.

Je ne voyais toujours pas Spencer dans le tableau, mais il devait être présent. Je me souvins ensuite du sang refroidi au bout de mes doigts. Des petits pas rapides sur le béton. Le rat. Une saleté de rat.

Je serrai à nouveau la main de Mme Chang, mais avant que j'aie le temps de m'expliquer, le père de Spencer se tenait déjà à mes côtés, me surplombant. Son visage s'adoucit. Ses yeux étaient pleins de larmes.

— Spencer est parti, dit-il. Ces trois hommes, ils ont tué mon fils. Ils ont tué ton... mari. Spencer est parti, Tyler, répéta-t-il comme il allait me le répéter encore pendant des mois. Il ne reviendra jamais.

Je me surpris à sourire. Quelle blague de mauvais goût ! De quoi diable parlait-il ?

— C'était tout juste hier ! essayai-je de raisonner. Impossible que tout ça se soit passé en un seul jour. Dites-moi où se trouve Spencer. Et où est Franklin ? Est-ce qu'on l'a bien ramené à la maison ?

Mme Chang pencha ma tête vers elle afin que je la regarde en face pendant son explication. Elle avait essuyé son visage avec des kleenex. Elle tenait encore le paquet dans sa main, je le sentais contre ma nuque.

— Chéri, ce n'était pas hier. C'était il y a trois semaines. Même plus de trois semaines, à présent. Tu étais inconscient. Nous ne savions même pas si tu allais te réveiller un jour, mais te voilà enfin. Je sais que pour toi, c'est dur à concevoir, mais tu dois nous croire. Spencer est parti, chéri. Spencer est mort. Il a été enterré au cimetière de la Sainte-Croix. Il y repose en paix. Il nous a quittés.

Ces derniers mots furent les mots de trop pour elle. Ses larmes jaillirent à nouveau, mais elle ne s'en cacha pas. Elle se contenta de me fixer pendant que ces perles gigantesques coulaient le long de ses vieilles joues ridées. Pour ma part, je n'avais qu'une pensée en tête.

— C'était hier. C'était tout juste hier.

— Non, murmura Mme Chang. Non, chéri. Cela remonte à presque un mois.

23

Et c'est là que je la crus enfin. Mon regard passa de Mme Chang au père de Spencer. Tous deux pleuraient maintenant à chaudes larmes et lorsque je sentis des larmes sur mes joues, je compris que je pleurais moi aussi.

— Il… il est vraiment parti ?

— Ils l'ont tué, jeta M. Chang d'une voix froide et haineuse. Ils l'ont battu à mort comme un animal. Ils ont failli t'avoir, toi aussi. Mais tu as survécu. On ne sait pas où est le chien. Soit ils l'ont pris avec eux, soit il s'est enfui. Mais tu es là. Je pense qu'on peut déjà être reconnaissants pour ça.

Il prononça cette dernière phrase comme si j'étais responsable de ma survie, et de la mort de son fils. Cependant, j'étais habitué à cette haine. Elle ne me dérangeait plus. Je préférai me recentrer sur la mère de Spencer. Elle avait toujours été gentille. Elle comprenait ce qu'il y avait entre Spencer et moi.

Elle comprenait notre amour.

— Est-il vraiment parti ? redemandai-je, le cœur tambourinant de douleur.

Surmonter toutes les autres douleurs que j'avais connues était un jeu d'enfant à côté de celle-ci. C'était comme comparer une bombe nucléaire à une poignée de pétards. Je me tins à ma poitrine pour essayer d'apaiser la peine. Et tout à coup, je compris les sentiments de M. Chang. Je me mis à me détester pour avoir survécu, moi aussi. Il aurait été préférable que Spencer survive. Pas moi. Qui avait besoin de moi, à part lui ? Spencer avait une famille. Spencer avait d'autres gens qui l'aimaient. Spencer était *nécessaire*.

Mme Chang hocha la tête, provoquant un nouveau torrent de larmes.

— Oui, chéri. Il nous a bel et bien quittés.

— Mais l'enterrement, soupirai-je. Comment peut-on l'avoir mis en terre à la Sainte-Croix sans une cérémonie ? Je n'ai pas pu lui dire adieu. Ni le revoir une dernière fois.

— Nous le savons, dit-elle, la voix cassée par le chagrin. Mais nous devions le laisser partir, Tyler. Nous ne pouvions pas attendre. Nous devions le faire, car… car nous ne savions pas si tu allais te réveiller un jour. Mon Dieu, je suis tellement désolée, mon chéri, mais nous avons dû l'enterrer sans toi. Nous devions le laisser aller en paix.

Et sur ce, sa tête retomba sur le lit et elle pleura avec une telle force que je crus que son vieux cœur allait lâcher. M. Chang, au lieu de réconforter

24

la femme avec laquelle il avait partagé sa vie, se contenta de se détourner d'elle et de moi, et de scruter à nouveau la ville plongée dans le noir à travers la fenêtre.

Je tendis ma main valide afin de caresser les cheveux de la vieille dame et pour la première fois, je remarquai que mon alliance n'était plus là. L'alliance que Spencer m'avait achetée juste avant... juste avant de...

— Sa bague, lançai-je. Spencer avait-il son alliance quand il a été enterré ?

Mme Chang s'efforça de me regarder. Elle se força à ravaler ses larmes. Juste pour cette fois. Juste pour poursuivre :

— Non, Tyler. Il n'avait aucun bijou sur lui. Il portait une bague ? Je ne me rappelle pas l'avoir vue.

— Nos bagues de mariage. Elles... elles étaient... neuves.

— La police voudrait te parler quand tu seras prêt, lâcha M. Chang froidement et sans ménagement, m'arrachant à mes pensées.

Me *libérant* de mes pensées. De ma colère grandissante.

— Oui, très bien, marmonnai-je, en fixant mon doigt sans bague.

Nous devions le laisser partir, chéri. Nous devions le laisser aller en paix. Ces mots résonnaient dans ma tête comme un disque rayé. Encore et encore.

Spencer s'était éteint.

Je fermai les yeux, laissai le chagrin m'emporter et cherchai un endroit où me terrer dans la solitude, pour prier que le sommeil vienne.

Étrangement, comme si le chagrin était une autre drogue envoyée par mon intraveineuse, il vint me sauver – le sommeil. Pelotonné dans sa sombre étreinte, j'oubliai progressivement le souvenir de Spencer, et même celui de Franklin. Pauvre Franklin. Tous étaient partis à présent. Perdus.

J'étais seul.

MES JAMBES chancelaient, mais c'était merveilleux de pouvoir marcher. Le plâtre pesait lourdement sur mon bras, mais ce n'était rien. On m'assura qu'il serait enlevé dans quelques semaines.

Enfin, l'infirmier me l'assura. Il avait pratiquement mon âge – peut-être même qu'il était plus jeune – la peau couleur suie et les yeux les plus brillants et les dents les plus blanches que j'aie vus sur un être humain. Il était toujours souriant.

— Quel bol vous avez eu ! plaisantait-il. Vous avez dormi pendant la majeure partie de la pose. Finalement, vous n'aurez à supporter le plâtre qu'encore deux semaines. Si ce n'est pas de la chance, ça !

Je lui rendis son sourire, mais l'idée même de partager un rire me donna envie de pleurer. Je me demandai si je pourrais rire à nouveau un jour. Je ne pensais qu'à une chose : Spencer gisant froid sous terre, dans une tombe que je n'avais pas encore vue. Comportait-elle une pierre tombale ? Des fleurs reposaient-elles sur le sol fraîchement retourné au-dessus de sa tête ? S'était-il demandé pourquoi je n'étais pas venu lui rendre visite ?

L'infirmier s'appelait Charles. Ses mains étaient grandes, fortes et attentionnées. Lorsqu'il parlait, ses mots transportaient un léger zozotement, comme s'il adoucissait ses consonnes afin de ne pas surprendre ses patients.

— Je pense qu'on ferait mieux de vous asseoir, ordonna-t-il, m'asseyant sur le divan orange hideux posé dans le couloir, juste à l'extérieur de ma chambre. L'inspecteur sera bientôt là. Je vous surveille. Si vous sentez que vous avez besoin de retourner au lit, faites-moi signe de la tête et je mettrai fin à l'entrevue.

— Merci, dis-je.

Sur ce, je le vis s'éloigner. Dans une autre vie, je l'aurais trouvé à croquer. À présent, je le trouvais seulement gentil.

Je baissai les yeux vers mon bras. Plus d'intraveineuse. Ils me l'avaient enlevée le matin même. Des marques de piqûre subsistaient au-dessus de mon poignet à l'endroit où elle avait été raccordée à ma veine, et ces marques commençaient à me gratter. Je levai la main pour toucher la cicatrice sur mon cou à l'endroit où la trachéotomie avait été pratiquée. Elle semblait rêche et caillouteuse au toucher. Étrangère. Elle me grattait également. Mais aucune de ces deux blessures de guerre ne me grattaient plus que le plâtre autour de mon bras. Cette saloperie-là me rendait fou ! Mais bon, toutes ces démangeaisons indiquaient sûrement que j'étais en voie de guérison.

Qu'en était-il de mon cœur ? C'était une tout autre histoire, puisqu'une tristesse écrasante pesait sur moi à tous les instants de la journée. Je me demandai ce qu'il adviendrait de cet enfant que Spencer et moi ne pouvions plus adopter. Cet enfant trouverait-il un autre foyer ? Ce garçon – ou cette fille – trouverait-il quelqu'un à l'aimer comme Spencer et moi l'aurions aimé ? Ou s'agissait-il d'une nouvelle vie ruinée par ces trois hommes qui s'en étaient pris à nous dans le noir ? Ces trois hommes connaissaient-ils tout le malheur qu'ils avaient causé ? S'en souciaient-ils ?

À chaque fois que je les voyais nous guetter dans le noir, poussant Spencer et moi à avancer, j'étais pris d'une colère qui réduisait tous mes problèmes physiques à des détails. Je compris que je n'avais jamais connu la haine, auparavant. Pas vraiment. Pas autant. J'en bouillais de l'intérieur. J'en brûlais. Pour la centième fois de la journée, je fermai les yeux dessus, essayant de la refréner. Lentement, dans le noir de mes paupières, je sentis la colère décliner. Je sentis ma seule main valide se relâcher.

Je me remis à toucher la cicatrice sur ma gorge du bout des doigts. Elle serait là pour le restant de mes jours. Toutes ces blessures resteraient avec moi pour toujours. Chacune d'entre elles. Internes comme externes. La seule chose qui ne resterait pas, c'était Spencer.

Nous devions le laisser partir, chéri.

Mes pensées furent interrompues par le bruit de pas en approche. Je resserrai ma blouse plus fermement autour de moi et me préparai pour mon premier entretien avec la police. Nous étions à un mois après les faits, mais je n'étais réellement éveillé que depuis deux jours. Je me demandais si je pouvais encore leur dire quoi que ce soit de nouveau. Mes souvenirs de cette nuit-là étaient éparpillés. Je ne me souvenais presque de rien.

Il n'y avait que cette sensation de sang coagulé sur mes doigts douloureux, cassés. Le fracas du fer contre le béton… de la chair ou des os. Ces images n'avaient pas bougé. Je devinai qu'elles resteraient ancrées à jamais.

— Bonjour, Tyler. J'espère ne pas vous avoir fait attendre.

Je ne m'attendais pas à entendre cela. Dans les séries policières, ils n'étaient pas aussi polis. J'essayai d'ignorer le tremblement qui se sentait dans ma voix. Un tremblement de faiblesse – j'étais encore faible – mais également d'angoisse. L'interrogatoire me faisait peur. Sans raison apparente.

— Je crois que c'est moi qui vous ai fait attendre, répondis-je. Pratiquement un mois, si je ne m'abuse.

Je levai la main et me préparai à me lever, mais il me fit signe de me rasseoir sur le divan.

— Oublions donc le protocole, dit-il tout sourire. Au lieu de vous obliger à vous lever, pourquoi ne m'assiérais-je pas près de vous ?

Ainsi, il posa son derrière sur une place à côté de moi. Une fois bien installé, il me serra la main comme j'allais le faire avec la sienne, et la secoua bien fort.

— Inspecteur Martin. Ravi de vous rencontrer, Tyler. Et voilà, dit-il, n'était-ce pas plus simple ?

— Merci, balbutiai-je. J'imagine que je dois encore être un peu fragile.

L'inspecteur avait l'air dégingandé, mais compétent. En grande perche, il m'étudia de haut de ses yeux brun-miel, coincés entre de longs cils noirs. Il semblait fatigué. Ses yeux étaient marqués de cernes, et ses cheveux bruns légèrement ébouriffés. Avant tout, il avait besoin d'une coupe et sa nuque nécessitait un bon rasage. Tout comme ses joues, mais pas autant. Le costume qu'il portait était si froissé que je faillis lui demander s'il avait dormi dedans. M'affichant un sourire, il posa les mains sur ses genoux. Elles étaient grandes, à l'air capable, et il y reposait un léger duvet noir au dos et sur la première phalange. Ses ongles étaient coupés bien court et son poing comportait une égratignure, comme s'il s'était battu. Sûrement les risques du métier.

Il ne devait pas être plus âgé que moi, et c'est ce qui me surprit le plus chez lui. Cela et le fait qu'en somme, il était bel homme, dans le sens le plus négligé, non intentionnel et relâché du terme. Un peu comme un grand garçon qui n'aurait pas encore pris conscience de son corps. Cependant, ce furent ses doux yeux brun-miel qui apaisèrent mes peurs, plus que tout le reste.

Il se racla la gorge, comme s'il sentait qu'il devait d'abord se débarrasser de choses élémentaires.

— Je suis désolé pour votre amant. Je sais que cela ne doit pas être facile pour vous.

Il y avait quelque chose dans sa façon de le dire qui me déplaisait.

— Spencer n'était pas mon amant. C'était mon mari. Nous sommes mariés légalement, lui lançai-je un peu à la figure, comme pour le mettre au défi de dire des propos homophobes.

Mais je compris immédiatement que je faisais fausse route. Il bougea sur le divan pour m'avoir bien en face de lui. Sa main se posa sur mon épaule.

— Tyler, je comprends bien que vous étiez mariés. Je ne suis pas là pour dénigrer votre relation. Je ne vous juge pas pour ça. Mon travail, c'est seulement de vous aider à vous en sortir en trouvant les hommes qui vous ont enlevé Spencer et qui vous ont laissé dans cet état, répondit-il en faisant signe de la tête vers mon plâtre et cette ignoble blouse dans laquelle j'étais enveloppé. Ne croyez pas que je fasse partie des détracteurs. C'est faux. Je viens vous aider.

— Je... Je suis désolé, me rattrapai-je, sentant le rouge me monter aux joues. Je sais que vous êtes ici pour apporter votre aide. Je ne sais pas pourquoi je suis autant sur la défensive.

L'inspecteur fronça les sourcils, comme s'il n'en croyait pas ses oreilles.

— Tyler, vous avez tous les droits d'être sur la défensive. Vous avez le droit d'être en colère. Mais pour l'instant, j'ai besoin que vous canalisiez cette colère pour m'aider à trouver les coupables. Vous pensez pouvoir faire ça ?

— Oui, dis-je en inspirant un grand coup. Je peux faire ça, inspecteur Martin.

Son visage se détendit.

— Je crois que ça irait plus vite si on laissait tomber les Monsieur l'Inspecteur. Appelez-moi Chris. Entendu ? Je vous appelle Tyler, vous m'appelez Chris.

— Entendu, dis-je en opinant du chef. Chris comme Christopher ?

— Non, me corrigea-t-il en souriant. Chris comme Christian. D'accord ?

— D'accord.

Il sortit un carnet de la poche intérieure de sa veste et détacha le stylo de celle de sa chemise.

— Et si on commençait ?

J'acquiesçai à nouveau.

UNE HEURE plus tard, Chris referma son carnet.

— Quand rentrez-vous chez vous ? demanda-t-il.

— Demain, j'espère.

— Y a-t-il quelqu'un pour vous aider ?

— Je n'ai besoin de l'aide de personne. Je me débrouillerai tout seul.

Tout seul. Ces mots résonnèrent dans ma tête. Des larmes se mirent à couler comme par enchantement. J'essayai de cacher mon embarras en bafouillant des questions pour l'homme assis à côté de moi qui tentait, par gentillesse, d'ignorer mes pleurs.

— J'imagine que je ne vous ai pas été très utile, dis-je en passant la manche de ma blouse sur mon visage.

— Si c'est ce que vous croyez, détrompez-vous, ajouta Chris tout sourire.

— Vraiment ? soupirai-je en reniflant.

Il rouvrit son carnet.

— Vous m'avez cité plusieurs faits dont nous ne savions rien. Le plus important étant la description partielle de deux de vos agresseurs. Le gros homme au grain de beauté sur le visage et le grand homme tout fin avec sa petite moustache hirsute. Et d'ailleurs, le gros est probablement fumeur, ce qui pourrait aussi nous servir.

— Comment le savez-vous ? l'interrogeai-je, surpris.

Chris tapota son carnet du doigt.

— Pour quelle autre raison aurait-il un briquet sur lui ?

— Oh, c'est vrai.

— Mais surtout, Tyler, vous m'avez parlé des bagues volées. Les alliances. Nous n'en avions pas connaissance, et elles pourraient justement être les pièces à conviction nécessaires pour démêler l'affaire. S'ils essaient de revendre les alliances, nous le saurons dans les quarante-huit heures. Vous êtes certain que ni vous ni Spencer n'aviez rien sur vous à part la clé de la maison, que nous avons trouvée par terre, à vos pieds ?

— Sûr et certain, insistai-je. Nous sommes sortis si rapidement de la maison que nous n'avons même pas emporté d'argent. Du moins, pas moi, et j'en suis presque aussi sûr pour Spencer.

— Une dernière chose. Le chien a-t-il une puce électronique ?

— Oui.

Il hocha sagement la tête, comme si la puce électronique de Franklin constituait la preuve la plus important qui soit. Mais il n'allait pas me faire croire ça.

— Alors, quelles sont vos chances de les retrouver ? demandai-je. Les tueurs. Quelle chance avez-vous de les arrêter ?

L'inspecteur ne semblait pas bien apprécier ma question. Je ne pouvais pas lui en vouloir.

— Un mois s'est écoulé depuis le crime, et ce n'est jamais bon signe. Mais maintenant que vous êtes réveillé et que vous nous avez donné plus d'éléments à étudier, je pense que nous pouvons résoudre ça. Je déteste avoir à vous le dire, mais j'aurai besoin de votre entière collaboration. J'aurai des albums de photos d'identité judiciaire à vous montrer dès que vous serez prêt et je veux que vous tentiez de vous souvenir de cette nuit-là. Dans les moindres détails, insista-t-il en fouillant à nouveau dans sa poche intérieure pour en sortir une carte de visite qu'il posa dans ma main. Voilà ma carte. Appelez-moi à n'importe quelle heure, jour ou nuit, si quelque chose vous vient. Ou même si vous avez besoin de parler, s'esclaffa-t-il. Je dors peu, donc vous ne risquez pas de me tenir éveillé.

Je regardai la carte. Inspecteur Christian Martin. Brigade criminelle. Les lettres devinrent floues lorsque mes yeux s'embuèrent à nouveau.

Je tendis la main et serrai la sienne, m'attendant à ce qu'il s'écarte d'un contact aussi direct, mais à ma grande surprise, il ne le fit pas. Il se contenta de rester assis près de moi sur ce divan en faux cuir orange ô combien hideux, de me tenir la main et d'attendre que je lui dise le fond de ma pensée.

— Je veux que vous coinciez ces hommes pour moi, inspecteur, réussis-je enfin à dire. Spencer était un homme merveilleux. Si vous l'aviez connu, vous l'auriez aimé. J'en suis sûr. S'il vous plaît, ne laissez pas ces animaux s'en sortir après l'avoir tué comme un chien dans la rue. S'il vous plaît. Je vous en prie, ne les laissez pas faire.

L'inspecteur Christian Martin, de la brigade criminelle, tenait ma main entre les siennes et me dévisageait gravement. S'il était scandalisé par mes yeux larmoyants et mon nez qui coulait, il ne laissait rien paraître.

—Ne vous inquiétez pas, Tyler. Nous y arriverons. Je vous le promets.

J'exhalai un soupir long et tremblant, et retirai doucement ma main.

— Merci.

Et avant que mes larmes silencieuses ne se transforment en sanglots déchirants, m'embarrassant d'autant plus, je me remis debout et m'en allai.

Arrivé à la porte de ma chambre d'hôpital, je me tournai pour lui dire au revoir, mais l'inspecteur était déjà parti.

Je me demandai s'il tiendrait sa promesse.

III : FOYER

JE ME tenais devant le grand dressing de la chambre principale, à regarder les habits de Spencer qui pendait là. Son côté du dressing était soigneusement rangé. Même ses chaussures étaient parfaitement alignées, pointes devant, talons côté mur, comme si un photographe du *Closet World* prévoyait de se montrer pour prendre un cliché. Comme toujours, on aurait dit que quelqu'un avait envoyé une grenade dans le mien.

Cela ne faisait que trois jours, après vingt-quatre jours de coma, que j'étais veuf et j'avais déjà pleuré toutes les larmes de mon corps. Observant les vêtements de Spencer, je me demandai où étaient passées mes autres larmes. Je me sentais vide. Ma gorge était encore irritée et douloureuse à cause de la trachéotomie. Mes doigts et mon poignet cassés lancinaient à chaque faux mouvement. Mes jambes et mon dos me faisaient encore souffrir à force d'être resté couché aussi longtemps. Mon cerveau fonctionnait à l'envers, me rappelant constamment le passé et n'enregistrant presque aucun des stimulus qui me bombardaient dans le présent.

J'entendis des bruits de talons hauts se rapprocher. La sœur de Spencer, Janie – Jane de son vrai nom – me rejoignit sur le côté et me passa un bras autour de la taille. Elle posa la tête sur mon épaule et nous contemplâmes tous les deux le dressing – le passé. Un passé à jamais disparu, comme il disparaît toujours.

— Tu ne devrais pas penser à ça, maintenant, dit-elle doucement.

— Je sais, acquiesçai-je.

Janie Chang m'avait gentiment reconduit à la maison depuis l'hôpital, puisque le docteur refusait de me laisser prendre un taxi, comme je le voulais. Trop *impersonnel*, m'avait-il dit, ne comprenant pas que c'était justement de cela dont j'avais besoin. J'avais alors dit adieu à ma chambre d'hôpital, jeté les cartes de bon rétablissement à la poubelle et laissé des instructions par rapport aux fleurs envoyées par mes amis et ma famille, vivant dans l'Est, afin que les infirmières les distribuent selon leur bon vouloir. Je n'avais même pas regardé en arrière en quittant l'endroit où j'avais dormi ces trois semaines et demie de ma vie. Assis dans un fauteuil roulant commandé par l'hôpital, je fus emporté par Janie. Je portais un survêtement qu'elle avait sorti de la maison, puisque je boycottais les habits dans lesquels je m'étais fait agresser.

Janie me prit la main et me tira vers la cuisine.

— Je t'ai fait un sandwich, m'informa-t-elle.

Alors, je la suivis. Non pas parce que j'avais faim, mais parce que j'étais trop fatigué pour m'opposer à elle.

Janie bavarda tout au long du trajet. De dix ans l'aînée de Spencer, elle était aussi beaucoup plus typée asiatique. Toujours célibataire, elle était légèrement enrobée et enseignait le piano et l'art dans un établissement d'enseignement supérieur en ville. Elle possédait de longs cheveux noirs, mais ses tempes grisonnaient depuis peu, chose dont elle refusait obstinément de s'occuper. Le fait qu'elle était un moulin à paroles n'avait qu'un avantage : pas besoin de réponses. Janie ne semblait jamais en attendre.

Tristement célèbre chez les Chang pour être une piètre cuisinière, Janie m'avait préparé un sandwich au thon et ouvert une boîte de fèves au lard. Apparemment, elle avait essayé de cacher la médiocrité de ces mets en les servant dans ma plus belle vaisselle en porcelaine et en plaçant l'une de mes superbes serviettes damassées à côté. Elle avait versé du lait dans un ancien pot de moutarde Looney Tunes. Bugs et Elmer n'avaient jamais été en si luxueuse compagnie.

Alors que je faisais semblant de manger, avec une seule main, puisque l'autre était dans le plâtre, Janie s'excusa et fila à l'arrière de la maison pour passer un coup de fil sur son portable. Me retrouvant enfin relativement seul pour la première fois depuis des jours, je soufflai de soulagement.

J'étais assis à ma table avec une main posée sur les genoux et l'autre suspendue dans mon écharpe. En dehors de la voix étouffée de Janie en fond sonore, la maison était étonnamment silencieuse. Il me semblait qu'elle ne l'avait jamais autant été. Pas de rires ni de musique, ni de petits tapotements, ceux de Franklin qui courait dans tous les sens. Aucun appel de Spencer pour me dire que nous allions être en retard. Ou pour me demander ce que je voulais pour le dîner. Ou pour exiger un rendez-vous en amoureux le soir. Comme s'il avait besoin d'en exiger un !

La maison *sentait* même l'abandon. D'ailleurs, elle sentait comme au premier jour d'achat. Le vide. Le neuf. L'inoccupé. Je me dis alors que ceux qui y vivaient d'habitude – c'est-à-dire Franklin, Spencer et moi – avaient été absents depuis trop longtemps. Même l'air de la maison commençait à sentir le renfermé, par manque d'usage.

Observant le sol dans un coin de la cuisine, près de la porte qui menait à la cave, je remarquai la gamelle vide de Franklin. L'eau de son bol, évaporée depuis bien longtemps, ne laissait qu'une fine pellicule. Je collai ma main à la poitrine afin de repousser ce soudain pincement au cœur et me demandai si Franklin était perdu là-dehors, affamé, blessé, seul et apeuré. Bon sang, j'espérais que non. Je ne supportais pas de l'imaginer ainsi.

Me tournant pour jeter un coup d'œil dans la salle à manger, je remarquai que les roses jaunes de Janie, ces roses que Spencer avait essayé de me refiler en cadeau pour plaisanter, étaient à présent marron et fanées. Leurs pétales flétris jonchaient la table, immobiles à l'endroit où ils étaient tombés. La légère odeur de décomposition provenait sûrement de l'eau gâtée du vase. C'était bien son genre, à Janie, de servir un sandwich au thon dans une belle vaisselle, de le placer sur la table de la cuisine, puis de laisser un bouquet de roses empester la salle à manger depuis la table, à moins de quatre mètres de là.

Devant moi, après le pot de moutarde avec Bugs et Elmer, trônait une pile de courrier qui s'était accumulée durant mon séjour à l'hôpital. D'après la couleur et la forme des enveloppes, je voyais que la plupart étaient des cartes de vœux. Je me demandai alors si mes amis avaient été troublés par le choix de la carte. Devaient-ils en acheter une de compassion, afin de présenter leurs condoléances pour la perte de mon mari, tout en ignorant le fait que j'avais été plongé dans le coma ? Ou était-ce plus socialement responsable d'envoyer une carte de bon rétablissement pour moi, et d'ignorer complètement le fait que Spencer s'était fait battre à mort comme un animal, laissant ce « cher Tyler » tout seul ? Ou devaient-ils acheter les deux pour tout couvrir ?

Difficile de choisir.

Je ramassai la pile de lettres, de cartes et de factures et la jetai dans la poubelle près de ma chaise. Puis, je me penchai pour ressortir à nouveau le tout. Il y avait sûrement des factures là-dedans et d'autres choses importantes. Je trierais plus tard. Après tout, la vie devait continuer.

Même si je n'en avais pas particulièrement envie.

Ne nous voilons pas la face, j'étais exténué. La tristesse, le chagrin et la douleur m'enlevaient tout courage et toute force. Seule me restait la colère. Elle me brûlait intensément jusqu'à l'os. J'en bouillais. D'ailleurs, j'étais certain que c'était justement la colère qui me maintenait en vie. La colère et le désir de vengeance.

Je regardai par la fenêtre de la cuisine, tremblant de haine. Un cliquetis de talons hauts m'alerta du retour de Janie. Elle se tint derrière ma chaise et posa la main sur mon épaule.

— Tu ne manges pas.

— J'y viens.

— Est-ce que ça te va ? Peut-être voudrais-tu autre chose ?

— C'est bon. Merci, Janie.

Elle passa ses doigts froids, des doigts de pianiste, dans mes cheveux.

— Tu as besoin d'une coupe.

— Je sais.

— J'ai un cours à donner dans quarante-cinq minutes. Tu te débrouilleras ?

— Oui. Merci.

— Je repasserai plus tard pour...

L'idée même qu'elle revienne aggrava ma fatigue.

— Non, s'il te plaît, Janie. Tu en as fait assez. J'ai besoin d'être un peu seul. Je t'appelle dans quelques jours. D'accord ?

— Tu es sûr ? dit-elle presque soulagée.

— Oui.

Elle se pencha pour m'embrasser sur la joue. Je levai ma main valide et la tapotai sur le côté de son visage, voulant qu'elle parte.

— Bon, d'accord. Essaie de te reposer.

Et en s'approchant davantage, elle me murmura à l'oreille :

— Je veux que ces salopards se fassent arrêter, Tyler. Je veux qu'ils paient pour ce qu'ils ont fait à mon frère. Et pour ce qu'ils t'ont fait. Si je peux y aider, fais-le-moi savoir.

Je hochai la tête, muet, l'implorant silencieusement de partir. Elle se décida enfin, ramassant son sac à main et son pull, qu'elle avait jeté sur une chaise. Après m'avoir embrassé sur la joue une dernière fois et avoir caressé longuement mes cheveux décoiffés, elle repartit bruyamment vers l'entrée. Sur son chemin, elle passa juste à côté des fleurs puantes en décomposition, sans même leur prêter attention.

Dès que la porte claqua derrière elle, je saisis l'assiette de sandwich et la jetai dans l'évier, à trois mètres de là. L'assiette explosa et le sandwich vint s'étaler contre la vitre. Je ramassai le bol de fèves au lard, mais restai tranquillement assis, mesurant l'étendue des dégâts si je venais à le jeter, lui aussi. Soupirant de résignation, je le portai jusqu'au réfrigérateur et l'y plaçai calmement. Ensuite, je retournai jusqu'à la chambre à coucher et me tins devant le dressing. En observant les vêtements de Spencer, je me demandai comment j'allais m'en sortir sans lui.

Je fermai enfin la porte du dressing, m'empêchant de voir tout ce qui avait de la valeur pour moi – Spencer, ses affaires, son amour – et fixai à la place mon reflet dans les miroirs de cette même porte.

Des contusions qui décoraient autrefois mon visage, il ne restait qu'une légère teinte verte autour de mon œil droit. Comme quoi, il y avait un avantage à rester dans le coma pendant près d'un mois. Je n'avais pas eu à me voir après m'être fait réduire en bouillie. Je ne me souvenais pas de la douleur qui en avait résulté, puisque j'avais dormi tout du long. De vagues moments de souffrance me revenaient parfois en mémoire, sans me laisser d'impression durable.

La seule douleur qui restait de mon passage à tabac était celle de mes doigts cassés. Ils avaient été piétinés, m'avait tranquillement expliqué le docteur, et je me souvins de la botte de motard avec sa fine chaîne en argent qui pendouillait sur le côté. La botte qui était sortie de l'obscurité pour venir me frapper à la poitrine. Était-ce cette même botte qui m'avait écrasé les doigts dans un acte d'une cruauté et d'une malveillance incroyables ? Ou était-ce l'œuvre d'un autre de ces agresseurs ? Je me dis que je ne le saurais jamais.

Ma haine fut d'autant plus attisée par l'idée – et la possibilité – de ne jamais apprendre la vérité. Je fermai les yeux en attendant que la sensation passe. En les rouvrant, j'observai encore une fois mon reflet et écoutai la musique vide du chagrin, qui planait tout autour de moi dans la maison silencieuse.

Avec ce bras plâtré logé dans son écharpe, ce survêtement et ce tee-shirt que Janie m'avait apportés, la contusion verdâtre sur le côté de mon visage, les cheveux ébouriffés, les yeux rouges, je devais bien admettre que je ne ressemblais à rien. Mais qu'importe. J'avais une affaire à régler.

Après avoir étudié mon plâtre, je compris que je ne pourrais pas conduire. Je fouillai alors dans un tiroir de la commode pour y chercher de l'argent, prit également une carte de crédit, juste au cas où l'argent ne suffirait pas, et ramassai mon portable pour m'appeler un taxi.

Je restai dans l'entrée jusqu'à ce qu'il se gare devant la maison. Puis, le cœur battant, je fermai la maison derrière moi et traversai le trottoir en boitant pour le rejoindre. Je devais voir Spencer. Et je comprenais ce besoin. Vraiment.

Ce que je ne comprenais pas, c'était cette terreur que je ressentais à l'idée de mettre le pied dehors. Sans ces murs autour de moi, je me sentais sans défense, sans protection. Cette peur était nouvelle. Mais je n'avais pas le temps de m'en occuper.

Le bras collé à ma poitrine pour me protéger, je montai dans le taxi.

— La Sainte-Croix, indiquai-je au chauffeur qui enclencha son compteur, en bon professionnel.

LE CIMETIÈRE de la Sainte-Croix était juste à la sortie de l'autoroute 805. J'y allais pour la première fois de ma vie.

— C'est par où ? demanda le chauffeur, arrivé devant le portail du cimetière.

Et je me rendis compte que je n'avais pas la moindre idée de l'emplacement de la tombe. J'indiquai le bâtiment administratif à gauche.

— Emmenez-moi au bureau. Je vais devoir leur poser la question.

Le chauffeur me scruta dans le rétroviseur. Son regard n'était pas amusé.

— Ne vous inquiétez pas, lui dis-je pour l'apaiser. Vous pouvez laisser le compteur tourner.

Il trouva une place de parking et je passai la porte marquée de la plaque « Bureau des concessions ». À l'intérieur, je trouvai une Hispano-américaine d'âge moyen dont le badge disait « Isabela Herrara ».

— Puis-je vous aider ?

Je lui expliquai ce dont j'avais besoin et elle vérifia une liste remplie de noms de défunts. Je ravalai un sanglot, sachant que celui de Spencer en faisait partie.

— Ah, oui, il est récent. C'est par là.

Elle me conduisit à une carte accrochée au mur et me montra le chemin vers la tombe qui passait par tout un dédale de voies pavées. Ensuite, elle me remit une copie plus petite de la carte, après avoir marqué la tombe de Spencer d'un X.

Je la remerciai avec un signe de la tête et me précipitai dans le taxi, en essayant de garder mon sang-froid, en tentant de ne pas trop réfléchir à ce que je faisais. Je m'efforçais de ne pas pleurer. Je cherchais à oublier ses mots. *Ah, oui, il est récent.*

Je tendis la carte au conducteur et marmonnai :

— Le X marque l'emplacement.

Il se contenta d'acquiescer. Une fois qu'il eut étudié la carte, nous partîmes – avec un peu de chance – dans la bonne direction. Apparemment, il avait raison. Quelques minutes plus tard, il s'arrêta au bord du trottoir et, après avoir jeté un dernier coup d'œil à la carte, m'indiqua d'aller à gauche, au milieu d'un champ de tombes.

— La sixième en descendant, lâcha-t-il d'une voix lasse.

Mais déjà je voyais un rectangle de terre sur la pelouse à quinze mètres de là. Une motte grumeleuse et gauchement étendue.

Bien déterminé à ne penser à rien, je collai à nouveau mon plâtre à la poitrine pour m'extirper du taxi, mais trébuchai maladroitement sur la pelouse spongieuse. Le cimetière sentait l'herbe fraîchement coupée. Au loin, je voyais le San Diego-Coronado Bridge, qui traverse la baie jusqu'au Colorado.

Le temps de rejoindre la tombe, des larmes me coulaient déjà sur les joues. Je me mordis la lèvre pour m'empêcher de crier de colère lorsque je vis ce fameux rectangle de terre retournée, marqué seulement d'un fragile repère en métal qui retenait un bout de papier avec le nom de Spencer. Des fleurs tenaient dans un vase en verre posé juste à côté, mais elles étaient aussi fanées que les roses sur la table de ma salle à manger.

— Je te trouverai une pierre tombale, Spencer, soufflai-je dans cet air estival. Promis. J'en ferai ma priorité.

La seule réponse fut un bourdonnement d'abeilles. Le chant lointain d'un oiseau moqueur. Le bruissement des feuilles d'un palmier à l'arrière, près du taxi. Je me retournai et vis le chauffeur devant sa portière, en train de fumer une cigarette. Il ne m'espionnait pas. Il regardait ailleurs.

— Je reviendrai dès que je pourrai conduire, Spencer. Dans quelques semaines. Mais je les ferai commencer la taille de la pierre sur-le-champ. Je te le promets, répétai-je, comme si le corps qui reposait six pieds sous terre pouvait entendre mes paroles.

Je t'aime. J'avais ces mots au bout des lèvres, prêts à être prononcés, mais je n'arrivais pas à les dire. Je finis par lui tourner le dos et, aveuglé par mes larmes, je marchai maladroitement vers le taxi.

Le chauffeur jeta son mégot dans l'herbe, ferma la portière derrière moi et monta à l'avant.

— Vous rentrez ? demanda-t-il.

Voyant qu'il me regardait dans le rétroviseur, j'essuyai les larmes sur mes joues et tentai d'adopter une expression sérieuse.

— Non, répondis-je. Retournez au bureau des concessions. J'ai à faire là-bas.

La pierre tombale. Je devais en acheter une à Spencer.

— Très bien, acquiesça le chauffeur en jetant un coup d'œil au compteur qui tournait toujours.

Trente minutes plus tard, la pierre était commandée et le taxi repassait par le portail du cimetière, pour rejoindre cette fois le monde des vivants. Je gardai les yeux rivés sur la parcelle de terre vierge qui couvrait la tombe de Spencer jusqu'à ce qu'elle ne soit plus visible. Puis, je revins à moi et me demandai quoi faire ensuite. De la journée. De ma vie. Le chauffeur garda le silence pendant le reste du trajet jusqu'à la maison.

J'ÉTAIS COUCHÉ dans le lit, tandis que le crépuscule se diffusait dans le ciel derrière la fenêtre de ma chambre. Ce même crépuscule que Spencer et moi avions admiré durant notre dernière nuit ensemble. Je tendis la main, puis tournai le bâton pour fermer le store vertical et cacher la vue. Cacher ce souvenir.

Cela faisait deux heures que j'étais allongé, indécis et de toute façon trop fatigué pour faire quoi que ce soit. Mon membre était dressé, puisque je me souvenais de la façon dont Spencer et moi avions passé ces dernières heures ensemble. La sensation de sa peau sous mes mains. Le goût de sa semence, qui s'étalait sur ma langue. Sa façon de crier au moment de la jouissance. La mienne. Cette familiarité après l'acte. Les câlins, les mots doux, sa tendre étreinte pendant que nos cœurs ralentissaient et que la sueur séchait sur notre peau. L'échange de bagues. Les rires.

La promenade au parc.

Sur cette dernière pensée, je me levai et dégageai le couvre-lit froissé avec ma main valide. Gauchement, à cause du plâtre, je m'étalai visage contre matelas du côté de Spencer afin de sentir son odeur sur les draps. Néanmoins, avec autant de peine que de chagrin, je remarquai que son odeur n'était plus. Je sentais seulement l'assouplissant et le détergent. Quelqu'un – peut-être Janie – avait changé et lavé les draps pendant que je me trouvais à l'hôpital, effaçant ainsi mon dernier contact intime avec l'homme que j'aimais et qui m'avait aimé en retour.

— Non ! m'exclamai-je dans la maison silencieuse.

Encore une fois, je fus emporté par ma rage. Contre Janie. Contre le destin. Contre ces salopards dans le parc. Je cherchai à taper, à jeter quelque chose, mais la sonnerie du téléphone, posé sur le bureau dans le coin, me fit retrouver la raison.

J'attendis que le répondeur prenne l'appel. Au bout de la cinquième sonnerie, je le fis. La voix familière qui s'échappait du haut-parleur semblait métallique. Je faillis ne pas la reconnaître.

— Tyler, c'est Chris Martin. J'étais à l'hôpital à l'instant et ils m'ont dit que vous aviez été autorisé à sortir. Êtes-vous à la maison ? Si oui, j'ai besoin de vous parler.

Je décrochai le téléphone à contrecœur.

— Oui, inspecteur, je suis là.

— Ah, bien. Comment vous sentez-vous ?

— Bien, répondis-je, las, même à mes oreilles. Comment allez-vous ?

— Euh. Écoutez, j'ai apporté quelques photos d'identité à l'hôpital pour que vous puissiez les regarder, mais maintenant que vous êtes chez vous, je me suis dit que je pourrais passer vous les remettre. Est-ce que ça vous irait ? Si vous ne souhaitez pas avoir de compagnie, je peux simplement venir les déposer.

Voulais-je avoir de la compagnie ?

— Bien sûr, inspecteur. Apportez-les.

Avec les stores fermés, la maison était pratiquement plongée dans le noir. La nuit, elle, approchait à grands pas.

— Que faites-vous à une heure pareille ? Vous travaillez jour et nuit ?

— On peut dire ça comme ça, dit-il, légèrement frustré. Je serai là dans cinq minutes.

— Vous savez où j'habite ? demandai-je.

— Tyler, je sais tout ce qu'il faut savoir sur vous, lâcha-t-il avant de raccrocher.

La frustration dans sa voix s'était intensifiée. Néanmoins, c'était une frustration encore amicale. Du moins, c'était ce que je croyais.

Je n'eus pas le temps de changer mon survêtement, mais je pus aller me passer un coup d'eau sur le visage et me brosser les dents dans la salle de bain. Je me peignai les cheveux et, le temps d'allumer les lampes à l'intérieur et sur le porche, l'inspecteur Martin montait déjà les marches jusqu'à la porte.

— Belle maison, me complimenta-t-il, chargé apparemment d'albums photos et de trois sacs tout droit sortis d'un fast-food.

— Merci, marmonnai-je.

Tandis que je l'invitais à passer la porte, une bonne odeur d'hamburger et de frites faillit me faire tomber par terre.

— Je me suis souvenu que vous ne pouviez pas conduire et comme je mourais de faim, j'ai pensé que vous deviez aussi être affamé. J'en ai acheté assez pour nous deux, expliqua-t-il en indiquant les sacs en papier marqués du fameux logo clownesque. Je l'ai même acheté à la chaîne de restauration pour laquelle vous faites les comptes. Je me suis dit que vous n'aviez pas envie de manger chez le concurrent. Vous savez, la loyauté professionnelle et tout…

— Ah, waouh, bégayai-je, conscient qu'il s'agissait d'une blague, mais surpris tout de même par la bonté de son geste. Merci.

L'inspecteur Martin, Chris, portait le costume froissé de l'autre fois. Lorsqu'il passa sous la lumière du porche, je distinguai des touffes de poils dessus. Et ce n'étaient pas les siens.

— Vous devez avoir un chat, lançai-je.

Chris se regarda, jura et essaya de nettoyer l'avant de sa veste sans faire tomber tout ce qu'il tenait dans les mains.

— Oui, j'ai une saleté de chat. Waldo, grogna-t-il.

Ce n'était pas un grognement méchant, mais résigné. Les relations ambivalentes avec les animaux de compagnie, je connaissais bien ça. Comme toute personne qui avait passé du temps avec Franklin.

Entravé par le plâtre sur mon bras, je ne fus pas d'une grande aide à l'inspecteur lorsqu'il traversa le salon et déposa enfin les sacs qu'il transportait sur la table basse.

— Je suis désolé, dit-il, ses deux mains enfin libres pour tapoter efficacement sa veste afin d'en déloger les poils de chat, avant de passer à l'avant de son pantalon. D'habitude, je ne fais pas aussi mauvaise impression. Enfin, je crois.

— Umm, commençai-je, un peu étonné. Vous venez de m'apporter les books des criminels, ou je ne sais quoi, directement chez moi au lieu de me faire prendre un taxi jusqu'au commissariat, et cerise sur le gâteau, vous m'apportez à manger. Je n'appellerais pas ça « faire mauvaise impression ». Enlevez donc votre veste, Monsieur l'Inspecteur. Et vos chaussures, si vous voulez. Mettez-vous à l'aise. Vous m'avez l'air plutôt crevé, si je puis me permettre.

Cette remarque lui empourpra les joues.

— Oui, bon, la journée a été longue. Mais merci, j'accepte votre offre. Où voulez-vous manger ? Ici ? demanda-t-il en indiquant la table basse.

— Ici alors. Asseyez-vous. Je vais chercher des serviettes.

— Pas la peine, m'avertit-il avant de sortir une pile de serviettes en papier d'un sac. Nous en avons largement assez.

À mon grand étonnement, je remarquai soudain que j'appréciais cet homme. Il semblait sympathique et, dans d'autres circonstances, j'aurais trouvé en lui un ami potentiel. Tout comme Spencer, qui m'aurait sûrement fait quelques signes de la tête pour montrer qu'il le trouvait mignon, même si, à mes yeux, l'inspecteur n'avait rien de cela pour l'instant. Je me doutais néanmoins que Spencer l'aurait trouvé pas mal. D'après lui, la gentillesse pouvait être aussi sexy qu'un corps d'Apollon. Peut-être que pour moi, il y avait aussi un peu de ça.

Cependant, même si j'acceptais le fait que je trouvais l'inspecteur Martin agréable, je savais également qu'il était l'ennemi. J'attendais beaucoup de lui – soyons francs, j'attendais des *arrestations* – et si les résultats tardaient à venir, je savais que j'allais me mettre en rogne.

— J'ai oublié les boissons, lança l'inspecteur, le regard vide.

— Pas de problème. J'ai du soda.

Je marchai difficilement jusqu'à la cuisine sur mes jambes fatiguées, sortis une bouteille de Coca-Cola de deux litres du réfrigérateur et attrapai deux verres du placard, montant ainsi mon propre numéro d'équilibrisme, puisque je n'avais qu'un bras valide. Chargé, je retournai jusqu'au salon et plaçai le tout sur la table basse, avant que Chris et moi ne nous assoyions sur le canapé.

— Je pense que vous allez devoir verser.

Il acquiesça, enleva sa veste et l'étendit sur le dos du canapé. Il était vêtu d'une chemise à rayures avec des auréoles sous les bras et sa cravate était comme tachée de ketchup. Cravate qui pendait négligemment autour de son cou. Il se rendit compte qu'il n'était pas à son avantage.

— Désolé, dit-il en touchant sa barbe naissante. Je vous ai bien dit que la journée avait été longue. J'ai même eu droit à une course poursuite en plein milieu, alors je ne suis plus propre comme un sous neuf.

— Vous avez attrapé votre homme ?

À ma grande surprise, il choisit l'humour, affichant un badge imaginaire et adoptant un air prétentieux rien que pour mes beaux yeux.

— Oui, tout à fait. Je l'ai pris par surprise, ce sale voyou, lança-t-il avant de retourner à la réalité et de plonger les mains dans les sacs de nourriture. Plutôt taco ou hamburger ?

— Les deux, répondis-je.

Il hocha la tête comme pour dire « bien ». Nous restâmes assis là, relativement complices, pendant les premières minutes passées à combler notre faim – apparemment – vorace. Lorsque notre frénésie alimentaire commença à se calmer, l'inspecteur Martin sembla avoir des choses à dire. Il me dévisagea avec un regard qui paraissait sincère.

— Alors, allez-vous bien, Tyler ? Sérieusement. Comment vous sentez-vous ?

J'avalai de travers, ne m'attendant pas à cette question.

— Je vais bien. J'essaie seulement… commençai-je avant d'embrasser la pièce du regard, comme pour la première fois. J'essaie seulement de m'habituer au silence de la maison, inspecteur.

— Chris, me reprit-il. Appelez-moi Chris.

— C'est vrai, acquiesçai-je. J'avais oublié.

Je posai mon hamburger de côté et bus une gorgée de soda.

— Spencer me manque, bien sûr. Et Franklin aussi.

— Franklin, le chien ?

— Oui. Il était plutôt bête. Ça me tue de penser qu'il est peut-être perdu là-dehors. Je déteste l'imaginer… souffrant. Ou affamé.

— On peut encore le retrouver, me rassura Chris. Vous avez dit qu'il avait une puce.

— Je sais.

J'ajustai le plâtre dans l'écharpe pour que ma main me fasse moins mal. Ne supportant pas de voir un visage vivant, je fixai simplement le foyer sans feu. Les mots que j'allais prononcer étaient semblables à une blessure putride se rouvrant soudainement. Néanmoins, je devais les dire. À *n'importe* qui. Je devais laisser sortir le pus.

— C'est dur de réaliser que Spencer est parti. Pour vous, c'est peut-être difficile à concevoir, mais personne – je dis bien *personne* – ne m'a jamais aimé comme lui. Et personne ne m'aimera jamais ainsi. Ça n'arrive qu'une fois dans une vie, inspecteur. Je veux dire « Chris ». Jamais je ne connaîtrai un tel bonheur, et je le sais parfaitement. Ça fait réfléchir.

Je me tournai timidement vers lui pour voir ce qu'il pensait. Il m'étudiait, inquiet, de ses yeux brun-miel. Lorsqu'il croisa mon regard, il m'offrit un sourire compatissant et sa main vint se poser sur mon épaule.

— Je sais que ça doit être dur pour vous, lança-t-il. Mais ne perdez pas espoir en votre avenir. Personne ne sait ce que le destin nous réserve. L'amour semble toujours arriver quand on s'y attend le moins. Vous traversez une période de deuil, ne la laissez pas vous marquer pour le restant de votre vie. Et si ça peut vous consoler, je pense que nous avons toutes nos chances de retrouver les hommes qui vous ont fait ça.

— Vraiment ? demandai-je, sceptique. Ça fait presque un mois déjà. Vous pensez encore faire une grosse découverte, peut-être ? lançai-je en essayant d'éviter le sarcasme, en vain.

Chris semblait comprendre ma colère. Je m'en doutais, vu son métier.

— Beaucoup de choses concernant l'attaque nous étaient encore inconnues jusqu'à il y a trois jours, quand vous vous êtes réveillé et vous êtes mis à nous parler. Voilà comment je vois la chose : l'enquête n'a pas débuté il y a un mois, lorsque vos agresseurs ont frappé. Elle a commencé à la minute même où vous avez ouvert les yeux et nous avons décrit ce qui s'était passé. C'est là que l'affaire a vraiment démarré. Ce n'est pas une « vieille » piste. Ce n'est pas une affaire classée sans suite. Bon sang ! On vient juste de commencer ! Laissez-nous une chance. Ne perdez pas espoir. D'accord ?

Je fixai son visage sincère et avide, ses yeux fatigués pleins de compassion, ses larges épaules relevées par la détermination. Pour la première fois, je remarquai un pistolet dans son holster d'épaule. J'étais étonné de ne pas l'avoir vu plus tôt.

— Très bien, soupirai-je, las et démotivé comme jamais.

Mon regard passa du pistolet aux albums empilés qu'il avait placés sur le sol, près de la table basse.

— Si on a fini de manger, je devrais peut-être regarder vos clichés, maintenant.

— Ce sont des photos de criminels. Des photographies d'identité judiciaire, dit-il avec un sourire aimable. C'est comme ça qu'on les appelle.

— Très bien, alors voyons vos « photographies d'identité judiciaire ».

Je lui renvoyai un faible sourire. Un sourire agréable sur mon visage. Chris dut également l'apprécier. Il me dévisagea un long moment d'un air perplexe et étrange. Puis, se souvenant visiblement de ce qu'il était venu faire ici, il poussa l'amas de sacs, de serviettes en papier et d'autres détritus issus de notre repas improvisé et plaça le premier album sur la table, devant moi. Avant de l'ouvrir, il m'avertit :

— J'espère que vous essayez toujours de vous souvenir au maximum de cette nuit-là. Le voisinage a été sondé, mais votre aide nous sera également précieuse. Lorsque vous vous sentirez mieux, peut-être que votre esprit s'ouvrira un peu plus. Peut-être que de nouveaux souvenirs émergeront : les gens croisés sur votre chemin jusqu'au parc, ou plus important encore, les gens vus *dans* le parc. Des gens qui pourraient se souvenir d'avoir vu trois hommes se diriger vers les toilettes. Des personnes qui ont peut-être été effrayées par l'attaque qu'elles ont aperçue et qui ont fui la scène, et les représailles. Prenez des notes s'il le faut. Peut-être que cela vous aidera à clarifier vos pensées.

— Vous vous attendez à beaucoup de choses, dis-je, observant son visage enthousiaste.

Il plissa légèrement les yeux. Mon commentaire lui déplaisait.

— Vous devriez, vous aussi, souffla-t-il. J'ai vu ce qu'ils vous ont fait, Tyler. Je me trouvais à l'hôpital lorsqu'ils vous ont amené. Avant même qu'on me confie l'affaire.

Je clignai des yeux, surpris.

— Comment est-ce possible ? Vous m'avez vu ? Vous y étiez ?

— Cela arrive très souvent, en fait. J'enquêtais sur un cas de violence conjugale. Une femme battue, entre la vie et la mort. Le mari était en garde à vue et j'attendais que la femme se réveille pour me confirmer ce que nous savions déjà. Ce que, d'ailleurs, elle n'a pas pu faire. Elle est morte aux urgences. Mais pendant que j'attendais, je les ai vus vous transporter. Je les ai vus vous soigner.

Il tendit la main et ouvrit le col de ma chemise de ses longs doigts experts, afin d'exposer ma cicatrice laissée par la trachéotomie.

— Je les ai regardés à travers la vitre vous faire la trachéotomie pour que vous puissiez respirer. Ils pensaient que vous aviez une commotion cérébrale, avec une fracture crânienne, et n'étaient pas sûrs que vous puissiez vous en sortir. Mais vous vous en êtes tiré. Cette nuit-là, vous avez eu de la chance, Tyler. Vous auriez très bien pu y rester.

Je l'écoutais assis, sans voix. Personne ne m'avait encore raconté à quel point j'avais frôlé la mort. Ni les médecins ni les infirmières, ni même la famille de Spencer. Personne.

— Et vous étiez là pendant tout ce temps, lui dis-je, encore dubitatif.

— Oui. Je suis sur votre affaire depuis cette toute première nuit. Je sais que vous n'en avez pas conscience, mais c'est la stricte vérité. J'étais là quand les techniciens ont travaillé sur la scène du crime. J'ai assisté à l'autopsie de votre partenaire, à la morgue. Pendant que s'activait le médecin légiste, je testais l'ADN trouvé sous les ongles, en espérant que Spencer avait griffé l'un de ses agresseurs. La seule substance trouvée a été du sperme. Et c'était le vôtre.

Je sursautai.

— Cette nuit-là, nous… C'était notre anniversaire de mariage. Juste avant de quitter la maison, nous avons fait l'amour, expliquai-je avant d'étudier l'expression de l'inspecteur. Vous avez vu Spencer à la morgue ?

À son tour de fixer le foyer toujours éteint.

— Oui. J'ai vu ce qu'ils lui ont fait. Si ça peut vous rassurer, il est mort sur le coup. Il n'a pas souffert.

— Je sais. Le docteur me l'a dit, l'informai-je, en grattant la fameuse cicatrice comme si j'avais besoin de la toucher pour garder les pieds sur terre. Je croyais qu'il me mentait. J'étais certain que Spencer avait souffert, allongé là, à mes côtés, sur ce sol dégoûtant, pendant que la nuit avançait, et j'étais trop faible, ou trop assommé pour l'aider. Je voyais bien ces tueurs repartir joyeusement, en rigolant de leurs exploits. Je m'étais fait tout un film.

— Vous n'auriez rien pu faire pour lui, dit-il d'une voix douce. Je ne sais absolument pas ce qu'ont fait vos agresseurs après l'attaque, mais je peux vous assurer que votre mari n'a pas souffert de ses blessures. Il a perdu connaissance dès le premier coup porté avec cette barre de fer.

Chris posa une main réconfortante sur mon avant-bras. Son toucher était froid à cause du verre dans lequel il buvait.

— Cette information, aussi minime soit-elle, devrait au moins vous soulager un peu, Tyler. Spencer n'a pas souffert. Pas une seule seconde.

Je ne pouvais que contempler sa main, tandis que ses mots dissipaient une peur qui me tenait depuis l'instant où j'étais sorti du coma. Les paroles du docteur étaient donc vraies. Spencer n'avait rien senti.

Dieu merci.

Je dégageai mon bras de sa prise. Je ne saurais dire pourquoi.

— Avez-vous trouvé quoi que ce soit sur le lieu du crime ? Des empreintes ? Ou autres ?

— Pas grand-chose, dit-il en haussant les épaules. Pas d'empreintes, ou devrais-je dire : trop d'empreintes. Impossible à analyser. Tous les habitants de San Diego ont dû visiter ces toilettes à un moment ou à un autre pour se soulager. Mais on a bien trouvé l'arme du crime. Et des traces de pas dans le sang. Des empreintes de bottes, pour être plus exact. Sûrement celles qui vous ont frappé à la poitrine et peut-être même celles qui vous ont écrasé les doigts.

— Des bottes de motard avec des chaînes, lançai-je.

— Je sais, Tyler, acquiesça-t-il. Je me souviens de toute votre description.

— Bien sûr. Désolé.

— Revenons à nos moutons.

La voix de Chris était toujours douce, mais avec une pointe d'impatience, comme s'il était temps de recentrer la conversation. Il ouvrit l'album et le plaça devant moi.

— Prenez votre temps, Tyler. Étudiez chaque visage. Je sais qu'il y a des caractéristiques physiques précises que nous cherchons. Le gros homme au visage rond et au grain de beauté sur la joue. L'homme fin avec sa moustache hirsute. Mais ne vous arrêtez pas à ces traits. Ouvrez votre esprit sur chaque photo que vous verrez. Votre cerveau est un outil imprévisible. On ne sait jamais ce qui pourrait déclencher un souvenir. Vous pourriez même avoir un aperçu du troisième homme, celui dont vous n'avez pas parlé. Celui que vous ne pensez pas avoir vu.

— Très bien, dis-je déjà fatigué et persuadé que cela ne mènerait à rien, mais bien déterminé à aller jusqu'au bout, ne serait-ce que pour l'inspecteur.

L'album était lourd et il en restait encore trois autres semblables, couverts de cuir, qui attendaient leur tour.

— Et donc, ce sont tous les criminels de San Diego ? demandai-je, en passant le doigt sur les visages de la première page.

— Désolé, mais non, répondit Chris en haussant les épaules. Seulement ceux qui sont assez idiots pour avoir des antécédents.

— Des antécédents ?

— Des antécédents judiciaires.

— Oh.

C'est donc sans espoir que cela aboutisse à quoi que ce soit que je tournai les pages de l'album, en essayant de me concentrer sur chaque visage passé en revue.

Une heure plus tard, ces visages se ressemblaient tous. Je me frottai les yeux et refermai le dernier album. L'inspecteur tendit le bras et me reprit l'album des mains, l'ajoutant à la pile déjà formée sur le sol.

— Peut-être qu'il est trop tôt pour ça. Vous venez tout juste de rentrer de l'hôpital.

Il ramassa tous les déchets du dîner et les porta à la cuisine, où je l'entendis les enfoncer dans la poubelle. Il revint et souleva sa veste, posée sur le dos du canapé. Il me regarda de toute sa hauteur, moi qui étais encore assis sur le canapé devant lui.

— Ne faites pas cette tête, me lança-il. Comme je l'ai déjà dit, l'enquête ne fait que commencer. Vous devriez aller au lit et essayer de dormir un peu.

Il sortit une carte de visite de la poche de sa chemise et y griffonna quelque chose au dos, avant de la déposer sur la table en face de moi.

— Si vous avez besoin de parler, appelez-moi. À n'importe quelle heure. Le numéro de mon domicile est au dos. De toute façon, je suis plutôt mauvais dormeur.

Il me donna une tape amicale sur l'épaule et se dirigea vers la porte, jonglant encore avec ses albums, sur lesquels trônait cette fois sa veste roulée en boule. Il ouvrit gauchement la porte et se tourna juste avant de faire un pas dans la nuit.

— Et ne vous inquiétez pas, Tyler, on retrouvera les coupables. Je vous le promets.

Sur ce, il se retourna et ferma la porte derrière lui. Instantanément, je me trouvai à nouveau accablé par le chagrin.

IV : COLÈRE

APRÈS UNE nuit pratiquement blanche, je me retrouvai à me balader dans la maison, dans la pénombre d'avant l'aube, cherchant machinalement une chose sur laquelle je ne pouvais mettre un nom. Une chose que je n'étais même pas certain de vouloir retrouver. Effrayé par l'obscurité, j'allumai les lumières sur mon passage, observai les images sur les murs, jetai un coup d'œil dans chaque placard, écoutai attentivement chaque son que je croyais entendre d'une direction que je n'arrivais pas à clairement identifier.

En passant une fenêtre qui donnait sur le jardin à l'arrière, je m'imaginai toutes sortes de créatures rôdant dans le noir, en train de m'épier, d'observer chacun de mes gestes. Je revins alors immédiatement sur mes pas à travers la maison, fermant tous les rideaux derrière moi, bloquant la nuit. Bouchant leur vue.

Je frémis dans mon boxer, mon seul vêtement. En baissant les yeux, je distinguais encore la trace laissée par la botte sur ma poitrine, là où ce gros lard m'avait frappé. Cette blessure ne me faisait mal que lorsque j'appuyais dessus. Alors j'appuyai, juste pour m'assurer que j'étais encore en vie. J'eus le souffle coupé quand mes doigts s'enfoncèrent dans la chair et que la douleur me déchira.

Ma peau paraissait moite au toucher et je remarquai que j'étais pris de sueurs froides. Une fois encore, je me tins devant le dressing de la chambre principale, à fixer les vêtements de Spencer qui y pendaient. Des vêtements qu'il ne remettrait jamais. Le chagrin s'abattit sur moi avec une telle force que je vacillai, perdant presque mon équilibre. Me retenant de vomir, je ravalai ma bile, puis courus vers la salle de bain, où je me jetai à genoux devant la cuvette des toilettes. Je l'étreignis et déversai le contenu de mon estomac. Une fois vidé, je me sentis un peu mieux. Devant le lavabo, je m'aspergeai le visage d'eau et me brossai les dents. J'essuyai la sueur sur mon corps à l'aide d'une serviette, enfilai le peignoir bleu en tissu éponge de Spencer pour calmer les frissons, et repris mon interminable déambulation à travers la maison déserte.

Je me tenais à présent dans le salon, à contempler les meubles, les tapis et le livre que je lisais avant que ma vie ne vire au cauchemar. Il reposait toujours à plat, bien ouvert au bout de la table, juste à côté de ma chaise préférée – là où je l'avais laissé un mois auparavant. Bizarrement, je ne me souvenais ni de son histoire ni de rien d'autre. Sur la table basse, la carte de visite de Chris attira mon attention et je la ramassai pour voir ce qu'il avait inscrit au dos. *Appelez-moi à n'importe quelle heure*, avait-il écrit. *N'importe* était souligné deux fois. Plus bas, figurait le numéro de téléphone de son domicile. Je tournai la carte et lus les mots à l'avant. *Inspecteur Christian Martin – Police départementale de San Diego – Brigade criminelle*. Puis il y avait un numéro, un e-mail et un fax. Le sceau de San Diego, imprimé en petit, décorait un coin de la carte.

Voilà l'homme qui enquête sur mon affaire, me dis-je. C'était l'homme qui avait été missionné pour punir les tueurs de Spencer. Avais-je confiance en lui ? Je n'en étais pas sûr. C'était un homme plutôt sympathique, mais qui ne devait pas dépasser la trentaine, alors quelle expérience pouvait-il bien avoir ? Et quand bien même il aurait tout un bagage, je n'étais pas certain que *quiconque* soit à la hauteur de la tâche. Trop d'éléments pointaient vers une mauvaise issue. Manque de preuves. Manque de témoins. Un excès de haine et de colère qui m'empêcherait d'être satisfait du résultat.

Je lâchai la carte de visite sur la table et resserrai le peignoir de Spencer autour de moi, évitant de nouveaux frissons. Une sirène retentit au loin et je retins ma respiration, le temps de m'assurer que le bruit ne s'approchait pas, mais s'éloignait.

Je baissai à nouveau les yeux et fixai mon annulaire. Chose curieuse : l'alliance qu'on m'avait volée n'y était restée qu'une heure, voire moins, mais malgré tout, mon doigt semblait comme nu sans elle. Je le frottai, me souvenant de la sensation ressentie lorsque Spencer m'avait mis la bague au doigt. Je me souvins de la lueur chatoyante du diamant, de l'éclat chaleureux du lapis-lazuli et de l'or, sur lesquels se reflétait le clair de lune, lors de cette fameuse nuit où Spencer et moi étions partis nous promener ensemble dans le quartier.

Je passai à la chambre à coucher, où j'ouvris le tiroir de la table de nuit du côté de Spencer pour en sortir la boîte de velours dans laquelle les bagues avaient été transportées. En l'ouvrant, je découvris un bout de papier cartonné plié soigneusement, comme ces petits mots ajoutés aux bouquets de fleurs. À l'intérieur du papier, on trouvait une inscription : *Je t'aime. Spencer.*

Je m'assis au bord du lit, les yeux rivés sur la carte, sur l'écriture propre de mon mari. Il ne me l'avait pas montrée lorsqu'il m'avait offert la bague. Peut-être avait-il oublié ? Je me rendis compte qu'il s'agissait là des derniers mots reçus de la part de l'homme que j'avais épousé, de l'homme que j'avais juré d'aimer pour toujours.

Et de l'homme qui m'avait aimé en retour. Jusqu'à ce que la mort nous séparât.

Je replaçai consciencieusement la carte dans sa boîte de velours, et rangeai tendrement cette dernière dans le tiroir de la table de nuit. Je m'étalai ensuite sur le côté du lit qu'occupait Spencer, posant ma tête sur son oreiller. Je fermai les yeux et, à ma grande surprise, je m'endormis. Et avec le sommeil vint le rêve.

Dans mon rêve, nous faisions à nouveau l'amour, Spencer et moi. Par la suite, les bagues étaient toujours à nos doigts tandis que nous nous complaisions dans cette douce euphorie dont jouissent les amants. Ces mêmes mots qu'il avait écrits dans la petite carte, cachée à l'intérieur de sa boîte de velours, devinrent ceux qu'il me susurra à l'oreille pendant que nous nous étreignions. Pendant que j'entendais les battements de nos cœurs ralentir et que je sentais mon corps enfiévré et tremblant se calmer dans ses bras.

— Je t'aime, Spencer, lui soufflai-je, les lèvres collées à son oreille.

Avec un sourire et un « chut », il m'attira à lui. Et dans mon rêve, nous dormîmes.

La sonnette me réveilla en plein milieu de la matinée. Je marchai, vacillant, jusqu'à la porte et trouvai une gerbe de fleurs sur le perron. Le livreur était déjà parti. Lorsque je tendis la main par l'embrasure de la porte afin de les soulever, un frisson me parcourut l'échine. C'était la peur que j'avais ressentie le jour précédent en quittant la maison pour prendre le taxi.

Mais qu'est-ce qui n'allait pas chez moi ? Étais-je devenu agoraphobe depuis l'attaque ? M'étais-je transformé en lâche ? Trop effrayé pour mettre un pied dehors, de quitter la sécurité de ma propre maison ? Terrifié par l'idée d'interagir avec le monde comme tout être humain normalement constitué ?

Je me forçai à me tenir un moment sur le porche, à regarder par-dessus la rampe, tout en serrant le bouquet de fleurs contre la poitrine avec mon bras valide. Mon pouls martelant dans ma tête, je vis les voisins vaquer à leurs occupations quotidiennes, les enfants partant à l'école, leurs parents prenant la route pour aller au travail. Un chien errant, aussi terrifié que moi, courut le long du trottoir et disparut à l'angle. Pauvre bête. Ce chien perdu me rappela Franklin, et les pulsations s'intensifièrent.

Je m'abritai rapidement en passant par la porte d'entrée, plaçai les fleurs au sol et, les mains tremblantes, je tournai le verrou, m'enfermant à l'intérieur. Et surtout, enfermant le monde dehors. Lorsque mon téléphone sonna, j'eus une peur bleue. Après avoir fermé les yeux pour calmer mon angoisse, je m'avançai vers lui et décrochai à contrecœur.

— Tyler ? C'est Joey, du boulot. Je suis vraiment désolé pour ce qui t'est arrivé, mon pote. Si je peux faire quoi que ce soit, préviens-moi, d'accord ? N'importe quoi.

Je refermai fortement les yeux. Joey. L'un de mes aides-comptables. Celui qui convoitait ma place plus que tous les autres.

— Euh, merci, Joey. Tout est sous contrôle. Je reviendrai au travail dans quelques jours, j'imagine. Je ne sais pas quand.

Joey était toujours diablement enthousiaste. Comme tous les gens mesquins.

— D'accord, l'ami ! On défendra le fort jusqu'à ton retour. Mme Margolis du siège social t'a fait parvenir des fleurs. Tout le monde a signé la carte. Tu devrais bientôt les recevoir.

Je fixai le bouquet de fleurs qui gisait toujours sur le sol près de la porte d'entrée, où je l'avais laissé.

— Oh, dis-je. Dis-lui merci. Les fleurs viennent d'être livrées. Je dois y aller, Joey, le docteur est arrivé.

Ce fut la première chose qui me vint à l'esprit. *Qu'il aille se faire voir*. Il ne saurait jamais que je venais de lui mentir.

— D'accord, Tyler. Prends soin de toi. Tout le monde se fait du souci. Désole pour… enfin, tu sais.

— Ouais, soufflai-je. Je sais. Au revoir, Joey.

Je reposai le téléphone à sa place. Aussitôt raccroché, il sonna à nouveau. Cette fois, je laissai le répondeur prendre l'appel. C'était Mme Margolis en personne. La directrice. Ma patronne.

— Tyler, tout le monde te présente ses condoléances. Nous pensons fort à toi, chéri. Prends tout le temps nécessaire pour te remettre d'aplomb, et ne t'inquiète pas pour ton poste. Tu sais bien qu'on ne peut pas se passer de toi. Enfin, pas de manière définitive, je veux dire. Encore une fois, nous sommes vraiment désolés pour ce qui s'est passé, Tyler. Bon rétablissement.

Et l'appel se termina. J'éteignis immédiatement le répondeur pour bloquer tous les appels entrants. Ensuite, je ramassai la carte de visite de l'inspecteur sur la table basse et, la posant près du téléphone pour pouvoir la lire et taper en même temps avec ma bonne main, je composai le numéro.

Christian Martin répondit à la seconde sonnerie. La fureur dans ma voix fut incontrôlable. Impossible à réfréner.

— Comment était-il, inspecteur ? Spencer, je veux dire. Quand vous l'avez vu à la morgue. À quoi ressemblait-il ?

J'entendis des grésillements pendant cinq bonnes secondes, avant que l'inspecteur réponde.

— Tyler, pourquoi me demandez-vous ça ? Vous allez bien ? Avez-vous dormi ?

J'essuyai une larme sur ma joue avec le dos de la main.

— Je veux juste savoir de quoi il avait l'air, inspecteur. C'était mon amant, mon mari. J'ai le droit de savoir ce que ces meurtriers lui ont fait.

—Appelez-moi Chris, dit-il avec un soupir. S'il vous plaît. Et si vous êtes bien déterminé à connaître ces choses-là, je vous trouverai une copie du rapport du médecin légiste. Mais je préfère vraiment que vous évitiez. Cela ne vous apportera rien de bon, Tyler. Vous avez déjà bien assez souffert. Pas besoin de remuer le couteau dans la plaie.

Je sentis le téléphone trembler contre mon oreille. Mes mains tremblaient.

— Merci. J'attendrai le rapport, jetai-je avant de raccrocher.

L'instant d'après, j'éteignis la sonnerie.

LES JOURS suivants, j'essayai de sortir de chez moi à deux reprises, mais ma peur me paralysait. Lorsque la nourriture commença à manquer, je me fis livrer mes courses. Le téléphone étant éteint, je savais que les gens finiraient par s'inquiéter. Je me dis donc qu'un coup de fil préventif s'imposait et téléphonai à Janie pour lui dire que j'allais bien et que j'avais simplement besoin d'être seul. Je l'appelai à son domicile à un moment où je savais qu'elle donnait des cours à l'école, pour éviter de lui parler.

J'appelai également Christian Martin pour connaître l'avancement de l'affaire, mais sa réponse restait inchangée :

—Cela prendra du temps, Tyler. Soyez patient. Laissez-nous examiner les indices. En attendant, appelez-moi quand vous voudrez. Même si c'est juste pour bavarder. Même si c'est juste pour avoir de la compagnie.

La bonté de ses mots me surprenait toujours. Tout comme ma colère, quand je les entendais. Et même dans mon impatience, dans ma frustration et dans ma fureur, il me faisait de la peine. Il voulait m'aider. Je le savais bien. Mais quand il me demandait de la patience, il me demandait l'impossible. De la haine par contre, j'en avais à revendre.

Au bout de quelques jours, j'arrêtai même d'appeler l'inspecteur. Un autre moyen de me couper du monde. Et maintenant que j'étais complètement isolé, j'avais tout le temps de réfléchir à cette peur que je ressentais à l'idée de quitter la maison, ne serait-ce que pour une minute. Je n'étais pas sorti sur le porche depuis cette fameuse journée au cimetière.

Pendant que mon corps guérissait lentement et que mes dernières éraflures s'effaçaient, ma peur d'aller dehors, elle, grandissait. Lorsque le jardinier vint toquer pour chercher sa paye, je lui glissai le chèque par la fente à lettres de ma porte. Je continuai à me faire livrer les courses, payant par téléphone avec ma carte de crédit.

Lorsque ma première semaine à la maison se termina et qu'une deuxième démarra, je sus que j'allais devoir trouver un moyen de dépasser cette peur : mon rendez-vous avec le docteur pour enlever le plâtre sur mon bras approchait, cela faisait près de six semaines que je l'avais. À présent, je pouvais bouger les doigts au bout du plâtre en ne sentant qu'un léger inconfort. J'étais guéri. Il était temps d'enlever ce satané truc.

Le jour de mon rendez-vous, j'appelai le bureau du docteur et dis à son infirmière que j'étais allé voir un autre médecin pour m'enlever le plâtre. Je lui signalai que tout allait bien et que j'étais désolé pour avoir annulé si tard. Qu'elle m'ait cru ou non, elle n'eut pas le temps d'agir, puisque je raccrochai avant qu'elle ait pu me passer à son supérieur.

Je me préparai alors un bain chaud et me plongeai dedans, plâtre inclus. À l'aide d'une paire de ciseaux, je creusai dans le plâtre ramollissant, jusqu'à ce que l'eau prenne un aspect laiteux autour de moi. Enfin, je réussis à le déchirer entièrement avec les doigts. Et lorsqu'il tomba en morceaux, je relâchai un soupir de soulagement longuement retenu.

Mon bras paraissait pâle et plissé après son séjour passé sous le plâtre, plus petit que l'autre, étrangement. Mais lorsque je pliais le poignet et les doigts, tout fonctionnait sans douleur. Je me relevai du bain lacté et nettoyai les bouts de plâtre sur mon corps, avant de sortir du bain. Après m'être séché, je passai dix bonnes minutes à récurer la baignoire et à jeter à la poubelle les restes mous de ma prison. Je badigeonnai mon bras de lotion afin d'apaiser ma peau qui pelait et me démangeait, et à nouveau je m'enveloppai d'un peignoir, le mien cette fois. Arrivé devant l'évier de la cuisine, je bus une bière.

Des cartes de bon rétablissement et de condoléances m'arrivaient encore quotidiennement, mais je les mettais sans tarder à la poubelle. J'avais fait l'erreur d'en ouvrir une. Cela m'avait suffi. Les mots attentionnés ne faisaient qu'empirer mon cas. Je refusais de subir cela encore une fois. Néanmoins, c'était ma peur qui me dérangeait le plus. Elle me suivait chaque jour, à chaque seconde. Mais la nuit, c'était infiniment pire. J'empêchais donc cette dernière d'envahir la maison. Rideaux fermés, lumières allumées vingt-quatre heures sur vingt-quatre. Je me sentais impuissant. Désarmé. Je vérifiais sans cesse les verrous des portes et des fenêtres.

Au début de ma troisième semaine passée en ermite, ce fut finalement ma colère qui me persuada de faire face à mes démons. Ma colère, et le rapport du médecin légiste qui arriva par la poste.

J'ouvris l'enveloppe à l'air officiel, marquée du sceau du comté de San Diego sur le côté gauche, et en sortis deux papiers. L'un d'eux était un mot de l'inspecteur Martin. Le mot disait simplement : *Les documents que vous avez demandés ne peuvent pas quitter le bureau du médecin légiste. Je vous joins donc le récapitulatif issu du rapport final du coroner. Chris.*

L'autre était un papier à en-tête officiel marqué tout en haut du même sceau. Sous ce dernier, on trouvait les mots « Report du coroner : cas N°46G99 » et la date. La date remontait à deux jours après la mort de Spencer.

Après avoir examiné la feuille, je remarquai immédiatement que ce que je lisais correspondait simplement au bilan du coroner, la personne chargée de prendre des informations sur les causes d'une mort violente ou inexpliquée. Il n'expliquait en rien comment le coroner avait tiré ses conclusions, seulement qu'il en avait tirées. Vraisemblablement, ce papier était destiné à la police ou au personnel juridique qui, peut-être, avaient une connaissance limitée de la médecine médico-légale. Pourtant, après trente secondes de lecture, je compris que ce document contenait assez d'informations pour me faire regretter d'avoir demandé à le voir. L'inspecteur Martin avait raison depuis le début. J'aurais mieux fait de ne pas connaître la vérité.

Deux phrases plus tard, ma vision était déjà voilée par les larmes. Je m'emparai des mots et des phrases écrites sur ce papier comme une grenouille happe des mouches volantes.

… Spencer Allen Chang – Age 30 – Sino-américain, adulte, homme.

… photographié avant autopsie avec et sans habits.

… poids du sujet : 77 kg – taille : 1,85 m – cheveux noirs – yeux marron – pas de cicatrices, de tatouages, de grains de beauté ou d'autres signes distinctifs.

… avant l'attaque, le sujet semble avoir été en bonne santé – présence négative de drogues dans le système – présence négative de piqûres. Aucun signe de pénétration anale, de viol ou d'agression sexuelle.

… sujet identifié par sa sœur. Nom : Jane Marie Chang.

… mort résultant d'un traumatisme : trois coups consécutifs portés à la tête, chaque coup ayant causé un dommage cérébral ; fracture crânienne ; grosse perte de sang. Tous auraient pu être fatals – sujet rapidement incapacité – mort survenue en quelques secondes.

… arme retrouvée sur la scène de crime – barre de fer de 75 cm, circonférence de 7,5 cm, poids de 1 247 g – barre de fer correspondant à la blessure du crâne. Pas d'empreintes.

… *pas d'empreintes, pas d'empreintes, pas d'empreintes.* Ces mots jouaient dans ma tête tel un rire moqueur. Furieux, j'arrachai les rideaux de côté et regardai à travers la fenêtre du salon, laissant le soleil entrer dans la maison pour la première fois depuis des jours. Le rapport me resta dans les mains, complètement froissé.

Il est mort. Il est vraiment mort. Et ils n'attraperont jamais les connards qui ont fait ça. Jamais.

Je restai assis près de la fenêtre jusqu'à ce que la faim me conduise à la cuisine. Je mangeai un sandwich, des chips, et tout ce que je trouvais qui ne nécessitait aucune cuisson.

Une fois ma faim assouvie, la colère me sortit de ma maison. Au diable la peur ! J'enfilai quelques vêtements et ramassai les clés de ma voiture sur la commode où elles étaient restées depuis la nuit de la mort de Spencer. Six semaines s'étaient-elles vraiment écoulées ? Comment était-ce possible ?

J'entrai dans le garage les clés en main, leur tintement familier et réconfortant, comme un écho du passé, une promesse de liberté, une promesse... de vengeance.

Cette agoraphobie terrible qui me tourmentait depuis ma sortie de l'hôpital avait disparu. C'était aussi simple que ça. Les mots du médecin légiste l'avaient arrachée comme une écorce d'arbre.

Enclenchant l'appareil accroché à mon pare-soleil, je clignai des yeux devant les rayons qui s'infiltrèrent à l'ouverture de la porte du garage. La voiture vrombit autour de moi comme un vieil ami. Ou un frère d'armes. Avec un large sourire, je sortis sur la route et roulai vers l'ouest.

Je me garai et observai la pelouse depuis l'intérieur de la voiture.

L'espace canin était bien rempli. Ironiquement, je me rendis compte que je ne savais plus quel jour nous étions, mais à en juger par les chiens et leurs propriétaires enjoués, tous bien dispersés, c'était probablement le week-end. J'inspirai un bon coup et quittai la voiture.

C'était une belle journée. Le soleil était agréable sur ma nuque. Je regardai au loin, vers les toilettes publiques où tout s'était passé. On n'y trouvait aucune bande jaune disant « scène de crime », mais après tout ce temps, pourquoi y en aurait-il une ? Néanmoins, l'idée que la vie de Spencer lui fut si cruellement volée et qu'il ne restait absolument rien pour le montrer, m'irritait au plus haut point. C'était comme si sa mort – ma perte – ne comptait pas. Notre souffrance ne représentait qu'un minuscule pépin dans l'univers. Autrement dit : que dalle.

Transpirant déjà la colère, celle que je connaissais bien, j'enjambai la barrière près du portail et m'assis dessus, comme Spencer et moi l'avions fait cette nuit-là. Embrassant le parc du regard, j'essayai au moins d'effacer la furie de mon visage. Inutile de ficher la trouille à tous ces pauvres imbéciles innocents qui promenaient leurs clébards. Cela dit, je devinai que quelque chose dans mon attitude me séparait des autres. Personne ne m'approcha. Personne ne me fit un salut de la tête en passant le portail, pour entrer dans le parc ou repartir à la maison, avec le chien au bout de la laisse. Tous pensaient déjà au dîner, au travail, à la vie.

Mon poignet et mes doigts me faisaient mal, alors je les regardai. Mon bras blessé semblait toujours plus pâle et plus petit que l'autre. En rentrant à la maison, j'allais peut-être me remettre à l'exercice pour le remuscler. Serrer une balle de tennis pourrait aider. Ou soulever des altères légères. Tout ce qui allait me permettre de relancer le sang et de réduire la douleur et la faiblesse de mes os en voie de guérison.

Entouré d'aboiements, de rires, et d'un bourdonnement de voix joyeuses, je commençai à mieux apprécier ma présence ici. Dès l'instant où je descendis de la barrière et posai le pied sur la pelouse pour approcher des toilettes, mon humeur changea. La fureur s'installa encore en moi. Et la peur. Ce vieil ennemi juré fit son retour, agitant ses drapeaux et sonnant ses cloches. Mais je l'ignorai. Ou du moins, j'essayai.

Il fallait que je voie. Je devais voir où tout s'était déroulé.

À trois mètres de l'entrée qui menait aux toilettes des hommes, je sentais déjà l'odeur nauséabonde de l'urine rance et du désinfectant. L'embrasure ne comportait pas véritablement de porte. C'était seulement une ouverture. La personne entrait à l'intérieur sous un éclairage tamisé, faisait ses besoins, et – avec un peu de chance – tirait la chasse et se lavait les mains, avant de ressortir.

À moins, bien sûr, que ladite personne soit interrompue dans ce processus par des scélérats, pour reprendre le terme de George W. Bush. Comme Spencer et moi l'avions été.

L'intérieur était vide, le sol mouillé de pisse, son odeur presque suffocante. Je fixai le sol en béton verdâtre sur lequel j'étais couché, d'abord conscient puis inconscient, tandis que Spencer gisait, mort, à mes côtés, son sang formant une flaque tout autour de lui. Je me souvins de la sensation collante du sang coagulé au bout de mes doigts, cette nuit-là. Mes doigts cassés. Je me souvins du rire des trois hommes, du gémissement de Franklin, du tintement de la barre de fer contre le mur en béton, de la lueur qui avait déchiré la pénombre sur son passage à partir du briquet, briquet tenu au-dessus d'une grosse main marron.

Je me souvins également de la botte qui m'avait frappé à la poitrine, mais rien concernant les blessures de ma main. Était-ce la même botte qui me l'avait écrasée, me fracturant les doigts et le poignet ? Je ne me souvenais pas non plus des secours m'emmenant loin de là, ou du temps que j'avais passé par terre avant leur arrivée.

Je ne savais pas non plus combien de temps Spencer était resté allongé dans son sang, qui coagulait et s'épaississait, pendant que la police s'activait sur la scène du crime. Je n'avais pas pensé à poser la question à l'inspecteur Martin, mais bizarrement, elle me semblait essentielle. Il me semblait que c'était la *première* question que j'aurais dû poser. La toute première.

Je ne me souvenais pas de la fourgonnette du coroner reculant jusqu'à l'entrée des toilettes. Ni du corps raidi de Spencer, détaché lentement de la saleté dans laquelle il reposait, avant d'être emballé dans une housse mortuaire noire en vinyle, comme ces ordures déposées sur le trottoir. Mais comment aurais-je pu ? Je ne devais plus être là. J'avais été emmené pour me faire traiter, pour me faire *soigner*, pendant que Spencer demeurait ici, seul et immobile. Et mort.

J'essayai de tout bloquer dans mon esprit, mes souvenirs et le fruit de mon imagination.

Percevant toujours les aboiements et les rires joyeux à l'extérieur, je me tins au milieu des toilettes publiques pour décider de la suite. Maintenant que ma peur s'était éteinte et que ma colère semblait plus attisée que jamais, qu'étais-je donc censé faire ?

Ma vision était étrangement claire, sans qu'aucune larme ne vienne la troubler. Mes yeux s'ajustaient encore à la faible lumière. Je vis des brèches dans le mur en béton et me souvins des coups portés par les agresseurs avec la barre de fer, du fracas produit, de la douleur cinglante du bout de béton délogé du mur qui était venu me couper à la joue.

Et l'instant d'après, le gros homme avec son ignoble grain de beauté sur le visage, ou peut-être l'homme à la moustache, ou même le troisième homme, celui dont je n'avais aucun souvenir, mais qu'importe… ne trouvant rien de mieux à faire, cet homme s'en était pris à Spencer. Je fermai les yeux, me souvenant du bruit de ce premier coup. Spencer avait poussé un soupir presque orgasmique lorsque sa vie lui avait soudainement échappé. Je me souvins également du deuxième et du troisième coup, durant lesquels Spencer était resté silencieux. Il était déjà parti – une chose que je savais, à présent. Il était déjà mort. Je l'avais déjà perdu.

Je restai dans le noir de ces toilettes empuanties et pliai mes doigts devant la douleur de leur guérison. Je formai des poings si serrés que mes ongles vinrent me couper la paume des mains. Cette douleur était agréable. Elle semblait nécessaire. Je sentis à nouveau du sang collant au bout de mes doigts. Mon sang, cette fois. Je serrai davantage et mes ongles se plantèrent plus profondément dans la paume. Cette douleur-ci me fit sourire.

Toujours surpris qu'aucune larme ne soit venue embuer mes yeux, je me tournai vers la barre verticale du soleil, qui se répandait à l'entrée. Une ombre tomba sur le sol souillé. Un homme entra, un terrier sautillant à ses pieds. Il tenait sa main au-dessus des yeux, comme pour s'ajuster à la pénombre soudaine. Je le laissai passer tandis qu'il s'avançait vers l'urinoir du fond.

Je m'élançai vers le soleil et fermai les yeux, laissant l'air frais souffler sur moi, et en moi. Le retour de ces rayons sur mon visage était agréable. La lumière semblait réconfortante à travers le noir de mes paupières fermées.

Je rouvris les yeux et, sans regarder en arrière, je retournai à ma voiture.

La haine, la rage et la solitude m'accompagnèrent à chaque pas.

Arrivé à la moitié du chemin, une goutte de sang coula du bout de mon doigt et s'écrasa sur l'herbe à mes pieds. Dès l'instant où je la vis tomber, je compris ce qu'il me restait à faire.

V : ARME

LA DEVANTURE de la boutique était composée d'acier inoxydable et de verre. Elle semblait high-tech et stérile. Lorsque j'ouvris la porte pour y pénétrer, une sonnerie électronique retentit, annonçant mon entrée. L'intérieur était aussi soigné que l'extérieur, avec des surfaces entièrement chromées et couvertes de vitres éclairées, et des carreaux blancs qui resplendissaient au sol. C'en était éblouissant, comme une salle d'opération.

L'air était chargé d'une odeur d'huile pour arme à feu.

À ma grande surprise, le vendeur derrière le comptoir était une vendeuse. Elle avait les cheveux décolorés à l'extrême et une peau couleur amande grillée. On aurait dit qu'elle passait toutes ses nuits dans un lit de bronzage. La couleur de son rouge à lèvres généreusement appliqué contrastait avec son teint et mes yeux étaient irrémédiablement attirés par sa bouche, qui esquissait un joyeux sourire. Un objet de son inventaire pouvait bien avoir tué quelqu'un un jour, mais cela ne semblait lui faire ni chaud ni froid.

— Je peux vous aider ? demanda-t-elle.

Je vis une pointe de méfiance dans son regard lorsqu'elle me reluqua de haut en bas, comme si elle se doutait qu'elle ne ferait qu'une démonstration. Sa posture semblait dire « Il ne fera pas un bon client ».

— Je cherche une arme.

Son sourire, clairement faux, s'élargit, montrant des dents tachées par le tabac et une boule de chewing-gum rose.

— Je l'avais deviné. Quelle sorte d'arme avez-vous en tête ?

— Une arme de poing.

La vendeuse ouvrit grand les bras pour présenter la vitrine derrière laquelle elle se tenait. Je baissai les yeux et vis que ladite vitrine en était remplie. Elle s'étendait d'un bord à l'autre de la boutique. Il devait y avoir des centaines de pistolets contenus à l'intérieur.

Je balayai la large sélection du regard. J'espérais avoir l'air de m'y connaître, mais savais pertinemment qu'elle devinait le contraire.

— Alors, est-ce que c'est compliqué ? demandai-je.

— Qu'est-ce qui est compliqué ? s'étonna-t-elle en penchant la tête de côté tout en m'observant. De tirer, d'en acheter ou de regarder ?

— D'en acheter une.

Son sourire disparut et ses yeux se figèrent lorsqu'elle se mit à me réciter son speech bien répété :

— Faut avoir dix-huit ans. Pour vous, je dirais que c'est bon. Faut être citoyen américain. Ça doit être bon aussi. Casier judiciaire vierge. Pas d'antécédents de maladie mentale. Faut avoir au moins une main et un doigt pour appuyer sur la détente. Je crois que c'est tout.

Je sentis une vague d'espoir. Peut-être que cela n'allait pas être si difficile, après tout. J'agitai mes doigts devant elle, lui montrant, pour plaisanter, qu'au moins j'en avais bien assez. J'ignorai la brève douleur qui en irradia peu après.

— C'est tout ? C'est tout ce qu'il faut pour acheter une arme ?

— Pour en acheter une, oui, dit-elle avec un large sourire. Pour en posséder une et sortir avec, il y a quelques étapes de plus.

— Comme quoi ?

Son chewing-gum éclata et son regard se figea à nouveau.

— Il faut remplir un formulaire d'autorisation. Et avant que vous me posiez la question, il s'agit de l'autorisation d'acquisition et de détention d'une arme à feu, qui présente les étapes dont je viens de citer. Le formulaire coûte vingt dollars et nécessite la prise d'empreintes digitales et l'estampille d'un notaire.

— Ça n'a pas l'air trop difficile à obtenir.

Elle me regarda les yeux mi-clos. De toute évidence, elle s'ennuyait à mourir. Je me demandai vaguement combien de fois par jour elle répétait son explication pour des acheteurs d'armes inexpérimentés tels que moi.

— Ensuite, il vous faut passer un examen pour le maniement d'armes. S'il y a quoi que ce soit que vous ne connaissez pas, on peut vous aider moyennant une somme symbolique. L'étape d'après serait de choisir votre arme, de l'acheter et d'attendre dix jours pour obtenir l'approbation.

— Dix jours ?!

— Ouais. C'est la loi. Y a pas mal de tarés qui essayent de mettre la main sur une arme. La période d'attente en décourage quelques-uns. Ça part du principe que si vous voulez exploser la tête de votre patron, après dix jours d'attente pour obtenir un putain de flingue, vous ne serez plus remonté contre lui, lança-t-elle avec un petite rire cynique. Cela dit, ça ne marcherait pas pour moi. Quand je suis remontée contre quelqu'un, c'est pour la vie. Demandez à mon ex.

— Pourquoi ? Vous lui avez tiré dessus ?

— Pas encore. Bref, voilà comment obtenir une arme de poing, si vous voulez faire ça dans les règles.

Je repensai à tout ce charabia qu'elle venait de me sortir. Tentant de gagner du temps pour y réfléchir, j'observai les armes à feu dans la vitrine, en essayant d'avoir l'air de savoir ce que je cherchais. Apparemment, elle n'était pas dupe. Le cœur battant, je demandai :

— Et si je ne veux pas ?

Elle plissa les yeux et son sourire rose disparut à la manière des dodos, c'est-à-dire à jamais.

— Alors, il vous faudra le faire ailleurs.

Je la dévisageai un long moment, puis hochai la tête, tournai les talons et pris la porte. La sonnerie électronique retentit lorsque je sortis. Je ne voyais plus la vendeuse, mais je l'imaginais en train de secouer la tête pendant qu'elle me regardait partir.

Je montai dans ma voiture et commençai à conduire. Voyant les Pages Jaunes sur le siège passager, je parcourus la liste des armureries du coin.

La deuxième se trouvait à Barrio Logan. Je me dis qu'au moins à Barrio, les règles devaient être plus souples, vu que presque tout le monde y possédait déjà une arme, du moins si l'on en croyait les gros titres des journaux du matin.

Sur la route, j'étudiai les visages des passants, cherchant inconsciemment un gros avec un grain de beauté sur la joue ou un homme tout fin avec une affreuse moustache. Ou peut-être pas si inconsciemment que cela.

La deuxième armurerie s'appelait Armes à feu et munitions d'Espinoza. Elle paraissait bien moins impressionnante que la première. Des barres noires protégeaient sa devanture sale et une flaque d'urine – que je dus enjamber pour passer – s'étendait au milieu de l'entrée. Ici, aucune sonnerie électronique n'annonça mon arrivée. Seulement le tintement d'une clochette qui se coinça au-dessus de la porte lorsque je l'ouvris.

L'intérieur était éclairé par le soleil qui traversait la vitrine de devant. Les lampes fluorescentes qui pendait du plafond étaient éteintes. Peut-être le propriétaire essayait-il de faire des économies sur la facture d'électricité ?

Deux hommes étaient assis derrière le comptoir, à fumer. Toute cette boutique miteuse puait le tabac. Le tabac et, à nouveau, l'huile. Ils me scrutèrent d'un air suspicieux tandis que je m'approchais. L'un d'eux écrasa sa cigarette dans un cendrier plein de mégots, qui reposait sur la vitrine devant lui. L'autre homme, un jeune Latino-américain vêtu d'un tee-shirt blanc dont les manches roulées retenaient son paquet de cigarettes, s'éclipsa dans l'arrière-boutique, comme s'il était temps de retourner au travail.

L'homme laissé seul posa les coudes sur la vitrine derrière laquelle il était posté. Tout comme dans l'autre établissement, elle était remplie d'armes de poing. Sauf que celles-ci étaient plus poussiéreuses. Le mur derrière lui affichait des fusils de chasse et des fusils à pompe, mais je n'avais d'yeux que pour les pistolets dans la vitrine.

— Que puis-je faire pour vous ? demanda l'homme.

Il semblait avoir la cinquantaine. Un grain de tabac décorait le coin de sa bouche et, voyant le cendrier déborder, je remarquai que les mégots étaient sans filtre. Comme s'il lisait dans mes pensées, le vendeur détacha le grain, d'abord avec la langue, puis avec les doigts, et l'essuya sur son haut. Il leva les sourcils bien haut, attendant ma réponse.

— Je cherche une arme, dis-je. Une arme de poing.

Tout à coup, l'homme eut l'air ravi et jovial. Je me demandai combien de temps sa bonne humeur durerait.

— Certainement, monsieur. Qu'aviez-vous en tête ? Un revolver ? Un pistolet ? Un semi-automatique ? lança-t-il avec un petit rire. Une mitrailleuse ? Un lance-roquettes ? Une putain de bombe nucléaire, peut-être ?

J'éclatai de rire.

— Rien d'aussi imposant, merci. Je me contenterai d'un pistolet. Quelque chose pour protéger la maison.

— Señor, si c'est la protection que vous cherchez, je vous conseille d'acheter un fusil à pompe. Ouvrez ce joujou en pleine nuit et quiconque se serait introduit chez vous pour piquer votre argenterie l'entendra et filera comme un lapin. Vous n'aurez même pas à le recharger. Rien que le son de la pompe suffit à effrayer les bandits.

— Je veux un pistolet.

Il haussa les épaules.

— Bon, d'accord, dit-il, me voyant lorgner la vitrine. Il y a quelque chose qui vous plaît ?

— Je… je ne sais pas. J'aimerais quelque chose de simple. De facile à utiliser.

— Avez-vous déjà eu une arme ?

Je sentais la sueur me couler sur le torse. J'espérais ne pas avoir l'air aussi nerveux que je l'étais.

— Non, répondis-je. Ce sera ma première fois.

Le vendeur se tourna et attrapa un formulaire à l'aspect officiel d'une pile située derrière lui. Il retira ensuite un stylo plume de la poche de sa chemise et les posa tous les deux sur le comptoir devant moi.

— Remplissez ça, s'il vous plaît. J'ai bien peur que ce soit la loi. Une fois qu'on en aura fini avec la paperasse, on pourra décider de l'arme la plus adaptée. Qu'en pensez-vous ?

Merde. Je fixai le formulaire sans y toucher. Finalement, je levai les yeux et lançai :

— Je vais devoir faire ça une prochaine fois, je crois.

— Trop de papiers, hein ?

— Non, non. Ce n'est pas ça. Je viens de voir l'heure qu'il est, c'est tout. Je dois retourner au travail.

— Certainement, répondit-il, son visage ayant perdu toute sa jovialité. Eh bien, vous feriez mieux de vous dépêcher alors.

J'eus à peine le temps de me reculer, de le remercier et de m'avancer vers la sortie qu'il sortait déjà une cigarette.

Dehors, je fermai les yeux pour faire face à la douleur de ma main souffrante et me dirigeai vers la voiture garée un demi-pâté de maison plus loin. Avant de l'atteindre, je sentis une tape sur l'épaule. Surpris, je fis volte-face

C'était l'homme de l'armurerie. Le jeune. Non seulement son paquet de cigarettes était toujours retenu par sa manche retroussée, mais en plus, il avait maintenant une cigarette coincée derrière l'oreille, à la manière d'un stylo. Il me prit par le bras et me tira plus loin dans la rue, dépassant ma voiture.

— Suis-moi, ordonna-t-il.

J'essayai de me libérer.

— Qu'est-ce que vous faites ?

Il ne s'arrêta pas et continua à me tirer derrière lui.

— Si tu veux une arme, suis-moi. Je peux t'en trouver une. T'as du liquide sur toi ?

— Oui. Ou je peux en obtenir rapidement.

— C'est bien. Dans ce cas, viens avec moi.

Nous marchâmes jusqu'au bout de la rue et tournâmes à l'angle. Un pâté de maisons plus loin, je le suivis dans une allée. Il me conduisit à un escalier en béton situé à quelques pas de la rue. Il sortit une clé de la poche de son pantalon, ouvrit la porte et me fit passer devant.

— Euh, vous d'abord, insistai-je.

Il esquissa un grand sourire, mais accepta. Une fois à l'intérieur, il alluma la lumière et ferma la porte derrière nous. Je regardai tout autour. Nous nous trouvions dans une sorte de chaufferie. Personne d'autre dans les parages. Une ampoule sale suspendue par un fil au milieu du plafond éclairait la pièce d'une lumière tamisée.

Le jeune homme sortit un sac en toile de jute, caché derrière une chaudière en fonte qui semblait ne pas avoir servi depuis des lustres. Il porta le sac vers un coin et le jeta sur une table huileuse. Son contenu tinta. Cela semblait lourd.

Il dégagea les côtés du sac pour me montrer quatre armes de poing. Celle qu'il sortit du tas était d'une taille plus réduire que les autres. Courte, bombée et noire. Il la tint dans sa main le temps d'en citer ses caractéristiques :

— Revolver Smith & Wesson modèle 60, calibre .38. C'est un canon retroussé à cinq coups. Son canon fait cinq centimètres, ce qui le rend facile à cacher. Il ne pèse pas lourd, environ 396 g. Il est facile à manier. Je me suis dit que tu apprécierais, comme t'as l'air de n'avoir aucune idée de ce que tu fais, me dit-il en souriant, sourire que je lui rendis.

— Vous avez raison, répondis-je, sentant le rouge me monter aux joues. Je n'en sais rien.

Le jeune était amical et serviable, mais il n'était pas là pour rigoler. Je me demandai s'il secondait toujours son patron de la boutique ou s'il suivait sa propre voie – une voie entrepreneuriale qui demandait sacrément moins de paperasserie. Il ôta des balles d'une boîte en l'agitant, me montra comment recharger l'arme, m'indiqua où se trouvait la sécurité, puis me proposa de tenir le revolver.

Je l'acceptai. Mes mains étaient moites. L'arme ne semblait pas y être à sa place. Je me doutais bien qu'il en serait toujours ainsi. Je visai la chaudière et regardai le bout du canon, m'imaginant qu'un gros homme avec un grain de beauté sur le visage se tenait face à moi.

— Il y a du recul ? demandai-je.

— Un peu, Señor. T'as qu'à viser une quarantaine de centimètres plus bas que ta cible. Ça devrait faire l'affaire.

Le b.a.-ba des armes à feu, me dis-je, frustré.

— C'est bruyant ?

— Et comment ! répondit-il tout sourire. Il n'est pas bien puissant. Il n'arrêtera pas un éléphant. Par contre, il ralentira très bien un voleur. Ça te suffira. Si tu ne tues pas ton homme au premier coup, il sera quand même mort de trouille avec le bruit du tir, lança-t-il avec un petit rire. Enfin, lui ou toi.

Je posai le revolver sur la table, content de m'en débarrasser.

— C'est combien ?

Le jeune homme semblait réaliser qu'il ferait affaire. Il ne paraissait pas déçu.

— Cinq cent dollars. Cash. J'ajouterai même des munitions. Sans, il ne servirait pas à grand-chose. À part peut-être à pétrir la pâte des tortillas.

— Je prends, lançai-je.

— Je m'en doutais.

Il referma les autres pistolets dans leur sac en toile, qu'il planqua derrière la vieille chaudière. Le revolver que je venais d'acheter, il le déchargea et le fourra, avec sa boîte de munitions, dans un sac à dos crasseux accroché au mur. Il en remonta la fermeture éclair et le jeta par-dessus l'épaule, avant de se tourner vers moi.

— Je devine que tu n'as pas cinq cent dollars sur toi, gringo.

— Non, désolé.

— Alors je prendrai la voiture avec toi jusqu'au distributeur de billets. Des objections ?

— Aucune.

— Alors, allons-y, Calamity Jane.

Je suivis le jeune homme dans l'allée ensoleillée. Sans perdre de temps en bavardages inutiles, il me reconduisit à ma voiture. Il semblait savoir ce qu'il faisait. Mais qu'en était-il de moi ? Trop inquiet, je ne me sentais même pas offensé par son commentaire. *Chacun ses priorités*, me dis-je.

UNE HEURE plus tard, j'étais de retour à la maison en fier propriétaire d'un… quoi déjà ? Un canon retroussé à cinq coups ? Un Smith & Wesson calibre .38 quelque chose. Mon jeune ami latino m'avait même offert son sac dégoûtant, que je jetai sur la table de la salle à manger avec le revolver encore à l'intérieur. Une fois qu'il fut dessus, je restai là, à le regarder.

Un instant plus tard, la sonnette retentit.

Encore des fleurs, pensai-je. Mais lorsque je jetai un coup d'œil par la fenêtre, je vis l'inspecteur Martin sur le porche. Il brossait l'avant de sa veste comme s'il s'était souvenu des mots échangés la dernière fois. Là encore, il paraissait fatigué et un peu débraillé. Je commençais à penser que c'était une habitude chez lui.

Il leva les yeux et me vit le reluquer à travers la fenêtre. N'ayant pas le temps de courir à travers la maison afin de trouver une cachette pour le revolver, je décidai de le laisser dans son sac à dos, celui qui reposait sur la table de ma salle à manger. L'inspecteur n'allait quand même pas fouiller dans mes affaires et trouver mon arme achetée en toute illégalité. Je ne pouvais pas manquer de chance à ce point.

J'ouvris la porte et l'inspecteur sursauta, l'air coupable.

— Vous n'étiez pas censé voir ça, dit-il.

— Voir quoi ?

Il se regarda aussi timidement qu'un enfant de cinq ans qu'on aurait surpris en plein vol de cookies, et recommença à tapoter sa veste.

— Mon système de brossage anti-poils de chat.

En vérité, j'étais trop nerveux pour sourire, mais je me surpris quand même à le faire.

— Ah, oui. Waldo.

— Saleté de félin, lança-t-il en hochant la tête.

Nous nous tenions dans l'embrasure de la porte, à nous regarder. Lorsque nous entreprîmes de parler, nous le fîmes au même moment :

— Désolé, je…

— J'espère que je…

Et nous nous tûmes à nouveau. Pour apaiser la tension, plus qu'autre chose, je m'écartai et fis un grand geste de la main sur le seuil de la porte, comme une courbette exagérée pour l'inviter à entrer dans ma demeure.

— Merci, bredouilla-t-il avant de passer la porte – à peine.

— Ne vous arrêtez donc pas, dis-je en souriant. Avancez encore.

Alors il s'exécuta.

Me sentant d'humeur rebelle, je le conduisis à travers le salon jusqu'à la salle à manger et lui indiquai une chaise.

— Asseyez-vous, je vous en prie.

Il s'assit. Le sac à dos crasseux qui contenait le Smith & Wesson était posé sur la table, juste sous son nez. Il étudia ce sac dégoûtant avec curiosité et essaya apparemment de l'ignorer.

Il s'éclaircit la voix avant de dire :

— J'aimerais passer plus de temps avec vous, Tyler.

— Que... je ne comprends pas, dis-je, surpris à mon tour.

Il sembla horrifié. Balayant l'air avec les mains, il ressemblait davantage à un policier de la circulation qu'à un inspecteur de la brigade criminelle. Ses joues prirent de la couleur.

— Non ! Bon Dieu, non ! Je voulais dire que j'aurais aimé passer du temps avec vous pour retracer votre parcours lors de la nuit où... de... enfin, de *cette* nuit-là. Je pense que vous replacer dans le contexte de la scène pourrait libérer certains souvenirs refoulés.

— Mes souvenirs sont refoulés ?

— Vous voyez ce que je veux dire, lâcha-t-il sans jamais me quitter des yeux.

Je ne le prévins pas que j'y étais déjà retourné. Je ne lui montrai pas les coupures que je m'étais faites avec les ongles sur la paume des mains. Je ne lui avouai pas non plus que durant ma petite escapade sur le chemin des souvenirs dans ces toilettes immondes, je n'avais eu aucune révélation sur ma dernière nuit de bonheur conjugal, mais qu'en revanche, cela avait libéré en moi un autre élan de colère. Je me gardai également de le prévenir que cet élan m'avait poussé à acheter ce qui était à présent caché dans ce sac plein d'huile, posé devant lui sur la table.

Soudain, je m'affolai. Je remarquai qu'il jouait machinalement avec la fermeture éclair du sac à dos pendant qu'il parlait. Que ferait-il en découvrant son contenu ? Allait-il me confisquer mon arme ? Allait-il me poursuivre en justice, devant le nombre de lois fondamentales que j'avais dû enfreindre en achetant cet objet de malheur ?

Ou fermerait-il les yeux là-dessus ?

Afin de l'éloigner du sac, je lâchai la première chose qui me vint à l'esprit :

— Très bien, allons-y, acceptai-je en apercevant le soleil se coucher à travers la fenêtre de la salle à manger. C'est presque la même heure, ajoutai-je, submergé progressivement par mes souvenirs.

Franklin qui tremblait devant la porte, essayant de ne pas exploser. Spencer à mes côtés, nous nouvelles alliances au doigt. Le goût de son sperme encore sur mes lèvres, attisant mon amour pour lui.

Je secouai la tête, dispersant mes souvenirs, essayant toujours de les chasser. Je réalisai alors que son idée n'était peut-être pas si mauvaise. Peut-être arriverais-je effectivement à me rappeler quelque chose de nouveau.

— Vous voulez aller au parc en voiture ? demandai-je.

Chris recula sa chaise et se leva.

— Non. Marchons. Laissez-moi juste le temps de me mettre à l'aise.

Il enleva sa veste, l'accrocha sur le dos de la chaise, tira sur sa cravate afin de la desserrer et la jeta sur la veste. Il ouvrit nonchalamment quelques boutons autour du col, révélant ainsi des poils noirs éparses sur son torse.

— Prêt ! lança-t-il avec un sourire facile.

C'était la première fois qu'il semblait réellement à l'aise en ma compagnie. Pour une raison inconnue, cela m'encouragea à l'apprécier davantage. Je compris en cet instant que l'inspecteur Christian Martin était sûrement un homme très bien, malgré son métier.

Mon cœur tressaillit lorsqu'il se focalisa sur mon sac à dos.

— Il serait peut-être temps de vous séparer de cette chose, vous ne croyez pas ? demanda-t-il. On dirait qu'elle a plus d'années au compteur que moi.

Je me forçai à rigoler.

— Vous avez sûrement raison. Avez-vous des choses à m'annoncer sur mon affaire ? Du nouveau ? proposai-je pour changer de sujet et contrer sa question avec la mienne.

— Votre affaire, répéta-t-il, confus. Ah, euh, j'ai bien peur que non.

— Ça fait trop longtemps.

Je sentais la colère m'envahir à nouveau. Bon sang, ne pouvais-je pas lui échapper plus de deux minutes ?

— C'est faux, Tyler, me reprit Chris en m'attrapant par le bras. Il suffit d'une découverte. D'un témoin oculaire. D'un message anonyme.

Je voyais à son expression que mon sourire actuel n'était pas frappant. Mais bon, aucun de mes sourires ne l'était, dernièrement.

— Ou d'un coup de chance incroyable, ajoutai-je à la liste.

— Oui, s'exclama-t-il gravement, en observant mon visage. La chance ne serait pas de trop.

VI : Mots

À MON grand étonnement, j'appréciai ma balade avec Chris à travers les rues familières du quartier. Il m'expliqua brièvement à quel point les choses avaient changé à San Diego depuis son enfance. Je fus surpris d'apprendre qu'il avait grandi dans une demeure à moins de dix pâtés de maisons de la mienne. Ses parents l'avaient vendue quand Chris était entré à l'université et ils vivaient à présent dans un village de retraités à Del Mar. L'inspecteur Martin, lui, possédait un petit appartement en ville, proche du travail.

Les ombres s'épaississaient à mesure que nous approchions du portail de l'espace canin. Au loin, nous entendions les heureux aboiements de chiens, chacun d'entre eux profitant de cette petite fenêtre d'opportunité pour courir sans laisse et s'en donner à cœur joie avec leurs semblables, avant que leurs maîtres ne les ramènent de force à la maison. Écouter les chiens me faisait sourire, et me brisait le cœur. Tout à coup, je fus frappé à nouveau par le chagrin, non plus en songeant à Spencer, mais à Franklin. Je me demandai où il pouvait bien se trouver. Avait-il trouvé un nouveau foyer ? Était-il mort seul quelque part, se demandant durant tout ce temps ce qui était arrivé à ses deux maîtres ? S'était-il demandé pourquoi ils l'avaient abandonné ainsi ? S'était-il demandé où ils étaient partis ?

Chris dut remarquer mon changement d'attitude. Il me força à m'arrêter juste après le portail. M'attrapant gentiment par les épaules, il m'obligea à lui faire face et me regarda de près.

— Peut-être que c'était une mauvaise idée.

— Non, tout va bien, lui répondis-je en secouant la tête. Je pensais seulement à Franklin. Je me demande… ce qui lui est arrivé.

Chris acquiesça comme s'il me comprenait. Et puisqu'il possédait un animal, peut-être était-ce vraiment le cas. Il semblait également comprendre qu'il ne pourrait rien me dire de réconfortant, alors il n'essaya même pas. Il se contenta de se tourner vers la barrière derrière nous et d'en tapoter le haut, pour m'inviter à me joindre à lui.

— Asseyez-vous avez moi.

Nous étions perchés côte à côte sur la barrière, tout comme Spencer et moi, deux mois auparavant. Tout comme moi, l'autre jour. Nos genoux se frôlèrent. Mal à l'aise à cause de ce contact, je m'écartai.

— Désolé, marmonna Chris, sans que je sache pourquoi.

Devant la vision du terrain et du soleil rouge à l'horizon qui laissa rapidement place à la lumière des étoiles, je me souvins de cette nuit décisive, des choses dont Spencer et moi avions parlé, du poids inhabituel des alliances sur notre doigt, du bonheur de savoir qu'avec ces alliances, nos vies seraient plus entremêlées que jamais. Inséparables, voilà ce que nous étions, Spencer et moi. Du moins, c'était ce que nous pensions.

Chris balaya la zone de la main, incluant les gens devant nous, la plupart d'entre eux se tenant là, à discuter ensemble tandis que leurs chiens se poursuivaient comme des fous.

— Est-ce que l'une de ces personnes vous semble familière ? Il se peut fortement que les gens qui amènent leurs chiens ici le fassent régulièrement. Peut-être qu'un de ces visages vous reviendra.

Je suivis ses conseils, me gardant toujours de lui mentionner que j'étais venu ici quelques jours plus tôt. Pendant que j'étudiais les visages sous le crépuscule, la lumière de sécurité qui trônait bien haut au-dessus des toilettes publiques clignotait, illuminant le parc et lançant des ombres nettes sur la pelouse. Je dévisageais simplement les gens devant moi, n'offrant aucun commentaire, ne déterrant aucun souvenir. Le silence s'épaissit entre l'inspecteur et moi à la manière d'un brouillard. Enfin, il le dissipa avec une question :

— Vous avez l'air d'aller mieux, dit-il. Votre main guérit-elle ? Comment vous sentez-vous ?

Je baissai les yeux vers ma main comme si quelqu'un l'avait tout juste attachée au bout de mon bras sans que je le remarque. Je pliai le poignet.

— Parfois, mes doigts me font encore mal. Peut-être que ça restera comme ça.

— Espérons que non. Quand reprendrez-vous le travail ?

La question me prit par surprise. Je me rendis compte que je n'avais pas pensé une seule fois au travail – pas une seule – depuis le jour où ma patronne m'avait appelé. Et Joey. Ce vieux filou de Joey.

— J'imagine que j'y retournerai quand je n'aurai plus le choix, répondis-je.

Le visage de Chris s'adoucit avec sa compréhension.

— Ça me paraît logique.

Il m'indiqua un petit chihuahua qui faisait la cour à un berger allemand. Nous éclatâmes de rire.

— Il y en a un qui n'a aucun complexe d'infériorité, plaisanta Chris.

Son expression devint grave aussi vite qu'elle s'était illuminée. Il se tourna vers moi.

— Il ne faut pas vous couper du monde, Tyler. Il ne faut pas laisser votre chagrin prendre le dessus, me conseilla-t-il et, avant que j'aie pu soulever des objections, il me fit taire d'un signe de la main. Avec mon travail, j'en ai appris des choses sur le chagrin. J'ai compris à quel point ça pouvait être destructeur. Le chagrin et la haine forment un cocktail mortel, Tyler. Ça vous remonte une ou deux fois et puis vous devenez dépendant. Certaines personnes ne s'en remettent pas. Je n'aimerais pas que ça vous arrive.

Je détournai le regard vers les chiens, vers les silhouettes des immeubles à l'horizon. Partout où je ne trouvais pas le visage de Chris et sa sympathie. Étrangement, sa compassion me rendait furieux.

— Je m'en sortirai, rétorquai-je, impassible, vide.

Mais aussi vite, je fus attiré à nouveau vers son visage, vers ses yeux. L'empathie que j'y voyais me poussa à me demander des choses sur Chris auxquelles je n'avais pas encore songé. Quelle vie menait-il en dehors du travail ? Comment était-ce, de voir ces choses terribles jour après jour et de rentrer à la maison voir... qui, au juste ? Un chat ? Sa saleté de chat ? Et pourquoi s'accrochait-il autant à moi ? Était-ce vraiment pour activer ma mémoire ? Était-ce la véritable raison de sa visite d'aujourd'hui ? Était-ce vraiment la raison de notre réunion ?

Ou se sentait-il simplement seul ? Chose qui en appelait à une autre question : était-il gay ?

— Êtes-vous marié ? demandai-je, à défaut d'avoir le courage de poser l'autre question.

Il me dévisagea un moment, puis répondit :

— Non.

— Une petite amie ? ajoutai-je.

Un léger sourire titilla la commissure de ses lèvres.

— Non.

Un glapissement à mes pieds m'obligea à baisser le regard. Un loulou de Poméranie se dandinait devant la barrière, à m'observer. Sa queue touffue était floue d'agitation. En voilà un chien heureux. Et là, ma mémoire me revint. Un souvenir de cette nuit-là. La jeune femme avec son loulou. Je me souvins de ses mots et les prononçai à haute voix :

— C'est le seul mâle dans ma vie qui m'ait rendue heureuse.

— Qu'avez-vous dit ? s'étonna Chris, confus.

J'indiquai le loulou sur ses pattes qui me regardait toujours.

— C'est ce qu'a dit la propriétaire du loulou de Poméranie avant de quitter le parc. Cette nuit-là. Elle m'a dit que son chien était le seul mâle à l'avoir rendue heureuse. Spencer lui a répondu qu'il connaissait bien ça, sauf qu'il ne parlait pas de Franklin, mais de moi. Puis la dame a ri et a ajouté « Bonne nuit, les garçons ». Comme si elle comprenait notre relation.

Les yeux de Chris s'illuminèrent.

— *Ce* chien ? demanda-t-il. La propriétaire de *ce* chien ?

— Je crois, oui.

Je levai les yeux afin de scruter le parc. La reconnaitrais-je si je la voyais ? Sans doute.

— Elle était là juste avant l'attaque. Peut-être qu'elle a vu quelque chose. Peut-être qu'elle a vu les hommes aller aux toilettes. Peut-être qu'elle peut les identifier.

Mon cœur s'affola et je passai en revue les visages autour de moi.

— La voyez-vous ? me pressa Chris. Voyez-vous cette femme ?

— Non. Elle est peut-être allée aux toilettes.

Nous sautâmes simultanément, quand une vieille dame sortit de l'ombre derrière nous et me tapota à l'épaule, me faisant tant sursauter que j'en perdis l'équilibre.

— Suzie vous aime bien, plaisanta-t-elle en prenant le loulou dans les bras.

Elle portait plusieurs couches de vêtements et une capeline sur la tête, comme si elle avait été interrompue en pleins travaux de jardinage pour sortir le chien et lui faire faire un peu d'exercice.

Il faisait presque nuit à présent. La femme regarda le parc, ou du moins ce qui était visible à la lumière de la lampe de sécurité.

— Quel chien est le vôtre, jeune homme ?

Je la fixai du regard, déçu. C'était le mauvais chien. La mauvaise personne.

— Je… je n'ai pas de chien, marmonnai-je.

— Vous feriez mieux d'en prendre un alors, s'esclaffa-t-elle.

Elle plongea le visage dans la fourrure de son loulou, puis leva la main pour nous saluer. Ses yeux étincelaient. Elle rigolait toute seule pendant qu'elle passait le portail en direction de la rue, avec son petit loulou de Poméranie courant à ses pieds.

— Ce n'était pas elle, commenta Chris, lisant sûrement la déception dans ma posture.

— Non, confirmai-je. Ce n'était pas elle.

— Et merde.

J'acquiesçai. Merde, en effet.

Le parc s'était considérablement vidé, ne laissant que deux gros corgis et un vieux monsieur. Bientôt, l'obscurité s'épaissit et même ces trois-là passèrent par le portail pour disparaître dans la ville, les deux gros corgis sur leurs pattes courtes et boudinées tirant le vieil homme par la laisse. Il ne restait que Chris et moi, assis sur la barrière au clair de lune, à observer le terrain désert. Les bruits de la nuit s'installèrent et absorbèrent le silence. Un criquet stridula. Un oiseau de nuit glapit au loin dans un canyon derrière le grillage. Une sirène retentit quelque part en bas de la colline.

— Peut-être que je n'aurais pas dû vous emmener ici, dit Chris.

— Non, répondis-je. Tout va bien. *Je* vais bien. Ça valait le coup d'essayer. Et, bon… ça fait du bien de sortir de la maison avec quelqu'un. Je crois que je commençais à me sentir seul, lui confiai-je, embarrassé par mes propos, avant de le regarder du coin de l'œil. Ne le prenez pas mal. Je voulais seulement dire…

Je vis un léger sourire entrouvrir ses lèvres sous la lumière de la lune. Un sourire à la fois tendre et triste. Pourtant, il semblait content de mon commentaire.

— Tyler, je sais ce que vous voulez dire. Vous n'avez pas à vous justifier.

Je repensai au revolver caché dans le sac à dos sur la table de ma salle à manger.

— Je veux leur rendre la monnaie de leur pièce, lançai-je, tandis que je fixais à nouveau les lumières de la ville au loin et sentais mes ongles s'enfoncer dans la paume de mes mains, en cassant les anciennes croûtes. C'est la première fois que je me sens comme ça. Si plein de haine. Si furieux. J'ai l'impression d'être une putain de bouilloire qu'on aurait oubliée sur le feu. Je bous et je bous.

Je serrai la mâchoire jusqu'à en avoir mal aux dents. J'en avais sûrement trop dit. Je me doutais bien que Chris m'observait dans le noir, mais j'avais trop peur d'être confronté à son regard et trop honte pour le croiser. Je sentis des larmes me brûler les yeux, ce qui me mit encore plus hors de moi. J'avais versé plus de larmes en un mois que durant toute ma vie, et j'en étais malade. Dégoûté par la futilité de cet acte. Dégoûté de me savoir si faible et si impuissant.

Lorsqu'une main se posa sur ma nuque, cela suffit à me pousser à l'étape suivante, et mes larmes coulèrent enfin. Je les essuyai rageusement tandis que cette main me pétrissait doucement la nuque. L'autre main prit la mienne sur mes genoux et la tint délicatement, avec précaution, comme si mes doigts étaient en sucre et pouvaient casser à la moindre pression.

— Tyler, c'est normal de se sentir ainsi. Bon sang, comment *ne pas* être en colère après tout ce qui vous est arrivé ? Mais ne vous laissez pas détruire par la colère. Vous avez encore la vie devant vous. Il ne tient qu'à vous de trouver comment la vivre. Je comprends que votre amant vous manque.

Je plissai les yeux et me tournai pour le fusiller du regard.

— Spencer était mon mari. Il n'était ni mon amant, ni mon copain, ni un coup. Il était mon mari. Et j'étais le sien.

Chris hocha la tête, sérieux, acceptant son erreur.

— Je sais. Je suis désolé. J'imagine que je ne suis pas encore habitué à qualifier les relations homosexuelles en termes matrimoniaux. Les lois concernant le mariage homosexuel sont encore une nouveauté. Ce terme semble… je ne sais pas… *inhabituel*. J'ai même des amis homosexuels qui trouvent que la formule n'est pas très heureuse. Même ceux qui sont mariés.

— Ce n'est pas faux, acquiesçai-je, lui donnant le bénéfice du doute.

Des rires résonnèrent entre les arbres au-delà du périmètre du parc, en bas de la pente. Un bruit étrange dans l'obscurité, effrayant. Un cri déchira la nuit, suivi par un écho de rires féminins. De jeunes gens qui s'amusaient.

Chris fixa la pénombre un instant pour les écouter, puis il se retourna vers moi. Sa main toujours posée sur ma nuque, il me caressait les cheveux avec les doigts. Il était amical. Il était inquiet. Rien de plus. Cependant, mon corps réagissait différemment. Je frémis un peu lorsqu'il effleura involontairement ma colonne vertébrale. Nous étions si proches que je sentais son corps assis là, près de moi. Je me demandai ce qu'il dirait s'il savait quel effet me faisait son toucher. Cela faisait bien longtemps que je n'avais pas été touché par un autre homme que Spencer. Et puis merde, cela faisait longtemps qu'*aucun* homme ne m'avait touché.

Je glissai de la barrière et, dans le mouvement, me libérai de son emprise. Exprès.

— Nous devrions peut-être rentrer.

Il atterrit au sol à côté de moi.

— Si vous voulez, accepta-t-il doucement, avant d'enfoncer ses mains dans les poches de son pantalon et de prendre une grosse bouffée d'air nocturne.

Il leva les yeux vers les étoiles naissantes et je suivis son regard. Le ciel était superbe. L'air sentait bon l'ambroisie et le lilas. Les oiseaux de nuit chantaient dans la cime des arbres. J'avançai d'un pas vers le portail et la maison, mais Chris m'attrapa par la manche et me força à m'arrêter. Il attendit que mon regard se porte sur lui avant de parler.

— Je veux que vous fassiez attention, Tyler. Faites attention à vous. Ne faites rien d'insensé. Promettez-le-moi. Ne commettez pas l'erreur de faire justice vous-même.

J'étudiai son visage et réfléchis à ses paroles. C'était comme s'il était au courant pour l'arme restée à la maison. C'était absurde. Impossible qu'il soit au courant à propos du revolver.

Le revolver. Pourquoi l'avais-je acheté déjà ? Qu'essayais-je d'accomplir en l'achetant ? L'avais-je vraiment pris parce que, brusquement, le monde m'effrayait, ou parce que j'avais d'autres projets ? Des projets dont j'étais moi-même incertain. Chris était-il plus malin que je le pensais ? Avait-il visé juste, avant moi, au sujet de mes intentions ? Et après tout, pourquoi acheter une arme si on ne compte pas s'en servir ?

Chris avait les yeux braqués sur moi. Et moi sur lui. Nos regards se croisaient. À ma grande surprise, il le détourna le premier. Et plus surprenant encore, il glissa le dos de sa main sur mon avant-bras, brossant mes poils d'un toucher qui s'éternisa. Enfin, je le vis fermer les yeux et éloigner sa main.

— Je pense qu'on devrait y aller, maintenant, souffla-t-il.

Je sentis alors une nouvelle impression de perte s'installer en moi. Mais la perte de quoi, exactement ?

Nous tournâmes le dos au parc, à l'herbe étincelante de rosée en train de perler, à la froideur de la brise nocturne qui soulevait les feuilles des arbres plantés le long des rues qui menaient à ma maison. J'avais l'étrange sensation qu'il s'était produit quelque chose entre Chris et moi. Une chose importante. Mais impossible de me l'expliquer.

Pendant que nous marchions en silence, nos épaules se touchaient à l'occasion, et une fois, le dos de nos mains entra légèrement en contact, l'une heurtant doucement l'autre. Malgré sa légèreté, ce toucher suffit à me secouer au plus profond de moi. Lui aussi le sentit. J'en étais persuadé.

Lorsque je fus certain qu'il ne le remarquerait pas, je jetai un regard furtif dans sa direction. Son visage était sombre, il regardait ses pieds en marchant et avait enfoui ses mains dans les poches. Ses épaules étaient recroquevillées.

— J'apprécie tout ce que vous faites, vous savez ? S'il vous plaît, n'allez pas croire que je ne suis pas reconnaissant.

— Non, répondit-il en secouant la tête. Bien sûr que non. Je comprends que ce soit dur pour vous, Tyler. Comment pourrait-il en être autrement ? Vous avez tout perdu…

— Merci.

Je regardai ma main pour observer à nouveau mon annulaire sous la lumière des lampadaires qui nous éclairaient le chemin, me demandant où ma bague pouvait bien être – quel doigt elle habillait à présent. Celui de la main qui avait tué Spencer ? Celui du gros homme au grain de beauté, peut-être ? Ou celui de ce connard maigrichon à la moustache ignoble ? Ou peut-être était-ce le doigt de l'autre homme. L'homme dont il ne me restait aucun souvenir, si ce n'est cet éclat de rire cruel venu des ténèbres de ces toilettes infâmes, durant cette nuit-là. Qui possédait ma bague ? Et qui possédait celle de Spencer ? Décoraient-elles toutes les deux la même main meurtrière ?

Cette pensée m'accabla, à tel point que je dus secouer la tête pour la chasser. Je me sentis tout à coup épuisé jusqu'à l'os.

— J'ai besoin de sommeil, dis-je doucement.

Chris me prit encore par le bras, me conduisant à travers la ruelle sombre comme si j'étais son grand-père nonagénaire.

— Oui, confirma-t-il. Il se fait tard. Vous devez être exténué. Je n'aurais pas dû venir. Je n'aurais pas dû vous déranger.

— Non, lançai-je. Je suis content que vous soyez venu.

Je mentais, et nous le savions pertinemment. Le silence qui nous enveloppa le confirmait.

— Laissez-moi vous raccompagner, au moins, marmonna-t-il. Ensuite, je rentrerai.

J'opinai du chef, trop abattu pour parler. *Ma maison. Ma maison vide.*

Chris garda la main sur mon bras pendant tout le trajet. Quelque chose dans ce contact me donnait envie de pleurer. La culpabilité, sans doute. Je me demandai si Spencer voyait ma culpabilité. Et l'idée me brisa le cœur.

Je réussis à contenir mes larmes jusqu'au moment où je me retrouvai seul derrière ma porte d'entrée. En retenant ma respiration, j'écoutai Chris démarrer la voiture et s'en aller.

Une fois qu'il fut parti, je traversai la maison silencieuse, allumant les lumières sur mon passage. Je remarquai sa veste et sa cravate posées sur la chaise de ma salle à manger. Il avait oublié de les emporter. Et là, je vis le sac à dos sur la table. Le sac qui cachait l'arme.

Le doute me saisit à nouveau. *Pourquoi l'avais-je achetée ? Que comptais-je faire avec ?*

Je me tenais dans ma maison silencieuse, à caresser le tissu de la veste de Chris. Je passai sa cravate entre mes doigts. Dans mon imagination, la chaleur de son corps se sentait toujours sur ses habits oubliés. Je relevai la veste, la pressai contre mon visage et en inhalai le parfum. Une vague de désir monta en moi.

Je fermai les yeux devant la faim, la repoussai. Je reposai ensuite la veste de l'inspecteur et sa cravate sur la chaise de la salle à manger, mais mes doigts s'éternisèrent dessus jusqu'à ce que je me force à m'éloigner.

Puis, je touchai le sac à dos. Je l'ouvris et en extirpai le revolver. Il était froid et dur entre mes mains. Et lourd. De l'autre main, je retournai le sac à dos et une poignée de balles brillantes s'éparpillèrent bruyamment sur la table en acajou. J'inspirai un bon coup et commençai à glisser les balles dans l'arme comme le jeune Latino me l'avait appris.

Une fois le revolver chargé, j'activai le cran de sûreté.

Je posai l'arme sur la table. Maintenant qu'elle était chargée, elle m'effrayait plus que je voulais l'admettre. Elle m'effrayait, car je savais qu'avec juste assez de courage et d'*indifférence*, je pouvais faire disparaître mon angoisse en une explosion de bruit et de lumière. Je pouvais mettre un terme à ma souffrance sur-le-champ. Je pouvais tout arrêter.

Je repris l'arme en main, pesai son poids, testai sa prise. Je posai mon doigt sur la détente et tendis le bras pour viser droit devant. Je ciblai le paysage d'un tableau accroché sur un mur de la salle à manger. J'appliquai une légère pression sur la queue de détente de ma main valide, bien content que ce salopard ait écrasé l'autre, autrement l'arme m'aurait été inutile.

Retenant mon souffle, j'appuyai un peu plus. Ma main se mit à trembler. Là, je levai mon autre main et enlevai le cran de sûreté. À la place du tableau au mur, j'imaginai un visage au bout de mon canon. Un gros visage. Le visage qui m'avait ri au nez. Je visai les dents jaunes de cette bouche diabolique et rieuse. Ensuite, je bougeai l'arme de quelques centimètres à droite et dirigeai le canon de mon revolver vers le grain de beauté sur sa joue.

Je relevai mon doigt de la détente et chuchotai :

— Pan !

Très, très prudemment, je remis le cran de sûreté en place et replaçai l'arme chargée dans le sac à dos. Éreinté et affligé, je passai de la salle à manger à la chambre à coucher, me déshabillant en cours de route.

Sommeil. J'ai besoin de sommeil.

Et en fermant les yeux au monde, je reportai mon destin à un autre jour.

LA FAMILLE de Spencer avait peut-être essayé de me joindre durant les semaines suivantes, mais je n'en sus rien. Ils n'étaient pas venus toquer à ma porte, cela, j'en étais certain. Même Janie ne m'avait pas contacté afin de voir si je m'en sortais. Je n'étais pas surpris par la réaction de la famille de Spencer face à sa mort. Après tout, leur réaction n'était pas si éloignée de la mienne. Ils avaient pris leurs distances, peut-être pas du monde – comme moi – mais de leur gendre. Et je les comprenais. Je ne faisais que leur rappeler ce qu'ils avaient perdu. Mais surtout, sans Spencer pour m'intégrer dans leur vie par le simple fait qu'il m'aimait, ils ne sentaient plus le besoin de me compter parmi les leurs. Ils avaient, sans doute sans le savoir, cette vision froide et plus orientale des choses qui se focalisait essentiellement sur la famille. Je n'étais pas de la famille. Plus maintenant. Même quand Spencer était en vie, je n'en faisais pas réellement partie. Seul son père était assez brave, et assez honnête, pour afficher ouvertement son indifférence à mon égard. Et maintenant que je m'étais éloigné d'*eux*, ils n'avaient aucun scrupule à me laisser partir.

J'en étais bien content. Sans Spencer dans ma vie, eux non plus ne représentaient rien pour moi. Leur seul but sur terre était de me rappeler ce que je ne possédais plus. Et vice versa. Notre lien, celui qui nous réunissait, était brisé. Spencer. Nous n'avions plus à nous le partager. Sans lui, aucun de nous n'avait besoin – ou ne voulait – l'autre. Je les laissai partir sans hésiter.

Ma belle-famille n'était pas le seul lien que je comptais couper.

Dix semaines après m'être réveillé du coma, je reçus une lettre du travail. Le contenu était froid et succinct. On n'y trouvait écrit aucun mot d'excuse. Et étrangement, le seul sentiment que ces mots m'évoquèrent furent la reconnaissance. Pour la précision et la concision du message.

L'en-tête de la lettre disait : Mme Katherine Margolis, présidente du conseil, Worldwide Enterprises.

En termes explicites, Mme Margolis me signalait que puisque j'avais choisi de cesser toute communication avec l'entreprise et d'ignorer de manière répétée les appels et les e-mails, elle prenait la seule mesure qui s'imposait à elle, à savoir : me relever de mes fonctions.

Elle finit ainsi : « Bonne chance, Tyler. Tout le monde est désolé pour la perte de ton être cher et de la voie que tu as choisie pour la supporter. Nous comprenons, mais nous avons une entreprise à gérer. Pour l'instant, Joey Marston assurera tes responsabilités en tant que chef comptable. »

Et, sur une note plus personnelle, elle ajouta en post-scriptum : « Prends soin de toi, Tyler. Je te souhaite le meilleur pour la suite. Ton amie, Katherine. » Sous son nom, figurait en copie Joey Marston, le nouveau chef comptable de l'entreprise.

Je souris en voyant son nom inscrit là. Ce petit filou avait finalement réussi à avoir ce dont il rêvait depuis son premier jour de travail pour moi. *Mon* travail. Et étonnamment, je m'en fichais. Je roulai la lettre en boule et la jetai dans la poubelle près de mon bureau.

Douze heures plus tard, je sortis de la maison pile au moment où la pendule murale mécanique du salon sonnait minuit. Avec le sac à dos crasseux à l'épaule.

Je n'avais aucune crainte. Absolument aucune. Le poids de l'arme dans mon sac était mon réconfort. Ce seul détail aurait dû me faire mourir de peur.

VII : TRAMWAY

EN PLEINE nuit, les rues de la ville étaient voilées d'une couche de brouillard qui venait de la baie. Il s'étendait dans la ville, collant sa froideur à ma peau, atténuant la lumière des lampadaires et assourdissant les bruits. Mal habillé pour faire face à l'air humide de l'océan, je tremblais sous mon fin tee-shirt. Ma casquette de baseball, que j'abaissai encore plus sur mon front, gardait avantageusement ma tête au chaud. J'enlaçai le sac à dos que je portais à l'épaule pour me tenir chaud. L'arme qu'il contenait semblait dure contre mon ventre. Je rêvais de plonger ma main à l'intérieur pour tenir le revolver, mais je n'osais pas. Cependant, c'était rassurant de savoir qu'il était à portée de main si nécessaire.

Les citoyens respectables avaient fermé leurs portes depuis longtemps face au brouillard, mais les sans-abris étaient présents en masse, bien installés pour la nuit dans les coins de rues ou sous les porches. Tous, repliés sur eux-mêmes pour se chauffer, étaient concentrés seuls ou en groupe dans un même endroit, souvent recouverts de toiles de protection ou de couvertures usées pour s'abriter de l'humidité. Sur mon passage, des yeux vitreux me reluquèrent, mais aucune voix suppliante ne m'interpela, aucune main ne fut tendue pour quémander de l'argent, une pièce, un billet. Peut-être ces gens croyaient-ils que je sois un des leurs ? Ou peut-être pensaient-ils que j'étais aussi fou et malmené qu'eux, à marcher seul dans les rues, dans le brouillard, sans même une veste sur le dos.

Il était tard, bien après minuit. Il y avait peu de circulation, d'occasionnels bruits perçants venaient troubler le calme du brouillard. Une bouteille éclatant dans un caniveau. Le klaxon d'une voiture lointaine. L'éclat de rire strident d'une femme, peut-être dissimulée dans ses loques derrière son caddie, ou faisant l'amour à son partenaire aussi mal logé qu'elle, ou partageant une plaisanterie avec ses pairs autour d'une bouteille, afin de se réchauffer en cette soirée fraîche ou pour oublier ensemble l'amertume de leur existence gâchée.

Je pouvais parler ! Ma propre vie n'était pas rose non plus en ce moment.

Mais qu'est-ce que je faisais là ? Pensais-je sincèrement que j'allais tomber sur les trois sauvages qui avaient tué Spencer et m'avaient laissé pour mort ? Comptais-je vraiment sortir mon bon vieux canon retroussé, ou je ne sais quoi, de mon sac à dos pour leur éclater la tête comme dans l'*Inspecteur Harry* ?

Je secouai la tête, riant intérieurement, et continuai à marcher. L'air humide rendait mon bras blessé aussi douloureux qu'une rage de dents. Surtout mes doigts. Je me demandai si je n'avais pas enlevé mon plâtre trop tôt. Aurais-je dû attendre ? Aurais-je dû au moins avoir le bon sens de laisser le docteur s'en occuper ? Cela faisait trois semaines que cette horreur avait quitté mon bras et pourtant, la douleur restait parfois intenable.

Je cachai mon bras douloureux derrière le sac à dos, le protégeant autant que possible de l'humidité, sans m'arrêter de marcher. C'était agréable de se dégourdir les jambes après tout ce temps passé cloîtré à la maison, de peur de sortir, de peur de rejoindre le monde. Et même avant cela : toutes ces semaines passées allongé dans un lit d'hôpital, immobile, coupé de tout. Pratiquement aussi mort à l'extérieur que je l'étais à l'intérieur.

Arpentant les rues embrumées, j'eus le temps de reconsidérer les choses, maintenant que certains aspects de ma vie avaient irrémédiablement changé. Je n'étais plus marié. Je n'avais plus de travail. Je n'avais aucune envie d'en retrouver un. Et comme Spencer et moi avions eu la bonne idée de nous marier légalement un an plus tôt, je n'avais pas *vraiment* besoin de retrouver un travail sur-le-champ.

Puisque nous étions mariés à la mort de mon époux, les finances étaient déjà arrangées. Ce qui appartenait à Spencer m'appartenait. Je n'avais aucune taxe à payer. Aucun membre de sa famille ne pouvait venir réclamer ses biens au moment de sa mort. Et à vrai dire, aucun des membres de sa famille n'avait essayé de faire une telle chose. Je devais bien le leur reconnaître.

Je les félicitais également pour avoir saisi que je ne voulais rien avoir à faire avec eux. Du moins, pas pour l'instant. Voire pour toujours. Même Janie devait bien reconnaître que c'était mieux ainsi. S'il y avait bien une chose dont ils n'avaient pas besoin, c'était d'être constamment en ma présence pour leur rappeler ce fils – ou frère – disparu.

J'étais perdu dans mes pensées quand le crissement soudain d'un tramway passant à moins de quinze centimètres de mon visage, fit bondir mon cœur dans ma poitrine. Sous le choc, je trébuchai et faillis tomber. Un jeune homme qui se tenait près de moi m'attrapa par le col de mon tee-shirt et me tira en arrière, avant que je puisse tomber sous les roues en fer du tramway en marche.

L'homme était jeune, noir et amusé. Je me libérai de sa prise et le remerciai immédiatement pour m'avoir sauvé la vie.

Il râla, ramassa ma casquette sur le trottoir, l'enfila sur ma tête et lança :

— Idiot. Regarde où tu mets les pieds.

La longue rame s'arrêta devant moi avec un grincement. Je fouillai dans mes poches à la recherche de pièces, me tournai vers le kiosque près des rails et m'achetai un ticket. N'ayant rien de mieux à faire, je montai à bord du tramway rouge, réarrangeant ma casquette et retrouvant ma dignité.

La voiture était vide. Pas une âme à l'horizon. Je posai mon fessier sur un siège en plastique rigide et l'instant d'après, le tramway démarra. Je ne connaissais pas sa destination avant de voir la pancarte accrochée près de la porte qui menait à la voiture suivante. Je voyageais sur la Blue Line. Elle roulait en direction de San Ysidro, à la frontière américano-mexicaine, en passant par tous les arrêts.

Mais à quoi je pensais ?! Finalement, je me dis qu'au moins, j'étais sorti du brouillard. Je n'aurais qu'à sortir à l'arrêt suivant, ou à celui d'après, et à attendre que le tramway passe en sens inverse pour me ramener en ville. Je me demandai si je commençais à avoir des pensées irrationnelles, et la réponse à cette question rhétorique fut si évidente qu'elle me fit sourire.

Et là, un jeune homme sortit de la porte qui connectait l'avant de cette voiture. Dès l'instant où je vis ses yeux, je sentis mon sourire béat s'effacer.

Il n'était pas l'un des hommes que je recherchais. Du moins, pas à ma connaissance. Mais c'était le même *genre* d'homme. Latino, élevé certainement dans la pauvreté, possédant cette même étincelle de cruauté dans les yeux, cette même indifférence à l'égard du monde qui l'entourait. La même ire bouillait visiblement en lui, à tel point qu'on aurait pu en sentir la chaleur torride émaner de ses pores. Je distinguais la colère dans sa façon d'incliner la tête de manière suffisante, dans sa démarche agressive, téméraire et léonine.

Ses yeux froids étaient rivés sur moi. Toute son attention s'était focalisée sur ma personne depuis qu'il avait franchi la porte.

Et pourquoi pas ? Après tout, lui et moi étions les seuls passagers.

Lorsque je finis de considérer ce détail, je compris que j'étais en danger. Les vitres du tramway qui donnaient sur la nuit étaient noires, la lumière à l'intérieur faible. Il n'y avait aucun témoin, aucun passager et même le conducteur se trouvait cinq ou six voitures plus loin. S'il y avait un contrôleur qui passait vérifier les tickets, il était trop éloigné pour me porter assistance si la situation venait à dégénérer.

Et les choses allaient immédiatement prendre cette tournure.

Le jeune homme marcha droit vers moi. Il était bel homme. Grand. Plutôt musclé. Il portait un short cargo et un sweat du zoo de San Diego qui avait connu de meilleurs jours. Ses jambes étaient fortes, poilues, et ses mains énormes. Ses gras cheveux noirs étaient tirés vers l'arrière et attachés en queue de cheval bien serrée par un cordon en cuir. Il portait une bague à chaque doigt, même aux pouces. Des bagues bon marché. L'une d'elles n'était que du fil d'argent enroulé plusieurs fois autour du doigt.

Il s'arrêta à quelques centimètres de moi et resta là, accroché à une poignée, à me regarder de haut, moi qui étais assis tout au fond et qui lui renvoyais son regard. Sa grande main empoigna son entrejambe et il secoua son pénis sous le short, un sourire moqueur aux lèvres qui montrait ses dents négligées. Il lécha ces dernières du bout de la langue tout en continuant à frictionner son membre, qui semblait former une montagne.

Ce connard avait la trique.

— Je suis en manque, lança-t-il avec un sourire vicieux. Tu m'as l'air d'un suceur de queues. Tu pourrais peut-être m'aider à résoudre mon petit problème.

Je m'avachis sur mon siège et le regardai droit dans les yeux.

— Je vois, elle est donc si petite que ça.

Son sourire vicieux laissa place à un regard noir. Il fit un pas de plus et lâcha son entrejambe pour prendre une poignée dans chaque main. Accroché là, devant moi, il m'acculait, vacillant avec le mouvement du tramway qui grondait sur les rails.

— Qu'est-ce que t'as dit, *pendejo* ?

Je resserrai le sac à dos contre ma poitrine, sans jamais le quitter du regard. Je parlai alors exprès plus fort que d'ordinaire, comme pour pallier la surdité ou l'idiotie de mon interlocuteur :

— Je te demandais si tu avais une toute petite bite. Ça a l'air de t'inquiéter.

Il cligna des yeux puis regarda la voiture vide, comme s'il essayait d'accepter le fait que je n'avais pas peur de lui. Baissant à nouveau les yeux vers moi, il inclina la tête et essaya de me comprendre. Pour la première fois, il sembla porter son attention sur le sac à dos sur mes genoux.

— Y a quoi dans le sac, sale chienne ?

Avant que j'aie le temps de répondre, sa main bougea tel un serpent et ses doigts fermes me saisirent à la gorge. Je happai l'air et il sourit, voyant enfin un semblant de peur sur mon visage.

Mais je n'étais pas *dominé* par la peur. J'avais assez de colère pour tenir bon.

Lorsqu'il approcha son pouce de ma bouche, je l'attrapai avec les dents et, au même moment, je le frappai dans les valseuses. Les yeux écarquillés, il me relâcha.

Son visage prit une couleur adobe et il devint tout haletant suite à mon coup de pied surprise dans ses noisettes. L'instant d'après, il sortit un couteau à cran d'arrêt de la poche de son short, le déplia d'une pression du pouce et le colla assez fort à ma joue pour faire couler du sang.

Je me figeai.

— Bah alors ? me lança-t-il, tout transpirant et un peu vert sur les bords d'avoir reçu mes Reebok pointure 47 dans les testicules. T'as perdu ton sens de l'humour ?

Je ne répondis pas. Je persistais à serrer le sac à dos contre ma poitrine d'une main. L'autre main était plongée dedans, à l'insu de mon agresseur. Je sentais les dents de la fermeture éclair me rapper des deux côtés du bras. À l'intérieur, l'arme en métal semblait froide sous ma prise. Mon doigt tenait la détente. Le canon pointait vers Antonio López de Santa Anna, ou quiconque il pensait être. S'il s'attendait à une autre victoire comme le siège d'Alamo, son réveil allait être brutal.

Pour la première fois depuis la mort de Spencer, ma colère était hors de contrôle ; et j'en avais conscience. Je ne craignais aucunement ce clown et je voyais bien que le clown en question commençait à s'en rendre compte. De toute évidence, lui aussi semblait un peu dérouté. J'imagine qu'il n'était pas habitué à ce que ses pouvoirs d'intimidation ne créent pas l'effet escompté sur sa proie.

— Tu veux toujours ta pipe ? lui demandai-je.

Le couteau s'enfonça plus profondément dans ma joue. Je sentis une goutte de sang me couler le long du cou, avant de disparaître quelque part sous le col de mon haut. Son sourire revint progressivement. La montagne sous son short grossit plus visiblement.

Tout en pressant le couteau contre mon visage, il baissa la main et, secoué par les mouvements du tramway, il se stabilisa en appuyant la hanche contre le siège devant moi. Son sourire s'élargit, montrant ses dents peu alléchantes, tandis qu'il baissait sa braguette pour sortir son membre.

Je devais bien admettre qu'il ne s'agissait pas d'un mauvais spécimen. Dressé à moitié. Gros. Non circoncis. Il balança des fesses dans son short pour les découvrir complètement, puis m'attrapa par le menton de la main utilisée pour libérer sa virilité, afin de me tirer vers lui.

Le tramway oscilla soudainement lorsqu'un autre, roulant dans la direction opposée sur les rails voisins, nous effleura, ébranlant notre rame avec une explosion de bruits et de lumière. Un coup de sifflet retentit quelque part à l'extérieur.

Mon persécuteur dégagea son prépuce et exposa un gland bombé imbibé de saleté. Je fus assailli par la puanteur de la peau mal lavée. Maintenant, je comprenais parfaitement l'origine du terme fleuri « fromage de bite ». La virilité poisseuse de cet abruti, pleinement dressée à présent, semblait avoir été plongée dans du parmesan. Je fusillai son visage excité du regard, presque sonné par l'odeur.

— La prochaine fois que tu iras te faire faire une pipe, pense d'abord à te savonner et à te rincer la queue. Ça s'appelle l'hygiène intime. Déjà entendu parler ?

— Tu peux la laver pour moi, le rigolo, lâcha-t-il, la colère étincelant dans ses yeux. Utilise ta langue.

Je pouffai presque de manière audible.

— Il faudrait d'abord me tuer. D'ailleurs, il faudrait me tuer deux fois avant que j'enfonce ce truc dégueulasse dans ma bouche.

— Alors je n'ai pas le choix, jeta-t-il avec un grand sourire.

Et juste au moment où il balança des hanches pour presser la tête de son pénis puant contre mes lèvres, je me dégageai et m'enfonçai dans mon siège afin de regagner de la distance. Et là, je resserrai ma prise sur l'arme à l'intérieur du sac.

Il me sourit, les yeux brûlants de colère et peut-être même de lubricité. Sa voix n'était qu'un sourd grognement :

— Pas de pipe ? Alors je vais te couper la gorge.

— Je ne crois pas, non, dis-je en appuyant sur la détente.

Même atténué par le sac, le bruit du coup de feu me secoua.

Un petit bouton de fleur s'épanouit juste au-dessus de sa pomme d'Adam. Il prit un air surpris, à juste titre. Penchant en arrière, il tomba raide comme un rondin de bois. Un fin nuage de fumée s'échappa de l'ouverture du sac à dos.

L'arme n'était plus froide dans ma main, mais chaude. Je relâchai ma prise, sortis la main du sac et refermai calmement la fermeture éclair afin d'y enfermer le revolver.

Le jeune homme gisait à mes pieds, yeux ouverts, bouche béante. Il n'y avait presque pas de sang. La balle du calibre .38 avait dû se loger quelque part dans sa tête, pas assez puissante pour passer son crâne épais après avoir traversé son cou, sa langue, son palais et le peu de cervelle qu'il devait avoir, vu qu'autrement, il aurait pensé à se laver le poireau de temps en temps.

Le tramway oscilla à nouveau et le grondement des roues s'adoucit. Le train ralentissait. Je me levai et me dirigeai vers la porte, enjambant le Latino réduit au silence pour traverser la voiture. Son gourdin ramolli était encore à l'air, et j'eus de la peine pour le médecin légiste qui allait devoir examiner cette horreur. Je portai la main à ma joue afin d'essuyer le trait de sang qui coulait encore le long de mon cou depuis la coupure. Je ne ressentais aucune douleur. J'étais trop surexcité pour la sentir.

D'un coup brusque, le tramway s'arrêta, les portes s'ouvrirent alors et je sortis dans la pénombre. Je n'avais pas la moindre idée de l'endroit où je me trouvais, mais aucune importance. Je pouvais toujours prendre un taxi jusqu'à la maison. Il valait mieux éviter d'autres voyages en tramway ce soir-là.

Ne voyant personne à l'arrêt pour entrer et trouver le cadavre que j'y avais laissé, je poussai un soupir de soulagement et marchai rapidement, mais pas trop, pour m'éloigner de la voie ferrée, la casquette de baseball baissée largement sur mon visage au cas où il y aurait des caméras de surveillance cachées. Je descendis les escaliers en courant et me retrouvai dans le quartier d'affaires de San Ysidro. Je finis par me repérer. Parcourant six pâtés de maisons jusqu'à la rue principale, j'appelai le premier taxi que j'aperçus.

Durant le trajet, le chauffeur somalien, appartenant apparemment à l'équipe de nuit, fredonna une chanson peu mélodieuse pour se tenir éveillé. Je regardai mes mains sous la lumière vacillante des lampadaires qui passait par la fenêtre du taxi.

Mes mains ne tremblaient pas. Il n'y avait pas un frisson. Je continuai à les étudier jusqu'à la maison, impressionné par leur stabilité. Où était donc la peur ? Où était donc l'adrénaline ? Pourquoi n'étais-je pas en train de paniquer ?

J'aperçus mon reflet dans le rétroviseur du chauffeur. Mon visage était aussi impassible que mes mains. Aucun sourire ne déformait mes lèvres, aucune peur ne se lisait sur mon visage. J'essuyai l'écoulement constant de sang sur ma joue avec ma manche et replongeai la main dans le sac. Le revolver était encore chaud. Une nouvelle fois, avec le revolver en main, je me sentis en sécurité.

Palpant la chaleur rassurante du métal logé confortablement dans la paume de ma main, j'appuyai la tête contre le siège et fermai les yeux. Je repensai à l'inspecteur Martin pendant le reste du trajet. L'homme mort allongé dans le tramway me resta à peine en mémoire.

Il me fallut quelques kilomètres pour comprendre que le chauffeur fredonnait le générique de la série télévisée *Leave it to Beaver*. Je me souvins de quelques épisodes. La mère de Beaver était drôle et toujours tirée à quatre épingles. Ne s'était-elle jamais déshabillée entièrement, se jetant les seins à l'air pour chevaucher l'érection de Ward comme une belle traînée ? Moi, je l'aurais fait. Ward était un bel étalon.

Je souris dans l'obscurité tandis que les kilomètres défilaient sous mes pieds. Le temps d'arriver à la maison, l'arme était à nouveau froide au toucher.

LE SOIR suivant, le meurtre de l'homme sur la Blue Line en direction de San Ysidro n'eut droit qu'à une mention de trente secondes dans le journal local. De quoi faire des envieux. Non seulement il était incroyablement recherché pour vols et agressions, mais en plus, il était sans-papiers, porteur du VIH, et il était potentiellement impliqué dans une série de viols dans le nord du comté, où deux femmes avaient eu la malchance de contracter sa maladie. S'il avait été jugé et reconnu coupable, l'homme mort sur le sol du tramway aurait été accusé de deux tentatives de meurtre.

En résumé, j'avais épargné à ce pervers une vie derrière les barreaux, où il aurait sans doute infecté la moitié des détenus autour de lui, sans parler de toutes ces victimes innocentes qu'il aurait violées avant d'en arriver là.

Même si, d'après les informations, les preuves sur l'identité du tueur étaient maigres (rien à part le calibre de l'arme utilisée et une vidéo de surveillance granuleuse qui montrait un homme de taille moyenne portant d'une casquette abaissée sur le visage, et un sac à dos sur l'épaule), la police ne semblait pas non plus disposée à investir d'innombrables heures-hommes pour poursuivre le tueur. L'idée sous-jacente semblait être que l'homme qui avait abattu Hector Gutierrez, racaille-expert, avait rendu service à la ville. Pourquoi ne pas le laisser en paix et chasser les criminels qui en valaient la peine ? Du moins, j'espérais que leur logique était celle-ci. Et puisque peu de choses furent rapportées dans les jours suivants, je commençais à penser que j'avais raison.

Pour ma part, je ne pouvais qu'essayer d'oublier. Enfin, c'était ce que je comptais faire. J'avais beau ressentir un peu de culpabilité, je n'en étais pas au point de pleurer comme une madeleine. Après tout, cet homme était véritablement une ordure de premier ordre. Il n'avait peut-être rien à voir avec la mort de Spencer, mais il avait très certainement blessé d'autres gens. Il méritait son sort. Il avait également tenté ses combines sexuelles sur moi, sans parler du fait qu'il m'avait coupé avec son sale couteau. Bien évidemment, en cas d'arrestation, je pouvais toujours plaider la légitime défense. Même s'il serait un peu difficile d'expliquer pourquoi je portais sur moi une arme à feu illégale et non enregistrée.

Ma plus grande inquiétude concernant ce cas restait ma coupure à la joue. Même s'il y avait probablement une chance sur un million d'attraper le virus via la lame de ce pervers, je me rendis tout de même chez un docteur au hasard pour passer un test. S'il gardait son sexe aussi sale sans penser à le laver, Dieu sait ce qu'il y avait au bout de ce couteau. Un jour plus tard, les résultats arrivèrent : négatif.

Et la vie reprit son cours.

Pour me prouver que je n'étais pas totalement sans cœur (ou idiot), je décidai de mettre un terme à mes débuts dans la justice et de me retirer du combat. En d'autres termes, je portai le sac à dos qui renfermait le revolver à la cave et le fourrai derrière la chaudière, sous le plancher surélevé. Non pas parce que je pensais que la police ne l'y trouverait pas si elle venait à me fouiller, mais parce que je savais qu'il me serait plus difficile d'y avoir accès si, sur un coup de tête, il me prenait l'envie de chasser à nouveau. Ce n'était pas stupide. Je savais que je m'en étais tiré par chance. Si la police apprenait que j'étais responsable du meurtre dans le tram, elle allait sûrement me coffrer. Et ce serait plutôt mérité.

Ainsi, je mis le revolver de côté. Et en faisant cela, j'essayai également de mettre de côté le souvenir de mes actes. Pourtant, je me sentais encore légèrement coupable de ce qui s'était passé. Et c'était peut-être cela qui m'inquiétait le plus.

Quelques jours plus tard, l'inspecteur Martin vint toquer à ma porte en milieu de matinée. Je venais de sortir de la douche et me trouvais encore en peignoir.

L'inspecteur était enfin allé voir un coiffeur et ce dernier l'avait presque scalpé. Son crâne pratiquement rasé rendait son visage plus anguleux qu'avec une tête pleine de cheveux – et plus beau ! Ses yeux brun-miel étaient grands et brillants sur son visage étroit, les longs cils qui les entouraient encore plus prononcés. Son nez fier et bien droit ressortait au-dessus de lèvres sexy et d'un menton légèrement creusé de fossettes. Comme toujours, sa mâchoire était ombrée par une barbe naissante. Apparemment, l'inspecteur Martin faisait partie des malchanceux qui devaient se raser deux fois par jour.

Mais cette coupe !

Il remarqua mon air amusé dès que j'ouvris la porte. Rouge comme une pivoine, il passa sa main sur ce qui était autrefois une tête chevelue, et dit :

— Je sais. C'est ma cousine. Elle est en école d'esthétique.

— Encore en première année, je présume ? dis-je sans pouvoir m'en empêcher.

Chris râla et mit une main sous sa veste.

— Ne m'obligez pas à vous tirer dessus !

Je ris et l'invitai à entrer.

Il sembla étonné de me voir rire. Puis, il me reluqua des pieds à la tête tandis que je me tenais devant lui encore mouillé, à cause de la douche. Il m'observa si rigoureusement que j'eus envie de resserrer mon peignoir autour de la taille, ce qui l'empourpra davantage.

Tout à coup, je compris que je n'avais pas à lui demander. J'étais certain que la question que je me posais sur l'orientation sexuelle de Chris venait juste de trouver sa réponse. L'inspecteur Christian Martin était aussi gay que moi. Mais ses prochains mots me sortirent brutalement ce fait de l'esprit.

— Tyler, nous avons un suspect. Je veux que vous veniez avec moi au commissariat pour voir si vous pouvez le reconnaître pendant un tapissage.

Je restai bouche bée pendant cinq secondes.

— Si vous avez un suspect, pourquoi ne pourrais-je pas le voir directement ?

— Si vous l'identifiez dans une parade, cela aura plus de valeur aux yeux de la cour. Cela dit, nous ne sommes pas certains qu'il s'agisse de votre agresseur. C'est une ordure, il n'a aucun alibi pour le soir de l'attaque et sa description physique correspond relativement à la vôtre.

— Le gros ? lançai-je.

Ma colère revint au galop. Pour la première fois depuis des jours, des sueurs froides me parcoururent le torse. Mon pouls tambourina dans ma tête. Même ma main blessée commença à me faire mal, comme si je l'avais plongée dans un seau d'eau froide.

— C'est lui ? Vous avez retrouvé le gros avec le grain de beauté ?

Chris passa à nouveau la main dans ce que sa cousine lui avait laissé de cheveux. Il sembla mal à l'aise.

— Je ne veux pas vous en dire plus. Je veux que vous vous rendiez à la parade d'indentification sans idées préconçus. C'est une POP, Tyler. Cela se passe toujours ainsi.

— Une POP ?

— Oui. Une procédure opérationnelle permanente.

— Je sais ce qu'est une POP, dis-je avant de prendre une inspiration longue et irrégulière. Bon, très bien. Laissez-moi m'habiller.

Il acquiesça. Je sentis son regard sur moi pendant que je quittais la pièce. Puisque je me sentais d'humeur rebelle et que la mort de Spencer m'avait encore une fois rendu furieux, je laissai mon peignoir glisser au sol lorsque je passai la porte du couloir, laissant Chris entrevoir mon dos nu et mon fessier. Je ne savais pas trop pourquoi je faisais cela. Je ne me retournai pas pour voir sa réaction ni ne l'entendis faire un bruit pendant l'action. Je quittai simplement la pièce et avançai, nu, vers la chambre pour m'habiller.

Une chemise bleue enfilée plus tard, j'entendis un bruit derrière moi et me tournai, apercevant Chris m'observer dans l'embrasure de la porte. Mon sexe encore à l'air sous le bas de ma chemise, je lui fis face, toujours aussi rebelle. Et même un peu excité.

— Vous vous êtes coupé, dit-il en tapotant sa propre joue afin d'indiquer l'emplacement de ma blessure. Ça va ?

Je cherchai un mensonge pour lui expliquer ce que l'homme du tramway m'avait fait. Un mensonge qui tarda à venir. Il plissa les yeux et m'étudia.

— Vous êtes sur le point de mentir. Pourquoi auriez-vous besoin de me mentir, Tyler ? Je ne vous accuse de rien. Je me posais juste la question.

— Comment avez-vous su que j'allais vous mentir ?

— Je suis inspecteur à la brigade criminelle. On me ment tout le temps. Au bout d'un moment, on commence à le voir venir avant même que le criminel ouvre la bouche.

Mon cœur bondit dans ma poitrine.

— C'est ce que je suis ? Un criminel ?

— Non, lança-t-il, étonné. Bien sûr que non. Arg, tant pis. Si vous ne voulez pas me dire comment vous vous êtes fait ça, ne me dites rien.

Il n'essaya même pas de quitter la pièce. Son regard se posa à nouveau sur mon corps. Du moins, je l'imaginais. Je finis de m'habiller sans même lui tourner le dos. S'il voulait regarder, j'étais bien décidé à le laisser faire. Et je ne savais toujours pas pourquoi. Enfin, c'était ce que je me disais.

Pendant que je faisais mes lacets, je finis par trouver un mensonge pour justifier la coupure sur ma joue. S'il choisissait de ne pas y croire, je m'en lavais les mains.

— Je me suis soûlé la nuit dernière et je suis tombé du porche à l'arrière. Voilà comment je me suis coupé la joue. J'étais trop embarrassé pour vous l'avouer, alors j'imagine que c'est mon hésitation qui vous a fait penser que j'allais mentir. D'ailleurs, c'est sûrement ce que j'aurais fait si vous ne m'aviez pas arrêté, dis-je avec un petit rire.

J'étudiai son visage, mesurant sa réaction. Il paraissait satisfait. Il fit simplement claquer sa langue et me dit :

— Vous devriez faire attention. Boire pour oublier, ça ne résoudra absolument rien.

— Ni tomber sur la tête, plaisantai-je.

À mon grand soulagement, il sourit.

— Oui, ça non plus.

Il insista pour me conduire jusqu'en ville dans sa voiture banalisée. Lorsque j'entrepris de monter à l'arrière, il rit et me fit signe de monter à l'avant.

— Allez, Tyler. Vous n'êtes pas en arrestation. Venez donc vous asseoir devant comme tout le monde.

Sa voiture était un bazar ambulant. Canettes de Coca-Cola et autres emballages à sandwich jonchaient le sol du véhicule. Il dut collecter une montagne de papiers sur le siège passager et le jeter à l'arrière pour que je puisse m'installer. Il avait le pied lourd sur l'accélérateur. Ses longues jambes étaient largement écartées et ses grandes mains expertes manœuvraient le volant avec une aisance quasi gracieuse. Je me surpris à le reluquer, un peu comme lui à la maison.

Il se regarda alors dans le rétroviseur.

— Putain de coupe, marmonna-t-il.

— En fait, inspecteur, c'est plutôt pas mal. Vous êtes bel homme sans ces cheveux qui s'agitent dans tous les sens sur votre tête.

— Merci, mais je les aimais bien, moi, ces cheveux qui s'agitaient sur ma tête, râla-t-il.

— Désolé d'avoir parlé, dis-je en souriant.

Il jeta un coup d'œil dans ma direction, décidant visiblement de revenir sur mon affaire.

— Ne craignez pas d'être vu par le suspect. Vous vous trouverez derrière un miroir sans tain. Il saura que vous êtes là, mais il ne verra que son propre reflet.

— Vous pensez vraiment que c'est lui ? demandai-je. Le... tueur de Spencer.

— Non, répondit-il mal à l'aise. Probablement pas. Mais c'est un essai. Et histoire que vous le sachiez : je vous organiserai sûrement d'autres séances. C'est le seul moyen de vous faire participer dans l'identification du suspect, puisque les albums n'ont rien donné.

Je me tournai vers lui autant que ma ceinture de sécurité me le permettait.

— J'apprécie votre application, Chris, vraiment. Et je sais que vous devez sûrement suivre plusieurs affaires en même temps.

— C'est la routine, répondit-il en haussant les épaules. Chaque jour, je travaille d'habitude sur quatre à cinq affaires différentes. C'est pareil pour tous ceux qui travaillent dans mon service, expliqua-t-il avant de se tourner vers moi. Il va sans dire que je ne peux pas vous donner une échéance précise pour la vôtre, Tyler. J'espère que vous le savez.

— Je le sais.

Et là, les mots sortirent de ma bouche avant même que j'aie pu les arrêter.

— J'ai vu aux nouvelles qu'un homme s'était fait tuer par balle dans le tramway. C'est une de vos affaires ?

— Non. Et heureusement. Ce mec était un véritable rebut de la société, à tel point que j'aurais peut-être manqué à mes devoirs dans la recherche de son tueur. Pour ma part, le tireur nous a tous rendu service.

Je ne répondis rien. Je ne pouvais qu'espérer que l'inspecteur qui avait hérité du cas pensait la même chose.

Quelques minutes plus tard, nous nous arrêtâmes devant le commissariat de Fifteenth Street. Chris se gara à l'arrière et m'accompagna à l'intérieur du bâtiment par la porte qui donnait sur le parking. Nous prîmes l'ascenseur jusqu'au quatrième étage.

Il s'excusa après m'avoir fait entrer dans une pièce minuscule comportant deux chaises et une table. La pièce était peinte d'un vert pomme hideux et un large miroir dominait le mur. Il n'y avait personne d'autre dans la pièce. Juste après mon arrivée, une sténographe entra, équipée d'un bloc-notes et d'un petit magnétophone qu'elle installa sur la table et raccorda à une prise au sol. Elle m'ignora jusqu'à ce que tout lui paraisse satisfaisant, puis m'accorda un sourire amical, avant de s'asseoir sur l'une des chaises en arrangeant le bloc-notes devant elle.

— L'inspecteur Martin reviendra dans une minute.

J'opinai de la tête. Elle fixa ses ongles jusqu'à ce que la porte se rouvre derrière nous et que Chris entre, accompagné d'un autre homme. Mon inspecteur m'accorda un sourire rassurant avant d'éteindre l'interrupteur au mur, près de la porte, plongeant la pièce dans le noir.

Dès que la lumière s'éteignit, une autre s'alluma dans la pièce voisine, visible à travers le miroir qui devint une simple fenêtre. Dans l'autre pièce, six hommes se tenaient contre le mur. Trois d'entre eux semblaient s'ennuyer, et je devinai qu'il s'agissait de policiers présents pour combler les rangs. Deux hommes semblaient arrogants. Et le dernier paraissait apeuré.

Ils venaient tous du même moule. Fins, grands, élancés et mexicains. Deux d'entre eux portaient des moustaches qui ne pouvaient être qualifiées que de « fournies ». Un des six avait une barbe. Les trois autres étaient rasés de près. Ce n'était pas le gros homme que Chris pensait avoir trouvé, mais le fin. Celui avec l'horrible moustache. Celui qui avait brandi la barre de fer.

— Prenez votre temps, me murmura Chris dans le noir.

Les six hommes allaient s'avancer à tour de rôle face au miroir. Au signal d'une personne que je ne voyais pas dans la pièce, chacun allait réciter la réplique qu'on leur avait apprise. Le premier homme parla pratiquement sans intonation, visiblement réticent à articuler les mots. Il avait un accent mexicain prononcé.

— Ça suffit les conneries ! Éclatons-leur la gueule, à ces enculés !

J'eus le cœur au bord des lèvres. Non pas à cause de la voix, mais des paroles. Toute cette nuit me revint en tête. Je me souvins que durant notre entretien à l'hôpital, j'avais parlé à Chris de cet homme et de ce qu'il m'avait dit dans ces toilettes publiques obscures. Les mots que j'entendais à présent.

Après avoir consciencieusement récité sa réplique, l'homme rejoignit le rang et un second s'avança, aussi réticent que le premier. Il récita les mêmes paroles d'une voix aiguë, nasillarde et sans aucun accent :

— Ça suffit les conneries ! Éclatons-leur la gueule, à ces enculés !

Et un par un, les six hommes défilèrent et jouèrent leur rôle. Lorsque le dernier reprit sa place contre le mur, je me tournai vers Chris, toujours à mes côtés dans le noir, et lui soufflai d'une voix éraillée par l'émotion :

— Ce n'est aucun d'entre eux.

Puis, je retrouvai péniblement mon chemin à travers la pénombre jusqu'à la porte, ces mêmes mots résonnant dans ma tête. En boucle.

Ça suffit, les conneries. Éclatons-leur la gueule... éclatons-leur la gueule... éclatons-leur la gueule.

Réussissant à sortir du bâtiment, je me tenais dans le parking, à happer l'air frais, lorsque Chris m'y retrouva. Il me reconduisit chez moi en silence. Une fois, durant le trajet, il tendit la main pour toucher la mienne. C'était un simple contact du bout des doigts sur ma peau. Ensuite, il la retira.

— Merci, lui soufflai-je.

Alors, il remit sa main sur la mienne, la laissant là jusqu'à notre arrivée. Une fois devant la maison, lorsque j'ôtai enfin ma main et quittai la voiture, il se pencha vers la portière entrouverte et lâcha :

— Je suis désolé de vous avoir fait subir ça, Tyler.

Je baissai la tête pour le regarder. Il semblait si sincère et si attentionné que j'eus soudainement envie de me saisir à la poitrine pour réduire au silence les battements de mon cœur.

— J'ai besoin de réfléchir, lui dis-je doucement.

Il acquiesça, et d'une voix encore plus douce que la mienne, il répondit :

— Moi aussi.

Je refermai lentement la portière entre lui et moi et m'en allai. Il ne repartit pas avant que j'aie franchi le porche. Je fis marcher mes clés et une fois à l'abri dans ma maison, où personne ne pouvait me voir, j'appuyai la tête contre la porte d'entrée, les yeux clos.

Le visage de Spencer envahit mon esprit. Et derrière son visage, à travers la mémoire fantomatique de l'homme que j'avais toujours aimé, je vis les yeux incandescents de Chris.

Ils étaient rivés sur moi.

VIII : AMIS

JE SAVAIS que mes amis en ville avaient fini par me laisser tomber. Cela faisait quatre mois depuis la mort de Spencer, et trois mois depuis le jour où j'étais rentré de l'hôpital, que je n'avais parlé pratiquement à personne.

Dire que ma vie avait changé était un euphémisme. Je m'étais complètement isolé du monde. J'avais perdu mon travail. Et même si mon agoraphobie s'était atténuée depuis peu, je passais toujours des nuits blanches à vadrouiller dans la maison et à vérifier les verrous.

Mais tout cela n'était rien comparé au meurtre que j'avais commis. Ce n'était pas pour venger Spencer. L'homme du tramway n'avait rien à voir avec sa mort. Pourtant, je l'avais attiré vers moi, cette nuit-là. Impossible de le nier. Pour quelle autre raison serais-je sorti en ville armé d'un revolver ? À présent, après m'en être sorti avec un meurtre – du moins, je l'espérais sincèrement – je me retrouvais à penser constamment à ce revolver caché dans son sac plein d'huile, dissimulé derrière la chaudière de la cave. Je rêvais de le tenir à nouveau dans les mains. Je rêvais de sentir encore la pression de la détente sous mon doigt.

Je mourais d'envie de libérer ma colère sur l'humanité pour ce qu'on avait fait à Spencer, pour ce qu'on m'avait fait. Pour ce que j'étais réduit à faire, pour ce qu'on *nous* avait réduit à faire.

Cependant, la haine, le chagrin et la colère n'étaient pas les seuls sentiments que je subissais. Ils m'avaient mené jusqu'ici, oui, mais tout à coup, je me retrouvais à lutter contre un autre sentiment : la culpabilité.

L'inspecteur Martin – *Chris* – s'immisçait progressivement dans mes pensées et à chaque fois, j'étais torturé par la culpabilité. Bizarrement, je pouvais tuer un homme de sang-froid en lui tirant à la gorge, et à l'inverse, j'étais rongé par le remord devant la bonté de l'inspecteur chargé du dossier de Spencer. Et devant les sentiments que je commençais à développer pour lui.

Mais qu'est-ce qui motivait la gentillesse de l'inspecteur ? Ses petites attentions signifiaient-elles ce que je pensais ? Et si c'était le cas, quel effet cela me faisait-il ? Et surtout, qu'aurait ressenti Spencer à ce sujet ?

Ou était-ce mon imagination qui me jouait des tours ? Interprétais-je mal les actions de cet homme ? S'agissait-il d'une illusion issue de ma solitude ? Bon sang, étais-je tellement en manque d'affection ? Avais-je repoussé mes véritables amis, pour me retrouver maintenant à chercher l'amitié auprès d'étrangers, quand mes anciennes relations m'auraient été plus utiles ?

D'ailleurs, était-il question d'amitié ici ? Ou plus que cela ?

Je me rappelais cent fois par jour les caresses de Chris sur ma peau. Sa main couvrant ma nuque lorsque nous étions perchés sur la barrière du parc. Sa main effleurant la mienne jusqu'à la maison après la séance d'identification au commissariat. Christian Martin était-il simplement très tactile ? Était-il gentil avec moi seulement parce qu'il travaillait sur mon affaire, pour trouver les tueurs de mon mari ? Cela faisait-il partie de la relation flic/victime ? Ne voyait-il en moi qu'un simple numéro de dossier ? Ou était-ce en train d'évoluer ?

Deux semaines plus tard, je retrouvai une lettre dans ma boîte aux lettres. Elle n'était marquée d'aucun timbre et avait été apportée personnellement. Je faillis la jeter telle quelle dans la poubelle, mais l'écriture inconnue sur l'enveloppe – rien de plus qu'un gribouillage confus – piqua ma curiosité. Je l'ouvris et, avant même de lire la lettre, je passai à la fin pour voir la signature. C'est là que je compris qu'elle venait de Chris. Son message était bref.

> *Je me fais du souci pour vous, Tyler. Comme vous ne répondez pas au téléphone, vous m'obligez à vous faire le coup de la lettre mystérieuse glissée dans votre boîte aux lettres, pour attirer votre attention. Retrouvez-moi ce soir à vingt heures au Hess's, le bar près duquel nous sommes passés la nuit de la ballade au parc. Celui qui est proche de votre maison. Je veux prendre un verre avec vous. Et avec un peu de chance, vous emmener dîner.*
>
> *Si vous n'êtes pas là d'ici 20 h 05, je viendrai directement chez vous pour vous coffrer.*
>
> *Je n'arrive pas à croire ce que je suis en train de faire. Chris.*

Faire quoi ? me demandai-je.
Je relus la lettre trois fois.

J'ARRIVAI AU bar avec dix minutes de retard. Je faillis même ne pas y aller, mais quelque chose m'y poussa. Peut-être la curiosité. Du moins, c'était ce que je me disais.

Cela faisait seulement quelques années que le bar avait été installé dans un entrepôt réaménagé et déjà, le Hess's comptait parmi les microbrasseries les plus en vogue à San Diego. C'était un de ces exemples d'embourgeoisement que Spencer adorait citer lorsqu'il vantait les mérites de South Park, son quartier préféré de la ville. Nous en avions pris des cuites, au Hess's. Pour rejoindre le bar, les clients devaient traverser un passage recouvert de plaques de métal situé au-dessus d'une dizaine de cuves-matières en acier inoxydable, où l'on brassait la bière.

Il était encore tôt en ce samedi soir, mais l'endroit grouillait déjà de monde. C'était si bondé qu'on pouvait difficilement s'entendre penser. Enfin, non, pas tout à fait. Dès que j'y mis les pieds, je me retrouvai à penser à Spencer avec une peine quasi débilitante. Des pensées on ne peut plus claires malgré le brouhaha. J'essayai de les chasser pendant que je me forçais à traverser le passage, en cherchant l'inspecteur parmi les visages aux tables d'en face.

J'aperçus Chris, assis à une petite table vers le fond. Là, il me fit un signe de la main et leva sa bière pour en boire une gorgée. Je vis alors que sa pinte était presque vide. Il ne me quitta pas des yeux tandis que je me frayais un chemin entre les tables pour le rejoindre.

Lorsque j'approchai, il se leva et poussa la chaise opposée avec le pied, m'invitant à m'asseoir. Il portait des tennis, un jean bleu délavé et un tee-shirt blanc, me donnant ainsi un aperçu de sa carrure longiligne. Je ne pus m'empêcher de remarquer que son jean lui allait à merveille.

— Désolé, dit-il en voyant que j'observais sa tenue. Je suis en costard cravate tous les jours au travail. Il faudrait me droguer pour m'en faire porter un pendant mon temps libre.

— C'est compréhensible, acquiesçai-je en essayant d'esquisser un sourire amical.

Pour ce faire, je dus détourner mon regard de ses bras poilus. Il avait beau être tout en longueur, de magnifiques biceps se dessinaient sous ses manches. Ses bras étaient musclés, les tendons constamment tendus. Il y avait une certaine beauté et une élégance presque gracieuse dans ses grandes mains et dans ses ongles pâles, qui attiraient mon regard chaque fois que je me trouvais en sa compagnie. Ce soir-là ne faisait pas exception. Pour finir, il ne portait aucun bijou, pas même une montre.

Il se rassit sur sa chaise. Sa pose respirait la détente, mais ses yeux semblaient méfiants. Il paraissait nerveux. J'eus l'impression qu'il essayait de cacher sa nervosité avec des blagues.

— Heureusement que vous êtes venu, Tyler. Je me préparais à aller vous chercher et à vous traîner dehors en menottes. Mais je ne supporte pas de laisser une bière à moitié vide. C'est de la bonne.

— Des menottes ? dis-je. Petit coquin.

Il rougit, but immédiatement une nouvelle gorgée de sa bière, pinça les lèvres et m'offrit un sourire nerveux. Il ouvrit la bouche pour me dire quelque chose, puis changea d'avis et la referma. Visiblement, il choisissait de laisser tomber mon commentaire.

Je fixai son sourire tandis que je m'installais sur la chaise devant lui, mal à l'aise au début, méfiant, tout comme lui. Mais que faisais-je là ? Et pourquoi plaisantions-nous pour couvrir notre malaise ? Et surtout, pourquoi étais-je si surpris de voir que ce sourire ridicule sur son visage le rendait tout à coup plus attirant ? On aurait dit une tout autre personne. Jamais je n'avais vu un sourire causer une telle transformation. Sur qui que ce soit.

Ses dents étaient petites, blanches et presque parfaites. Même son horrible coupe était perdue et oubliée derrière la brillance de son sourire étincelant. Chris fit signe à une serveuse et leva deux doigts en indiquant sa pinte. Il ne prit pas la peine de me demander mon avis. Et bien évidemment, il avait tout juste. Ç'aurait été un sacrilège de commander autre chose que leur bière maison. Spencer me le répétait sans arrêt.

— Tyler, j'ai essayé toutes les microbrasseries de San Diego à un moment ou à un autre. Celle-ci est l'une de mes préférées, dit Chris.

Il semblait bien déterminé à faire fi de notre malaise partagé. Je regardai autour de moi, cherchant un sujet de conversation.

— Spencer et moi venions ici autrefois. C'était aussi l'un de nos bars préférés.

Chris se rapprocha, essayant de m'entendre malgré la foule tapageuse qui nous entourait. C'était un bar joyeux. Le bruit ambiant ressemblait presque à un rugissement. Les gens bavardaient et s'esclaffaient de partout. Lorsque la serveuse vint aves nos bières, Chris déposa un billet de dix sur son plateau et lui fit signe de garder la monnaie.

J'étudiai son visage sous la lumière tamisée. Il semblait définitivement enjoué, comme s'il n'allait accepter aucune mauvaise humeur de ma part.

Ni mauvaise humeur ni chagrin. C'était la première fois que je le voyais sans une petite barbe d'un jour. Il venait sûrement de se raser. Soudain, j'eus envie de tendre la main par-dessus la table et de sentir ses joues lisses. Je m'agitai sur ma chaise, mécontent de moi pour avoir songé à une telle chose.

— S'il adorait cet endroit, Spencer devait être un mec intelligent, dit-il en m'étudiant, ignorant totalement – et heureusement – vers où me menait mes pensées. Cette bière est un délice.

Il but longuement sa pinte et je l'imitai. J'imagine que Chris sentait qu'il avait besoin de meubler le silence que je laissais dans la conversation. Et il avait de quoi faire.

— Il y a exactement quatre-vingt-sept brasseurs de bière à San Diego. Vous le saviez, ça ? Cette ville sera bientôt connue comme la capitale américaine du brassage de bière. Vous verrez, Tyler. Même Wikipédia le dit, lança-t-il avec un rire. Et j'en sais quelque chose. J'ai posé l'empreinte de mon postérieur sur presque toutes les chaises et les tabourets de bar de chaque brasserie de cette ville, à un moment ou à un autre.

Je m'agitai à nouveau. Cela avait-il un rapport avec le fait que je pensais à l'empreinte de son fessier, moulé actuellement dans ce jean délavé qu'il portait ? J'étais certain qu'il s'agissait *exactement* de cela, ce qui ne m'aida pas à me sentir moins coupable.

— Donc, lui lançai-je, ça veut dire que soit vous êtes un connaisseur, soit vous êtes un ivrogne.

Sur ce, il éclata de rire.

— Merci pour le sarcasme, Tyler. Ce n'est pas moi qui suis tombé du porche.

Là, il rit et son visage s'illumina. Il tapota sa joue.

— Vous avez encore une marque là où vous vous êtes coupé, mais ça a l'air de bien cicatriser.

À mon tour de rougir. Je rougissais toujours lorsque je mentais. Spencer trouvait cela hautement amusant.

— Oui. Ça va mieux. Je suis vraiment maladroit. Et idiot.

Sans doute, si seulement c'était vrai. Je touchai la cicatrice du bout des doigts et tout à coup, je me souvins de ce qui s'était passé dans le tramway. Chaque mot prononcé. Chaque menace proférée par l'agresseur. La sensation du couteau sur la peau. La puanteur de sa trique sale qu'il agitait devant mon visage. Même l'ouverture de la rose au milieu de sa gorge, lorsque ma balle l'avait déchiré, et l'exaltation que j'avais sentie à ce moment-là. Je bus une gorgée de ma bière et essayai de déloger ce souvenir. Cela me fit me sentir d'autant plus mal à l'aise, comme si le policier assis en face de moi pouvait voir les images dans ma tête.

Chris me dévisageait, mais ses yeux étaient chaleureux, pas suspicieux. Il se pencha en avant pour ne pas avoir à crier afin de couvrir le bruit du bar.

— Comment ça va, Tyler ?

— Et vous, comment ça va ? ripostai-je, sans savoir pourquoi je ressentais le besoin d'infliger de la souffrance, mais le faisant malgré tout. Des suspects ?

Il fut étonné par la colère contenue dans ma voix et serra la mâchoire.

— Non, je suis désolé. Mais s'il vous plaît, ne perdez pas espoir en nous. Nous travaillons encore sur les indices. Nous faisons de notre mieux.

J'avais honte de reporter mon accès de colère sur lui, mais je ne pouvais pas me résoudre à me taire.

— J'en informerai Spencer. Je suis certain qu'il sera aux anges.

Dès l'instant où ces mots sortirent de ma bouche, je me dégonflai. La colère… s'envola, tout simplement. Je me sentais con. Je tendis la main et attrapai Chris par le bras.

— Je suis désolé. Je ne voulais pas dire ça. Je… je ne sais pas ce qui m'a pris. Excusez-moi… je vous en prie.

Sa main recouvrit la mienne, me tenant les doigts en place sur sa peau. Elle était chaude et ses poils me chatouillaient la paume. Abasourdi, je sentis mon membre bouger sous mon pantalon. Je fus submergé par la faim. Faim de l'homme devant moi. Faim de le voir nu dans mon lit. Dans mes bras. Cela faisait tellement longtemps que je n'avais pas été avec Spencer, ou quelqu'un d'autre. J'étais avide de toucher et de goûter un autre homme. Et pourtant…

Je retirai ma main et le libérai, mais je voyais encore en lui la souffrance causée par mes mots. Je la voyais dans ses yeux. Lorsqu'il parla, il garda une voix douce et à peine audible.

— Tyler, je n'arrive même pas à m'imaginer ce que vous traversez. J'ai l'*impression* que je peux… mais je ne peux pas. Chaque jour, je vois des rescapés. J'écoute leurs histoires. J'essaie de compatir. J'essaie d'aider. Mais aucune affaire ne se ressemble. Parfois, ça ne marche tout simplement pas. Les pistes manquent. C'est dans ces cas-là que je me sens le plus mal. Mais Tyler, nous n'en sommes pas encore là avec votre affaire. S'il vous plaît, ne vous mettez pas ça en tête. Je n'ai pas abandonné. Je veux que vous en fassiez autant.

Je vidai ma pinte et me contorsionnai sur ma chaise afin de capter l'attention de la serveuse. J'imitai Chris et lui fit signe de nous apporter deux bières de plus. Elle acquiesça et fila les chercher. Je me tournai alors vers Chris. Avant de parler, je me frottai le visage et passai les doigts dans mes cheveux, en regardant toujours ailleurs, puis finis par poser mes yeux sur lui. Je gardai une voix douce, conscient que j'avais déjà fait bien assez de mal à ce pauvre homme. Inutile de le blesser davantage.

— Pour quelle raison m'avez-vous vraiment fait venir ici, Chris ? Qu'est-ce que vous voulez de moi ?

La serveuse arriva avec nos bières. Chris voulut payer, mais je balayai sa proposition d'un revers de la main et en fis mon affaire. J'aspirai la froideur de ma pinte et me focalisai à nouveau sur l'homme à l'autre bout de la table.

— Faites-vous cela avec toutes les victimes, ou suis-je spécial ?

— Vous êtes spécial, lança-t-il sans aucune hésitation.

Il laissa le sujet en suspens, simplement avec ces trois mots. Je l'observai, attendant davantage. Attendant une explication. Mais rien ne vint. Il restait assis là, à me regarder. Et lentement, l'explication se présenta d'elle-même sans aucune aide de sa part. J'eus alors du mal à retrouver la voix.

— Je ne suis pas prêt pour... tout ça, finis-je par lui annoncer.

— Je ne demande rien, dit-il calmement. J'ai simplement pensé que vous aviez besoin de prendre l'air. Et je... Eh bien, merde, oui, Tyler, j'apprécie votre compagnie. Il n'y a rien de mal à ça, non ?

Je le fixai du regard, assimilant ses mots.

— Vous appréciez ma compagnie.

— Oui, acquiesça-t-il, les joues rougies.

Je pris ce fait en considération.

— N'y a-t-il pas conflit d'intérêt ? Vous travaillez sur mon affaire. Avons-nous au moins le droit de nous fréquenter ? La police n'a-t-elle pas des règles contre ce genre de choses ?

Il posa les coudes sur la table et la tapota des doigts, le temps de préparer sa réponse. Je le voyais cogiter. Il essayait de trouver une explication pour moi. Et peut-être même pour lui.

— Vous ne faites pas partie des méchants, Tyler. Vous êtes une victime. J'imagine que devenir ami avec vous n'est pas la décision la plus brillante qui soit, mais ce n'est pas comme si c'était illégal. Si vous étiez un criminel, ce serait une tout autre histoire. Mais ce n'est pas le cas.

Le visage de l'homme du tramway me traversa l'esprit, mais je l'enfouis à nouveau dans les ténèbres, à sa place. Je me concentrai sur le visage vivant devant moi. Les traits marqués de la mâchoire de l'inspecteur Martin. Ses yeux ardents et brillants qui renvoyaient mon regard. Ces longs cils qui les bordaient. Je trouvai les mots non sans difficulté.

— Vous êtes homosexuel, pas vrai ?

Ma question était rhétorique et il la traita ainsi.

— Oui, avoua-t-il. Ça change quelque chose ?

— Est-ce que vous voyez quelqu'un ?

Il baissa la tête et me dévisagea, ses yeux brun-miel clairs et perçants. Je vis les muscles de sa mâchoire se contracter.

— Je ne serais pas là si c'était le cas, Tyler.

— Je crois que je m'en doutais, confirmai-je timidement.

— Bien, dit-il, avant qu'un petit sourire n'adoucisse ses lèvres. Ça fait au moins une chose que vous connaissez sur moi.

Nous sirotâmes nos pintes avec moi qui tentais de trouver quoi dire, et lui qui attendait d'entendre ça. Lorsque son pied heurta accidentellement le mien sous la table, il s'éloigna rapidement et marmonna un « Désolé ».

— Chris, lançai-je enfin. Je ne suis pas prêt pour ça.

— Vous l'avez déjà dit, Tyler.

— Vous prononcez souvent mon prénom.

Il passa la main sur son crâne, mémorisant apparemment le terrain inhabituel de ses cheveux fraîchement rasés à l'aide de ses doigts, pendant qu'il cherchait les bons mots. Une fois qu'il les eut trouvés, mon cœur tressaillit, comme si, soudain, quelqu'un l'avait poussé au milieu de mon corps.

— J'aime dire votre prénom, Tyler. J'aime comment ça sonne. J'aime la façon dont mes lèvres bougent quand je le prononce. J'aime la façon dont vos yeux s'ouvrent un peu plus à chaque fois que vous l'entendez. C'est un nom superbe. Pourquoi ne le répèterais-je pas ?

Je me languis de temps plus heureux en entendant ses mots. Un temps où l'amour aurait sa place. Un temps plein de romantisme et de mots doux prononcés affectueusement dans le noir. Je baissai les yeux vers ma bière, tentant de ne pas rougir à nouveau.

— Vous êtes doué pour ça, hein ?

Il pencha la tête de côté, les yeux rivés sur moi. Soudain, il fut confus.

— Doué pour quoi ?

Il ne le sait pas. Il ne le sait vraiment pas.

— Pour rien, finis-je.

Lorsque je compris la tournure que prenait cette soirée, Chris tendit sa main par-dessus la table et la posa sur la mienne. Visiblement, il se fichait pas mal de ce que pouvaient penser les tables d'à côté à la vue de deux hommes se tenant la main, et franchement, moi aussi. Après tout, nous étions à San Diego. Très peu de gens ici s'en souciaient. Cependant, *ma* réaction l'inquiétait énormément, mais même cela ne suffit pas à lui faire retirer sa main.

— Je n'attends vraiment rien de vous, *Tyler*, dit-il.

Nous échangeâmes alors un léger sourire devant sa façon de traîner les syllabes de mon prénom.

— Vous traversez quelque chose que j'ai toutes les peines du monde à imaginer. Et je veux vous aider à passer ce cap. Et tout en vous aidant, j'aimerais apprendre à mieux vous connaître. Je veux que vous appreniez à me connaître, vous aussi. J'aime être avec vous, et je déteste avoir à le dire, mais j'aime peu de monde. Laissez-moi juste une chance. S'il vous plaît. Avoir un nouvel ami à vos côtés ne va pas vous tuer, si ?

— Je ne veux pas d'un coup d'un soir, jetai-je. Ni d'une relation amoureuse.

Chris plissa les yeux, rieur.

— M'avez-vous entendu vous en proposer une ?

— Non.

Sa main cachait toujours la mienne et tout à coup, nous nous en rendîmes compte. Nous regardâmes ma main, logée sous la sienne. Il éloigna son pouce et vint me caresser le poignet. Un frisson parcourut mon échine. Et un feu anima alors ses yeux, comme s'il savait.

— Tyler, laissez-moi seulement vous connaître. Autorisez-vous à en apprendre plus sur moi. Avoir des amis, ce n'est pas une mauvaise chose, vous savez ? Parfois, quand le monde se ligue vraiment contre vous et qu'il vous met le nez dans la boue, un bon ami, c'est la seule chose qui peut vous aider à vous en sortir.

Son pouce continuait de me caresser le poignet, sa main couvrait encore la mienne. Mes doigts étaient nichés chaleureusement dans sa paume. La chaleur de sa peau remua mon érection. Je luttai alors contre l'envie pressante de fermer mes paupières et de savourer la sensation.

Je détachai les yeux de nos mains et les levai vers le visage de Chris.

— Très bien, dis-je. Amis.

Un sourire étira son visage. Ses dents étincelèrent sous la lumière feutrée du bar et il me serra délicatement la main.

— Super, acquiesça-t-il. Alors, où voudrais-*tu* dîner ?

IX : VÉRITÉ

Durant les jours qui suivirent, la considération de Chris et sa ténacité inébranlable continuèrent à me toucher. Sur ses encouragements, je commençai à voir au-delà de mes problèmes et à me reconnecter – un peu – avec le monde. Après m'avoir convaincu d'ouvrir une ligne de communication entre moi et le monde extérieur, c'est-à-dire de brancher ce fichu téléphone, il se mit à m'appeler souvent. Il parlait de lui, du travail, de sa famille, mais rarement de mon affaire. Je savais que cette stagnation dans la recherche du tueur de Spencer le torturait presque autant que moi. Il ne m'appelait jamais tard, seulement durant ses pauses au travail : lorsqu'il rejoignait une scène de crime ou qu'il avait cinq minutes au bureau, c'est-à-dire pratiquement jamais.

Et je répondais à ses appels. À *tous* ses appels. Souvent, je parlais à peine. Je me contentais de l'écouter. Chris se lançait dans des monologues sur ce dont il voulait me parler, des broutilles, la plupart du temps, et lorsque le sujet s'épuisait, le téléphone devenait silencieux pendant que Chris attendait une réponse de ma part qui, souvent, ne venait pas. Dans ces moments-là, je l'entendais soupirer. Néanmoins, il ne me reprochait jamais ma taciturnité. Il se contentait de laisser couler.

Sa gentillesse était inépuisable. Tout comme sa patience, apparemment. J'avais beau ne pas me laisser entraîner dans ce voyage vers l'amitié, il ne me laissait jamais tomber. Et à dire vrai, je commençais à attendre ses appels avec impatience. Il y avait quelque chose dans sa voix douce de baryton, dans la façon calme dont il exprimait ses pensées, dans cette gentillesse infaillible qu'il respirait, qui semblait apaiser ma propre peine. Ma propre solitude.

Une nuit, alors que le souvenir du corps inerte de Spencer, gisant sur le sol des toilettes, avait été trop difficile à supporter et que je m'étais grisé avec de la bière pour essayer de le chasser, je dérogeai à notre routine et appelai Chris moi-même. La nuit était déjà bien avancée. Il était minuit largement passé. Chris répondit à la seconde sonnerie.

— Dis-moi, lança-t-il, s'attendant visiblement à un appel du travail.

Après tout, les meurtriers n'ont pas d'horaires fixes. Ils ne sont pas aux trente-cinq heures. Je fermai les yeux et laissai le timbre suave de sa voix se diffuser en moi comme une drogue. Comme toujours, avec une bonne dose de culpabilité.

— C'est moi, lançai-je, regrettant déjà d'avoir passé l'appel. Vous dormiez ?

— Non, Tyler. Je ne dormais pas. Et toi ?

Si Chris était surpris de m'entendre à l'autre bout du fil, sa voix ne le laissait pas paraître.

— Je ne vous réveille pas ?

— Non. Et même si c'était le cas, ce ne serait pas grave.

Un silence gênant s'installa, nous éloignant l'un de l'autre. C'est Chris qui essaya de nous rapprocher. De nous reconnecter.

— C'est bon de t'entendre, dit-il. Je pensais justement à toi.

— N'importe quoi.

— En fait, c'est la stricte vérité, dit-il d'une voix calme et sûre.

— Pourquoi ? Pourquoi pensiez-vous donc à moi ? demandai-je doucement.

Il toussota pour cacher un petit rire autocritique.

— Eh bien, c'est la question à un million, ça.

Je ne dis rien, car rien ne me venait. J'essayai de me rappeler la raison initiale de mon appel. Était-ce vraiment seulement pour entendre sa voix ? Est-ce que cela pouvait être si simple ? Et en même temps, si compliqué ?

— *Pourquoi ?* répéta-t-il. C'est bien ça que tu me demandais, Tyler ? Pourquoi je pensais à toi ?

— O... oui, bégayai-je.

Sa voix se radoucit. Je l'entendis s'installer, le téléphone collé à l'oreille. Je perçus les grincements du lit. Il était dans son lit.

— Tyler, je crois que tu sais pourquoi je pensais à toi. Mais il y a une question plus importante à laquelle j'aimerais que tu répondes.

— Quelle est-elle ? demandai-je.

Je bus une énième gorgée de bière. Demain, j'allais avoir la gueule de bois, mais qu'importe.

— Quelle est donc cette question d'une importance capitale à laquelle vous voudriez que je réponde ? repris-je ironiquement.

Pourquoi faut-il que je sois aussi con ! pensai-je. Le silence à l'autre bout de la ligne s'éternisa.

— Eh bien ? insistai-je avec un peu plus de civilité.

Il s'éclaircit alors la voix.

— Je me demandais seulement si tu pensais à *moi*.

Je déglutis. La mélancolie dans sa voix me troublait. Je refermai les yeux et me rappelai la sensation de sa main sur la mienne. Le contact de ses doigts, me caressant la nuque tandis que nous étions perchés sur cette barrière à l'espace canin. Je me souvins de ses jambes fuselées dans ce jean délavé qu'il avait porté le soir du bar. Les poils noirs sur ses avant-bras. Sa coupe rasée. Son odeur de propre et son apparence soignée. Son amabilité. L'assurance dans ses actes.

— J'imagine que oui, soufflai-je. C'est mal ?

— Non, Tyler, c'est…

— Est-ce que ça fait de moi quelqu'un de mauvais, Chris ? Qu'en pensez-vous ? Vous croyez que je devrais penser de cette manière à l'inspecteur chargé de trouver le tueur de mon mari ?

Ses mots furent plus tendres que les miens :

— De quelle manière, Tyler ? Comment penses-tu à moi ?

Je ravalai un sanglot. Ce dernier me surprit. Je ne l'avais pas vu venir. Je voulus boire encore une gorgée de ma bière, mais finis par la vider entièrement. Je priai pour que Chris ne l'ait pas entendu.

— Réponds-moi, s'il te plaît, souffla-t-il. Dis-moi la vérité.

Spencer me fixait du regard de la photo qui trônait au bout de la table. Je refermai fermement les yeux pour bloquer son image.

— Je suis désolé. Je… je ne sais pas pourquoi j'ai appelé. Je devrais vous laisser dormir.

— As-tu réfléchi à ce que je t'ai dit l'autre soir, au bar ?

— Oui. J'y ai réfléchi.

— Et ?

Je me sentis pris au piège, cerné.

— Inspecteur…

— Ne m'appelle pas comme ça, dit-il avec un soupir. Appelle-moi par mon prénom. D'accord ?

— D'accord.

— Tyler, dis-moi ce que tu penses. S'il te plaît. Je sais que c'est dur pour toi. Ça l'est autant pour moi.

— Et en quoi ce serait dur pour *toi* ?! lançai-je familièrement.

J'entendis à nouveau la colère monter dans ma voix. Ce n'était pas voulu, elle vint d'elle-même et le silence retomba entre nous. Il dura jusqu'à ce que Chris le brise.

— Tu es toujours dans ma tête, Tyler. Je crois que tu sais pourquoi. Et quand tu es là, je me sens coupable de vouloir t'enlever à Spencer. Mais Spencer n'est plus. Alors pourquoi devrais-je me sentir coupable ? Est-ce que c'est parce qu'il est trop tôt pour espérer que tu… passes à autre chose ? Tyler ? Tu es toujours là ? Dis-moi à quoi tu penses, s'il te plaît.

Je soulevai la photo de Spencer et la tins dans ma main pour l'observer. Spencer souriait sur cette photo. Il souriait toujours de son vivant. C'était la première chose que les gens remarquaient chez lui.

Je mis du temps à retrouver ma voix. Et lorsque ce fut le cas, je sentais qu'il allait se raccrocher à chaque mot.

— Nous avons toutes les raisons du monde de ne pas jouer à ce petit jeu.

— Je ne joue à aucun jeu, dit-il. Ne va pas t'imaginer une chose pareille.

— Je suis désolé. Je ne voulais pas…

J'entendis des bruits parasites à l'autre bout du fil et compris qu'il passait le téléphone sur la barbe de trois jours qui couvrait ses joues. Je me demandai alors quelle sensation cela ferait sur mes lèvres. À nouveau, je repoussai cette pensée, mais il ne m'en laissa pas le temps.

— Parfois, je me dis que tout serait plus simple si je n'étais pas chargé de ton affaire. Je rêve de la résoudre pour toi, Tyler. Ne le sais-tu pas ? Je ne me suis jamais autant investi dans un cas comme le tien. Tu sais, avant, je n'avais pas grand-chose à perdre. Toutes ces autres affaires étaient importantes pour moi, mais elles ne me touchaient pas personnellement. Je faisais de mon mieux pour les démêler, mais jamais mon bonheur ne dépendait du résultat.

— Ton bonheur ?

— Oui. Mon bonheur. Ne m'oblige pas à t'expliquer. Je t'en prie.

Je réfléchis à ce qu'il venait de dire.

— Tu dis qu'auparavant, tu n'avais pas grand-chose à perdre. Que penses-tu perdre si cette affaire n'est pas résolue ?

Je me l'imaginai en train de se frotter les yeux pour se réveiller, pour essayer de se concentrer et tenter de me le faire comprendre.

— Toi, Tyler. J'ai peur de te perdre.

J'entendis un doux soupir. D'exaspération ? Peut-être. De frustration ? Certainement.

— Je sais que tu n'arriveras jamais à t'ouvrir à quiconque avant que l'affaire soit bouclée. Tu te sentirais comme un lâche si tu le faisais. Je ne suis pas là pour voler à ta rescousse sur mon cheval blanc. Je ne t'obligerai pas à faire quoi que ce soit qui te déplaise. Mais je ne suis pas prêt à te tourner le dos et à prétendre simplement que je ne ressens rien pour toi. Je ne sais pas vraiment pourquoi ces sentiments sont là, mais c'est un fait. Ça a commencé il y a des mois de ça, quand ils t'ont amené aux urgences. Tyler, tu étais dans un tel état… Quelque chose en toi m'attirait. De toute ma carrière, je n'ai jamais été autant touché par une victime de violences avant toi. Avant de te voir couché sur ce brancard. En sang. Inconscient.

Je posai la photo de Spencer de côté et m'approchai de la fenêtre du salon, le téléphone toujours à l'oreille, afin d'observer la rue obscurcie devant la maison. Sur le trottoir, je remarquai un coyote qui avait l'air de faire sa promenade du soir. Il releva la tête lorsque je bougeai le rideau pour jeter un coup d'œil dehors. La bouteille de bière dans ma main était froide.

— C'est toi qui as demandé à être assigné à mon dossier ? l'interrogeai-je.

Étrangement, la réponse à cette question me semblait capitale.

— Non, répondit-il. On me l'a confié. J'aurais préféré que ce ne soit pas le cas, Tyler. J'aurais préféré t'atteindre autrement. Mais les choses sont ce qu'elles sont. Et je dois faire avec.

— Tu as donc le béguin pour moi, lançai-je.

Je sus que ces mots le blesseraient dès que je les eus prononcés. Mais il était trop tard pour revenir en arrière. À ma grande surprise, il éclata de rire.

— On n'est plus à l'école, Tyler. Disons seulement que tu m'intrigues, et restons-en là.

— Je t'« intrigue ».

— Un mot comme un autre.

Je laissai le silence s'immiscer juste assez longtemps pour me préparer à dire ce que j'avais à dire. C'était la véritable raison de mon appel. À présent, je le savais. Il m'avait simplement fallu du temps pour saisir cette vérité. Et pouvoir me l'avouer.

— Chris, tu sais, tu as dit que j'étais tout le temps dans ta tête…

— Oui ? lança-t-il d'une voix pleine d'émotion.

Je me l'imaginais bien se pencher en avant, anxieux, à attendre que je lui donne espoir ou que je le jette en pâture aux loups. Il redoutait tellement et avait tellement hâte d'entendre mon explication que je sentais ses émotions à travers le téléphone comme si… comme s'il s'agissait d'une présence physique, du bruit blanc. Je le sentis se figer d'anticipation, le dos droit comme une planche, à attendre que je décide de son sort.

Je savais qu'une fois les mots prononcés, il serait impossible de revenir en arrière, mais étrangement, cela me sembla être la bonne chose à faire. Alors je me lançai.

— Toi aussi, tu es dans ma tête, Chris. Tout le temps. J'ai essayé de te repousser, mais tu reviens toujours.

Après le moment de silence qu'il imposa, tout abasourdi, j'entendis le soulagement dans sa voix. J'y percevais également un sourire.

— Que veux-tu, je suis obstiné.

Je ne partageais pas son sourire. Impossible. Je tentai de clarifier ma déclaration, peut-être pour lui enlever un peu de son sens figuré :

— Mais tu dois comprendre que ces pensées me tuent. Ça fait moins de cinq moins que Spencer n'est plus là. Penser à toi de cette manière, c'est comme l'abandonner.

— Tyler, je ne cherche pas à le remplacer dans ton cœur. Je voudrais seulement que tu y fasses aussi un peu de place pour moi. Je peux m'installer progressivement, si c'est ce que tu veux. J'ai tout mon temps. Je peux attendre. N'est-ce pas évident ? Je te l'ai déjà prouvé.

Chris parlait lentement, précautionneusement. On aurait dit un homme sur une étendue gelée, craignant de passer à travers et de tomber dans les profondeurs glacées juste en dessous, au moment même où un sauvetage s'offrait à lui.

— Je sais. Je le sais bien, dis-je en hochant la tête comme s'il pouvait me voir.

— Mais tu dis que tu penses quand même à moi. C'est bien ça, Tyler ? demanda-t-il, sa voix brusquement emplie d'espoir.

Encore une fois, j'opinai bêtement de la tête, comme s'il me voyait. J'observais toujours la nuit. Le coyote était parti. À l'extérieur, la rue était déserte. Je pressai le téléphone assez fort contre mon oreille pour écouter la respiration de Chris. Un frisson d'anticipation me parcourut alors. Un frisson d'excitation aussi. Était-il nu dans son lit ? Son corps anguleux était-il doux et chaud ? Ses yeux étaient-ils embués par le sommeil ? À quoi ressemblaient-ils lorsqu'ils brillaient de passion ? Leur couleur brun-miel prenait-elle feu ?

Cette dernière pensée fut de trop. Je la chassai de mon esprit.

— Oui, Chris, c'est bien ce que j'ai dit, mais ne me demande pas de te le répéter. Je ne pense pas pouvoir y arriver.

— Mais non, mais non, souffla-t-il dans le téléphone comme pour apaiser un enfant. Une fois, ça suffit. Au moins, je sais maintenant que j'occupe une place dans tes pensées. Dans ton esprit. Je t'en remercie, Tyler.

— Il… il faut que j'y aille. J'ai besoin de sommeil. Et toi aussi, j'imagine.

— Il se peut que je ne dorme plus jamais, dit-il en riant.

— Bonne nuit, Chris,

— Bonne nuit, Tyler.

Sa voix était tendre et feutrée. Un énième frisson me parcourut l'échine en entendant mon prénom sur ses lèvres. J'ouvris un peu plus les yeux, comme il me l'avait fait remarquer.

Doucement, je raccrochai.

Au loin, quelque part dans la pénombre, à une bonne distance de la maison, le coyote poussa un cri plaintif, caché peut-être dans le canyon. Je relâchai le rideau pour refermer la nuit et me replonger dans mes pensées.

Pour la première fois, je reconnaissais que j'étais heureux que Chris soit là, avec moi, dans mon esprit. Et peut-être même dans mon cœur.

Mais Spencer le comprendrait-il un jour ?

LE JOUR suivant, je reçus un appel de la femme qui travaillait au bureau du cimetière de la Sainte-Croix pour m'informer que la pierre tombale avait été installée. Elle s'excusa du retard et m'assura que ces choses-là demandaient du temps, en espérant que je comprenais. Je l'excusai immédiatement et après l'avoir remerciée, je ramassai mes clés de voiture et quittai la maison. Me mâchouillant la lèvre durant le trajet, je me demandais à quoi ressemblait la pierre. J'essayais également de repousser le souvenir du coup de fil de la nuit dernière, avec Chris. J'avais beaucoup trop l'impression d'être infidèle.

Lorsque je sortis de la voiture sur le trottoir le plus proche de la tombe de Spencer, mon portable vibra dans ma poche. Je l'en retirai pour lire le message. C'était Chris. Je glissai à nouveau le portable dans ma poche, sans donner de réponse. Après avoir traversé la pelouse mouillée de rosée, je m'approchai de la tombe.

L'herbe commençait à s'étendre à présent, la motte se fondant joliment dans le décor. La pierre tombale flambant neuve de Spencer était dressée à la tête de la tombe. Une pierre sobre, avec le nom, la date de naissance et de mort gravés dessus dans un carré de marbre poli. Le reste de la pierre, à savoir le haut, les côtés et le dos, était rugueux et raboteux,

114

présentant encore les marques du burin faites par le sculpteur. C'était un magnifique repère. À la différence de la personne qu'il honorait, il resterait là pour toujours.

Des fleurs fraîches tenaient dans un vase posé près de la pierre. Des lys blancs. Je me dis que Janie les avait peut-être posés là et me réprimandai intérieurement pour ne pas avoir pensé à en ramener moi-même.

Le soleil n'avait pas encore chauffé la pierre tombale, froide au toucher. Je me demandais si Spencer sentait le poids de la pierre, lui qui gisait en dessous, dans la terre. Cela lui était-il d'un quelconque réconfort ? Me savait-il ici ? Sentait-il ma présence à ses côtés comme de son vivant ? Ou son monde n'était-il plus que ténèbres ? Dénué de souvenirs, de tout. À part la mort.

— Je suis désolé, soufflai-je dans l'air matinal. Je suis désolé, Spencer.

Il n'y eut aucune réponse. Le silence m'enterrait vivant. J'avais l'impression de me noyer dedans. Les mots pouvaient tout aussi bien rester imprononcés. On aurait dit que le vent les avait emportés avant même qu'ils aient pu laisser leur marque sur un être vivant.

Je me penchai, pressai les lèvres contre la pierre froide, puis lui tournai le dos et m'en allai. De retour dans la voiture, je composai le numéro de Chris. Il répondit immédiatement.

— Bonjour, Tyler, lança-t-il sur fond d'une tasse à café claquant contre la table. Ça va ?

J'embrassai la forêt de pierres tombales du regard. Toutes, à part une, m'étaient étrangères. Un moucherolle noir, mon oiseau préféré, avec son petit smoking ébène et ses guêtres blanches, ses plumes charbonneuses sur la tête tirées en une coiffure pompadour bien lisse, se posa sur le capot de ma voiture et se pomponna sous le soleil du matin. Lorsque je fis un léger mouvement derrière mon volant, il tourna brusquement la tête dans ma direction avant de s'envoler avec un petit gazouillis.

— Est-ce que tu peux venir ce soir, Chris ? J'aimerais te voir.

Ma voix semblait posée, détendue et indifférente à mes oreilles. Les battements de mon cœur, eux, était plus représentatifs des faits. Je n'étais pas seulement rongé par la culpabilité, j'étais également mort de trouille.

— D'accord, répondit-il simplement. Merci, Tyler. Je viendrai dès que je le pourrai. Sûrement vers dix-neuf heures. Tu veux que je ramène à manger ?

— Non, je cuisinerai.

— Bon sang, s'étonna-t-il. Tu sais faire la cuisine ?

— On verra, lançai-je avant de refermer brutalement le portable.

Après un dernier coup d'œil vers la pierre tombale fraîchement posée à flanc de coteau, l'air seule et triste, un peu comme moi, je tournai la clé de contact. Le soleil matinal éclairait les feuilles sur la cime des arbres. Le jour commençait. Un jour qui s'annonçait chaud.

— Spencer, chuchotai-je dans l'air silencieux, juste pour entendre son nom.

En prenant de la vitesse, j'ouvris les fenêtres de la voiture pour laisser le vent emporter mes pensées. Ce qui ne fit que les embrouiller davantage.

CHRIS PORTAIT les mêmes vêtements que quelques jours auparavant, au Hess's. Son jean délavé, un tee-shirt blanc et des tennis. Une fois encore, il était rasé de près. Il sentait bon la brise marine et la mente verte. Il avait dû faire un détour par son appartement pour se rafraîchir avant de venir.

En retard de près d'une heure, il se confondit en excuses dès qu'il eut franchi la porte.

— Il doit y avoir un rassemblement de tarés en ville. Ils tombent comme des quilles. J'ai une drag-queen morte au Chee Chee bar et grill dans le centre, et trois toxicos retrouvés morts dans un garage à Shelltown. Mais assez parlé de moi, finit-il gaiement, son visage s'illuminant d'un humour macabre.

Ses yeux se réchauffèrent, leur couleur miel se fondant en une nuance de brun. Il me visait avec ces mêmes yeux tel un enfant maniant le fusil à pompe de son père. Chris n'avait aucune idée de l'effet dévastateur de son regard.

— Bonsoir, me dit-il en souriant.

— Bonsoir, répondis-je, me forçant à lui rendre son sourire, avant d'indiquer une chaise. Assieds-toi.

Il jeta ses clés de voiture sur la table basse et s'étala à la place sur le canapé.

— Seulement si tu viens t'asseoir avec moi, lança-t-il en tapotant le siège d'à côté.

Je m'exécutai, mais à bonne distance de lui. Il envoya un regard blessé pour la galerie, et observa la pièce autour de lui.

— Alors, qu'est-ce que tu nous fais ? Ça sent divinement bon.

— Je t'ai menti, avouai-je. Je suis un piètre cuisinier. J'ai commandé de la pizza. C'est ça que tu sens. À l'heure qu'il est, elle doit être dure comme une semelle. Ça fait plus d'une heure qu'elle attend sur le comptoir de la cuisine.

Il se frotta les mains.

— Super ! De la pizza ! Plus c'est dur, plus j'adore. Sérieux, j'en ai même mangé à midi.

Mon visage se décomposa.

— Oh.

— Je rigole, Tyler, me rassura-t-il avec un large sourire. Détends-toi. Tu peux bien me servir de la nourriture pour chien que je m'en ficherais. Les poulets, ça mange de tout, tu sais ? On ne fait aucune discrimination. Je te jure, de vrais animaux ! Ai-je déjà dit que j'étais désolé d'être en retard ?

— Non. Tu as dû oublier.

— Désolé d'être en retard.

— C'est bon à savoir, acquiesçai-je.

— Les flics sont toujours en retard. Socialement parlant. C'est dans leur nature.

— Je garderai ça à l'esprit.

Il m'étudia pour voir si j'avalais son interminable mensonge. Et étrangement, oui. Très vite, je compris que peut-être, il était aussi nerveux que moi. Cette petite prise de conscience me remonta le moral. J'essayai de me détendre. Je lissai l'avant de mon haut et repoussai les cheveux qui me tombaient dans les yeux. Chris suivit chacun de mes mouvements avec une amène curiosité.

— Tu es nerveux, me fit-il remarquer.

— Oui, ben toi aussi.

Et là, le silence s'installa entre nous, un peu moins gênant que d'habitude. Il porta le regard sur le bout de la table près du canapé et aperçut la photo de Spencer. Cette même photo que j'avais tenue dans ma main l'autre soir, pendant notre coup de fil. Je regardai Chris avec attention tandis qu'il contemplait le cliché professionnel du visage de Spencer.

Ses mots s'échappèrent comme de leur propre chef, sans aide de sa part.

— Il devait être magnifique.

Je me rapprochai sur le canapé pour regarder, moi aussi, le cliché. Et là, Chris se poussa contre moi, comme pour me rejoindre au milieu.

— Oui, dis-je, assez près de lui à présent pour sentir sa chaleur. Spencer était aussi beau à l'intérieur qu'à l'extérieur. Et surtout, c'était un homme bien. Ils n'auraient pas dû lui faire ça, Chris. Il ne le méritait pas.

Chris se tourna pour me dévisager. Sa main vint se poser sur ma cuisse.

— Non, confirma-t-il, ses mots aussi doux que sa caresse. Personne ne mérite la cruauté qu'il m'est donné de voir, Tyler. Je suis désolé qu'elle ait réussi à t'atteindre. Vraiment désolé.

Je fixai sa main sur ma cuisse. Me laissant aller, j'empoignai son pouce et le tint fermement. Encore une fois, je regardai du coin de l'œil la photo qu'il tenait de son autre main.

— Personne ne m'aimera autant que Spencer. Jamais plus je ne connaîtrai un amour comme le sien. Je pense que ce que lui et moi avons connu n'arrive qu'une seule fois dans la vie. Quand je l'ai perdu... j'ai tout perdu.

Chris se contorsionna pour me faire face. Son regard était affectueux. Il replaça la photo avec précaution sur la table. Une fois que ce fut fait, il leva la main et la posa sur ma joue.

— Ce n'est pas vrai, Tyler. Tu n'as pas tout perdu. Tu as encore toute *ta* vie. Tu sais, toi aussi, tu es un homme bien. Spencer n'était pas la seule « bonne » partie dans votre couple. Et pour ce qui est d'être encore autant aimé par quelqu'un d'autre... Comment le saurais-tu ? Il pourrait y avoir quelqu'un là, dehors, qui n'attend que d'entrer dans ton cœur. Il pourrait même être plus près que tu le crois...

Il détourna le regard.

— Chris... dis-je sans qu'il me laisse l'interrompre.

— Il s'agit de savoir si tu laisserais une chance à cette personne hypothétique, ou pas. Tu ne crois pas ? Tout dépend de ta capacité à *laisser* l'amour te retrouver.

Je secouai la tête.

— Ce ne sera pas pareil.

— Évidemment que ce ne sera pas *pareil*, confirma-t-il. Comment serait-ce possible ?

Il se poussa plus près de moi et commença à m'attirer dans une étreinte, mais juste avant, il m'accorda un regard, comme pour attendre un signal lui disant que c'était acceptable.

Je baissai les yeux et laissai son bras se glisser autour de moi. Avant de pouvoir m'arrêter, je lovai mon visage dans la douceur de son épaule, tandis que sa main me tenait par l'arrière de la tête et que ses doigts s'enfonçaient dans mes cheveux. Quant à sa main posée sur ma cuisse, il en entremêla les doigts avec la mienne et l'attira contre lui. La peau de son cou, collée à ma joue, semblait comme chauffée au fer rouge. La sensation était si électrique que j'en fermai les yeux pour repousser tout autre stimuli. Lorsqu'il reprit la parole, sa respiration se répandit, chaude et douce, sur mon oreille. Je sentais ses lèvres bouger sur ma peau.

— C'est moi, Tyler. Je suis cette personne qui veut se frayer un chemin jusqu'à ton cœur. Tu sais… Juste au cas où tu n'aurais pas encore saisi la métaphore.

Je souris contre son tee-shirt et lorsqu'il le sentit, il m'attira davantage à lui. Si son étreinte se resserrait, sa voix, elle, s'était faite plus douce. En fond, j'entendais les battements de nos cœurs, comme le bruit sourd d'un tambour derrière la mélodie d'une chanson.

Il se crispa. C'était comme s'il savait qu'il s'agissait d'une occasion unique et que, quoi qu'il advienne, il devait tout donner, et au diable les conséquences. Je sentis l'intensité et l'honnêteté dans chaque mot qu'il me chuchota :

— La nuit dernière, je t'ai dit au téléphone que je pouvais attendre, Tyler. Et c'est vrai. Mais ne te dis plus jamais que tu ne retrouveras personne pour partager ta vie. N'y pense plus jamais. Si tu me laisses faire, je te le prouverai. Je te le jure. Quand tu auras besoin de moi, je serai là pour toi. Je te le promets. Quand tu seras prêt à reprendre ta vie et à échapper à la solitude, je t'aiderai à trouver la voie. Fais-moi confiance. D'accord ?

Je ne voulais pas poser la question, mais ne réussis pas à contenir mes mots :

— Est-ce que je peux te confier mon cœur, Chris ? Je peux te faire confiance ?

Il inclina la tête juste assez pour poser ses lèvres sur ma tempe.

— Oui, souffla-t-il sur ma peau. Tu peux me confier ton cœur.

Sur ce, il me relâcha juste assez pour pouvoir examiner mon visage. Il soutint mon regard le temps de quelques battements de cœur.

— Dis-moi que tu comprends. Dis-moi que tu comprends la signification de mes mots.

— Oui, répondis-je. Je comprends. M… merci.

Ma voix sonnait étrangement à mes oreilles. Cassée, essoufflée, faible. Je ne m'étais encore jamais entendu parler d'une telle voix.

Il vint me caresser le visage de ses deux mains. Ses pouces frôlèrent mes lèvres comme s'il voulait véritablement *toucher* mes paroles. Il se pencha et m'embrassa sur le bout du nez. Puis, il s'éloigna et sourit.

— Tu vois ? Pas de langue. Je suis patient, comme promis.

Ses yeux étincelèrent. Il toussota un petit rire, peut-être à cause de mon commentaire, peut-être à cause du sien. Il souffla alors un grand coup, comme un homme qui aurait survécu à son premier saut en parachute. Heureux d'être encore en vie et en un seul morceau. Peut-être ne s'était-il pas préparé à se confier à moi aussi ouvertement ? Mais c'était chose faite, et il en semblait content. Malgré tout, dans ses pensées, je passais encore avant lui. Et ce qu'il dit ensuite le prouvait :

— Est-ce qu'on s'est bien compris ? demanda-t-il doucement.

— Oui, acquiesçai-je.

Il glissa le dos de sa main le long de mon menton. Encore une fois, il vint effleurer mes lèvres de son pouce. Avant de pouvoir m'arrêter, je tendis la main et fis de même. Je touchai ses lèvres pulpeuses de mes doigts hésitants, puis glissai la main sur ses joues rasées de près. Sa peau était soie. Aussi douce que du lait chaud. Fermant les yeux un moment, il se laissa aller contre ma main, se plaisant dans mon toucher. Lorsqu'il rouvrit les yeux, il souriait.

— Maintenant, nourris-moi, lança-t-il. Je meurs de faim.

Plus tard, après avoir mis la table et réchauffé la pizza froide au micro-onde, je retrouvai Chris debout devant la fenêtre du salon, mais il ne regardait pas à travers. Il observait la casquette de baseball dans sa main. D'habitude, elle pendait sur le porte-chapeaux près de la porte. Chris sourit lorsque j'entrai dans la pièce, et indiqua le logo sur la casquette.

— Mickey, dit-il.

Je la lui pris des mains et la jetai sur le porte-chapeaux.

— Je l'ai achetée à Disneyland. Spencer et moi y sommes allés l'année dernière.

Il fixa le porte-chapeaux un instant, avant de me laisser le conduire jusqu'à la cuisine. Après le dîner, je sortis sur le porche avec lui pour dire au revoir.

— Ça sent l'hibiscus, souffla-t-il dans l'air de la nuit.

— Au coin de la maison, confirmai-je. Et il y a un autre arbuste derrière la maison.

Il leva la tête vers les étoiles au-dessus de nous et je suivis son regard. La Grande Ourse était juste là. J'avais cette étrange impression de pouvoir simplement l'atteindre et la cueillir dans le ciel.

— Chris, l'appelai-je doucement. Je ne suis toujours pas prêt. Tu le sais, n'est-ce pas ?

— Oui, dit-il tout aussi tendrement. Mais je serai là quand tu le seras.

Sur ces paroles, il effleura l'intérieur de mon bras avec ses doigts, me laissant un frisson. Puis, il se tourna pour partir.

PLUS TARD cette nuit-là, je me réveillai avec l'odeur de Chris en tête. Allongé nu dans mon lit, yeux écarquillés, à fixer aveuglément la pénombre. Mon esprit n'était qu'un chaudron bouillant de souvenirs et d'impressions. La sensation de sa main sur ma jambe. La tiède moiteur de ses lèvres sur ma tempe. Son haleine qui m'agitait tendrement les cils. Sa chaleur. Ce parfum de propre qui se dégageait de son corps. La façon dont il parlait, dont il se mouvait, dont il souriait.

La façon dont sa voix parvenait directement à mes oreilles quand, assis sur le canapé, il me susurrait ses sentiments... ses sentiments pour moi.

Seul dans mon lit, il n'y avait que l'obscurité pour m'envelopper comme une amante. Je la sentais presser ses membres fiévreux contre moi, me retenir en place. Ma main glissa le long de mon torse. Je tremblai devant la sensation de la peau brûlante au bout de mes doigts. Cela faisait tellement longtemps que le désir ne s'était plus emparé de moi que j'en avais oublié la sensation. J'imaginai que ma main était celle de Chris. Je frôlai la peau tendre de mon ventre avec les doigts... avec *ses* doigts. Ensuite, je traînai la main le long de ma hanche jusqu'au duvet naissant sur ma cuisse. Chris sentirait-il la même chose dans les jambes ? Tremblerait-il comme je tremblais à présent tandis que mes mains exploraient *son* corps ? Réagirait-il comme moi ? Sentirait-il la même faim, la même envie que moi ?

Son sexe serait-il dur, appuyé contre lui, contre moi, bougeant délicatement au rythme d'un cœur battant, comme le mien ? En sentirais-je la chaleur satinée et la dureté de fer en le glissant dans ma main, comme je le faisais avec le mien ? Ses genoux s'élèveraient-ils du lit, comme les miens, si je passais mon pouce sur son méat, étalant de chaudes gouttes de désir, semblables à de la myrrhe, sur le bout de son membre ? Son onction, qui lui couperait le souffle, lui provoquerait des frissons. Comme à moi, qui frissonnais à présent.

Je frictionnai mon érection, d'abord en douceur, mon esprit enflammé par Chris. Je pouvais sentir ses mains sur moi, qui sortaient de la pénombre – de mon imagination – pour toucher, pour explorer, pour apprendre à me sentir. Pour découvrir mes besoins, aussi, ce que j'aimais. Pour partager avec moi les sensations de mon corps. Pour me faire l'amour comme mon esprit lui faisait actuellement l'amour.

Maintenant, sa bouche était sur moi. Je la sentais m'aspirer. J'imaginai mon membre s'enfoncer dans cette douce chaleur. Mon esprit s'embrasait tant, avec des sensations si réelles, que je tournai violemment la tête pour enfouir mon visage dans l'oreiller, tandis que mes bourses remontaient et que la semence à l'intérieur de moi bouillait, suppliante, *appelant* à trouver une sortie. Ce besoin de délivrance était presque intenable. J'étais haletant de plaisir et de désir. Mon cœur n'était qu'un grondement dans ma poitrine. Dans ma tête.

Je jetai mon bras par-dessus mon visage et frottai le duvet sur mon avant-bras contre mes lèvres. J'imaginai qu'il s'agissait de son bras. De ses poils. Je me masturbai alors de manière plus pressée. Implacablement. Rapidement. Avec un long va-et-vient. L'érection que j'empoignais était étonnante, même pour moi.

— *Chris*, soufflai-je contre ma peau quand mon dos s'arqua encore plus haut.

Et voilà que cela arriva. Au moment de la délivrance, juste quand mon corps déversa sa sève et que je criai de plaisir, je vis Spencer m'épier dans la pénombre près du lit.

Il semblait triste. Il était triste, mais comprenait. Sa main fraîche m'attrapa par le menton alors que ma semence tombait, éclaboussant mon torse, mon visage, mon oreiller. Il me força à le regarder dans les yeux pendant que je me vidais dans la nuit. Puis, il fit ce qu'il aurait fait de son vivant. Il pencha la tête pour me lécher le jus sur le corps. Pour goûter. Pour s'en délecter.

À la première sensation imaginée de sa bouche sur ma peau, mes yeux s'écarquillèrent et je réalisai… que *j'étais seul*.

Je me relevai du lit sur mes jambes flageolantes, mon corps souillé de semence tremblant encore après la jouissance. Je restai alors à fixer le canyon au clair de lune à travers ma fenêtre si longtemps que ma liqueur sécha sur ma peau, que mon cœur cessa de gronder et de s'agiter à l'intérieur de moi. Je fermai les yeux à la nuit et pris la main de Spencer.

— Il est temps pour moi de partir, chuchotai-je dans la pénombre à son souvenir, debout devant moi. Il est temps que je retrouve le bonheur. Laisse-moi faire, Spencer. Laisse-moi partir.

Ses doigts s'échappèrent de ma prise et lorsque j'ouvris les yeux, il n'était plus là.

X : LAPIS-LAZULI

NOUS ÉTIONS samedi soir. Au centre-ville, une marée humaine agitait le quartier de Gaslamp, situé à seulement deux pas de la baie. Comme tous les soirs de la semaine, les touristes, les gens du coin et les indigents se rassemblaient dans le quartier pour exécuter, entrelacés, leur danse étrange de l'excès, de la survie et du désir. La plupart du temps, ces groupes séparés se contentaient de graviter les uns autour des autres à bonne distance, sans jamais vraiment se regarder. D'autres fois, des têtes se heurtaient. Et c'est justement pour cet aspect de Gaslamp – et du monde en général – que les talents particuliers de Chris entraient en jeu. Beaucoup de meurtres se produisent après une prise de tête. À ce moment-là, le travail de Chris consistait à remettre de l'ordre et à désigner les fautifs.

Chris m'avait demandé de l'y rejoindre pour un dîner. Il voulait ensuite me montrer son appartement avec vue sur l'eau et me présenter à son chat, Waldo. Mais avant la visite et les présentations, nous nous assîmes à la terrasse d'un café pour siroter une bière et décider du restaurant, tout en regardant un flux continu d'humains circuler devant nous. Trois semaines s'étaient écoulées depuis la toute première fois où je l'avais appelé. Depuis, pas un jour ne s'était passé sans une discussion partagée par téléphone ou en personne. Il n'avait pas encore été dans mon lit, ou moi dans le sien, mais ce jour approchait. Nous le savions tous les deux.

Ce soir-là, je rêvais de lui faire l'amour et comptais succomber à la moindre incitation, mais Chris était le plus tenace. Il avait juré de ne pas me pousser à entamer cette nouvelle facette de notre relation et d'attendre que je fasse le premier pas. De cette façon, avait-il dit, il saurait que j'étais prêt. Chris était intelligent. Il savait que je n'avais pas complètement surmonté mon impression d'infidélité envers Spencer. Néanmoins, cette culpabilité se dissipait graduellement, et j'étais certain que Chris s'en doutait. Du moins, je l'espérais.

S'il en savait beaucoup sur moi, quelques détails lui échappaient encore. Il ne savait rien du revolver caché derrière la chaudière, dans ma cave. Il ne savait pas que je l'avais utilisé une fois pour commettre un meurtre. Et il ne savait pas, du moins pas vraiment, que j'étais en paix avec Spencer et l'idée de prendre un autre amant.

Il ne savait pas non plus que j'étais amoureux de lui. Cependant, avant de pouvoir me conformer à mes désirs, je devais éclaircir certaines choses. Le meurtre de Spencer, de un. De deux, l'homicide que j'avais commis. Je savais que j'allais devoir m'occuper des deux avant d'ouvrir mon cœur entièrement à Chris. Ou à quiconque, d'ailleurs.

Cette soirée-là était douce. Une brise soufflait à travers les rues de la ville, chargée du parfum océanique de la baie. Les cheveux de Chris avaient enfin repoussé. Je me demandais s'il laisserait sa nièce retenter le coup la prochaine fois qu'il aurait besoin d'une coupe. *Espérons que non.* Nos doigts toujours entrelacés sur la table, nous devions ressembler à un couple de longue date pour tout observateur extérieur. Nous nous étions même habillés de la même manière en cette soirée. Un jean, un tee-shirt et des tennis. Je commençais à apprécier le style décontracté qu'adoptait Chris durant ces pauses après le travail.

Et en parlant de ça…

— On m'a accordé un autre mois de liberté, dis-je, informant Chris des dernières nouvelles concernant ma non-activité professionnelle, dont les jours étaient comptés. Mme Margolis m'a au moins accordé ça. La garce.

— Qu'a-t-elle dit exactement quand tu l'as appelée pour la prévenir que tu étais prêt à rejoindre la race humaine et à reprendre ton poste ? demanda Chris en riant. Tu ne m'avais pas dit qu'on t'avait remplacé ?

— Si. Par Joey Trouducul, mon ennemi juré. Mais il semblerait que sa haute opinion de lui-même et son manque stupéfiant de productivité ne l'ont pas aidé à se faire aimer de la patronne, ou de tous ces pauvres idiots qui travaillent sous ses ordres. Je ne sais pas comment la directrice a pu mettre trois mois à se rendre compte de sa stupidité. Bref, dès qu'elle l'a compris, elle a voulu me reprendre. Apparemment, j'appelais au parfait moment, expliquai-je avant de secouer la tête avec incrédulité. J'ai enfin fait quelque chose de bien dans ma vie.

Chris se rapprocha de la table afin de pouvoir couvrir entièrement mes doigts des siens. Il se pencha en avant, bière à la main, yeux rivés sur moi. On aurait dit que la foule fourmillante n'existait plus autour de nous. Le monde était soudain réduit à une bulle contenant Chris, moi et deux chopes de bière maison.

— Et moi, où me places-tu dans ton évaluation des bons et des mauvais choix que tu as faits dans ta vie ? demanda-t-il tout sourire, ses yeux trahissant une réflexion intense. Dites-moi, Monsieur le Chef comptable, en quelle couleur écririez-vous mon nom ? Noir ou rouge ? Crédit ou débit ? Est-ce que je suis un bénéfice ou une perte totale ?

Sirotant longuement sa bière, il attendit ma réponse. Je remarquai soudain que son sourire s'était effacé. Il m'examinait comme un flic, cherchait tout signe indiquant que je comptais mentir, que j'allais lui dire ce qu'il voulait entendre, même si la vérité était tout autre. Mais il n'avait pas à s'en faire. Pour cette question, je ne préparais aucun mensonge.

Je serrai ses doigts et m'offris entièrement à son analyse. Et pendant ce temps, je lui rendis également ce sourire qu'il semblait avoir perdu.

— C'est grâce à toi que je ne me cache plus dans ma maison pour boire jusqu'à l'ivresse chaque soir. C'est grâce à toi que je ne passe plus mon temps à penser à tout ce que j'ai perdu. À présent, je pense à…

— À quoi, Tyler ? À quoi penses-tu ? jeta-t-il, en se raidissant presque imperceptiblement.

— Toi. Je pense à toi.

Je me demandai s'il était temps de lui dire ce que je ressentais vraiment, de lui donner ce qu'il voulait entendre. Ce que *nous* avions peut-être besoin d'entendre.

— Je sais que tu penses à moi, dit-il, en me scrutant de plus près. Mais ce n'est pas ce que j'ai demandé. J'ai demandé si…

— Bénéfice, lançai-je avec véhémence. Un *bénéfice*.

Je baissai les yeux vers sa main qui serrait la mienne. Ses mains étaient superbes. Larges, fortes et bronzées. J'adorais ce petit duvet noir voluptueux, étendu sur leurs dos et la façon dont il s'épaississait au niveau de ses poignet et de ses avant-bras. Sa pilosité s'arrêtait à son coude. Ses biceps restaient pâles et plus doux que le reste du bras. Je pouvais fermer les yeux et reconnaître leur sensation contre mes lèvres, tant j'avais fantasmé dessus.

Lorsque je levai la tête et plongeai mes yeux dans les siens, je remarquai que son regard me pénétrait toujours. Il avait cette étrange expression. Inhabituelle, adorable et romantique.

— Tyler, je veux te dire une chose. Ne te laisse pas effrayer, s'il te plaît. Ne t'enfuis pas.

— Dis-moi, lançai-je, le souffle un peu coupé par la façon dont il me regardait.

Une envie soudaine me saisit. L'envie d'entendre ces mots qu'il comptait prononcer.

— S'il te plaît, dis-moi, répétai-je.

Je n'eus pas à lui demander une troisième fois. Me tenant fermement la main, il la tira à lui jusqu'à ce que, enfermée dans la sienne, elle repose confortablement contre sa poitrine. Je sentais son cœur battre à travers le dos de mes doigts. Je sentais le pouls dans son poignet battre le rythme de sa vie contre mon propre poignet. Lorsqu'il parla, ce fut d'une voix douce et pressante, aussi haletante que la mienne l'avais été.

— Je t'ai dit t'avoir vu pour la première fois la nuit où les secours t'ont amené à l'hôpital. La nuit où Spencer… a été tué. Je t'ai dit que de te voir comme ça m'avait touché cette nuit-là, expliqua Chris en m'attirant encore plus près. Rien n'a changé, Tyler. Tu me touches toujours autant. Si tu décidais tout à coup de faire marche arrière et de te retirer, de trouver une autre voie à suivre, une voie sans moi, honnêtement, je ne sais pas ce que je ferais. Je suis fou de toi, Tyler. Et chaque jour passé avec toi, chaque *heure* même, chaque *instant*, me rend un peu plus fou de toi, ajouta-t-il, en détournant le regard vers la foule avant de revenir sur moi.

Son visage reflétait une certaine jubilation qui m'était encore inconnue. Il paraissait toujours inquiet, mais tout aussi déterminé. Il avait cet air triomphant, ayant enfin réussi à rassembler le courage nécessaire pour me dire ce qu'il avait sur le cœur.

— Je ravale ces mots depuis assez longtemps, Tyler. Ce soir, il fallait que ça sorte. J'espère que tu comprends.

— Tu sais bien que oui, soufflai-je.

Tout à coup, il se redressa sur sa chaise et passa les autres tables en revue. Personne ne nous regardait, alors il se reconcentra sur moi. Il me dévisageait, les yeux grands ouverts et avides. Je souris et il essaya de me renvoyer un sourire. Un sourire innocent et plein d'espoir dont la beauté me subjugua.

— Je veux rencontrer Waldo, lâchai-je. Emmène-moi chez toi.

Je n'avais que faire de son chat. Son chat était le dernier de mes soucis.

— Et qu'en est-il du dîner ? demanda-t-il docilement.

— Au diable le dîner.

Il plongea immédiatement la main dans sa poche, extrayant une poignée de billets d'un dollar. Il les lâcha sur la table pour le pourboire et me releva sur mes pieds.

— Allons-nous-en !

Nous marchâmes main dans la main dans cet attroupement agité de fêtards. Je ne savais pas ce qu'ils fêtaient. C'était un samedi soir. Le troisième samedi du mois. Qu'y avait-il à célébrer là-dedans ? Les gens étaient tellement collés les uns aux autres qu'ils ne pouvaient faire que cela pour garder l'équilibre. Il va sans dire qu'ils n'avaient rien à faire de deux hommes se tenant la main le temps de traverser la rue. Pourtant, je m'inquiétais pour Chris.

— Et si tu voyais quelqu'un des forces de l'ordre, m'alarmai-je, tentant de retirer ma main.

Chris gardait une prise ferme sur mes doigts. Il n'était pas prêt de me lâcher.

— Je ne leur ai jamais caché que j'étais homosexuel. Du moins, pas depuis que j'ai été promu inspecteur. C'était un peu plus délicat à l'époque où je patrouillais dans les rues, mais ça, c'est de l'histoire ancienne.

— Comment es-tu devenu inspecteur aussi jeune ?

Une question qui me brûlait les lèvres depuis longtemps.

— La fille du commissaire s'est faite agresser dans sa chambre, sur le campus de l'université de San Diego. J'ai pris sur mon temps libre pour chercher des indices, et trouvé le coupable en moins d'un jour. Le chef a été assez impressionné pour me placer dans la brigade criminelle, là où veulent finir tous les ilotiers.

— Et tu adores ça, remarquai-je avec le sourire.

Il me jeta un regard et me tira à travers la foule pour traverser la rue.

— Ça se voit tant que ça ?

— Oh, oui. Ça se voit, m'esclaffai-je.

Son visage s'assombrit de tristesse tandis que nous passions sous la lumière de la façade du cinéma.

— Mais *toi* tu n'en profites pas, dit-il. Je n'ai pas joué mon rôle dans ton drame comme tu l'aurais voulu, n'est-ce pas, Tyler ? Je te déçois depuis le début.

Je dus me détourner de son visage tourmenté, resserrant malgré tout ma prise sur sa main.

— Tu l'as dit toi-même : les indices ne tombent pas toujours en même temps. Chris, je suis encore fou de rage quand je pense aux hommes qui ont fait ça à Spencer, mais ne va pas t'imaginer que ce mécontentement s'étends aussi à toi. Je les tuerais dans un accès de colère si l'occasion se présentait, mais je ne ferais rien qui risque de te blesser. J'espère que tu le sais.

Durant la marche, Chris se rapprocha assez de moi pour que nos épaules se touchent.

— Merci de me dire ça. Je ne veux pas que quelque chose vienne se mettre entre nous. Pas même mon échec en tant que policier. Mais je pense encore qu'on les coincera tôt ou tard. Ils finiront par commettre une erreur, c'est sûr. Quelqu'un va finir par se montrer. Je ne sais pas, moi. *Quelque chose* va bien nous mener à eux ! J'y crois encore. Toi aussi, tu devrais.

— J'y crois, dis-je. Ne t'inquiète pas. J'y crois.

Mais était-ce la vérité ? Ou commençais-je à abandonner l'idée qu'un jour, nous trouverions les tueurs de Spencer ? Après tout, cela faisait cinq mois. Si dame Justice comptait résoudre cette affaire-là, elle ferait mieux de se sortir ses livres de loi du derrière et de s'y mettre.

Et c'est précisément à ce moment-là, avec cette idée sotte en tête, que j'observai tout ce monde devant moi. Nous cherchions à nous frayer un chemin à travers la foule fourmillante qui marchait sur le trottoir. Elle était si compacte qu'elle débordait parfois sur la chaussée pour savoir où elle allait. Là, pile au même moment, je *le* vis. Droit devant moi.

— Mon Dieu, bafouillai-je, m'arrêtant net et obligeant Chris à s'arrêter avec moi.

— Qu'est-ce que tu as ?! me questionna-t-il. On dirait que tu as vu un fantôme.

Je levai le bras et pointai un doigt tremblant vers l'homme à six mètres de là qui dégustait un hot dog. Il portait un bandana rouge autour du cou, un jean bleu avec une chaîne en argent accrochée autour de sa taille pour rattacher son portefeuille, et des bottes sur lesquelles pendaient des chaînes. Ces *mêmes* bottes qui hantaient mes rêves depuis des mois. Chris suivit mon doigt.

— C'est lui, soufflai-je, écrasant la main de Chris dans la mienne. L'homme à la barre de fer. Putain, il est là. Juste devant nous !

Avant que mon dernier mot soit prononcé, deux choses arrivèrent. L'homme au bandana rouge releva la tête et me vis le pointer du doigt. Il jeta son hot dog dans la rue et, lançant une injure, il se mit à courir. Au même moment, Chris se lança à sa poursuite, dégageant les piétons sur son passage. Avant de disparaître dans la foule, je le vis avec la main sur le côté, tentant d'atteindre son holster. Je l'entendis crier « Merde ! » lorsqu'il réalisa qu'il n'était pas armé.

Après le choc initial, je compris ce qui venait de se produire et suivis Chris en courant. Immédiatement, je me rendis compte que c'était inutile.

Parcourant moins de dix mètres au milieu de la foule, je m'aperçus que je ne le voyais plus. Je ne *les* voyais plus. Ni Chris ni cette ordure d'assassin qui avait massacré Spencer.

Je continuai malgré tout de courir aussi vite que possible. Les gens pestaient quand je les poussais de mon chemin et semblaient prendre un malin plaisir à bloquer chacun de mes pas. Je m'arrêtai à moins de trois pâtés de maisons plus loin. À bout de souffle et trempé de sueur. Les passants me dévisageaient, se demandant si j'étais drogué, peut-être. Ou ivre. Ou fou à lier.

Je les ignorai du mieux que je pus et me positionnai au bout du trottoir, montant et descendant sur la pointe des pieds pour dépasser les têtes autour de moi et essayer d'apercevoir Chris, ou l'homme au bandana rouge. Cinq bonnes minutes plus tard, je me souvins que j'avais un portable. Je le sortis de ma poche et tapai le 8 avec la numérotation abrégée.

Un instant plus tard, Chris répondit. Il était aussi haletant que moi. Et furieux. Si furieux qu'il crachait ses mots :

— Je suis désolé, chéri. Le salopard s'est enfui ! J'ai appelé du renfort et lancé une alerte, mais je doute qu'ils le retrouvent. Je l'ai vu jeter le bandana dès qu'il a compris que je le suivais. Il savait que c'était comme porter un drapeau autour du cou. Il court comme un lapin, *l'enfoiré* !

Je collai le téléphone contre l'oreille et écoutai Chris proférer des injures.

— Où es-tu ? finit-il par me demander.

Je regardai autour de moi, essayant de me repérer. Je dus encore remonter la rue en poussant à travers la foule, jusqu'à pouvoir lire le panneau :

— À l'angle de la huitième avenue et de K Street. Et toi ?

Chris soufflait encore bruyamment et jurait.

— Je suis à East Village, près du stade de baseball. C'est par là que j'ai perdu la trace de cette ordure. Rentre chez toi, Tyler. Je vais continuer à chercher un moment. Il pourrait se montrer à nouveau.

— C'était lui, lui dis-je. L'homme à la barre de fer. C'est l'homme qui a tué Spencer.

Je n'arrivais toujours pas à croire que je m'étais retrouvé aussi près de lui, et qu'il avait tout de même réussi à filer. Chris essaya de me calmer avec des « shhh ».

— Je sais, chéri. Je sais. Et on l'aura. Je te le jure. Au moins, maintenant on sait qu'il est toujours en ville. Rentre à la maison, Tyler. Je t'appellerai plus tard.

Abattu, j'entrepris de revenir sur mes pas jusqu'à la voiture.

— Très bien. Je…

Ma voix faiblit.

— Tu quoi, Tyler ? Qu'allais-tu me dire ?

— Rien. Juste que j'étais désolé pour cette nuit.

— Il y en aura d'autres, dit-il à voix basse.

— Je sais. Bonne nuit, Chris.

— Bonne nuit.

— Et bonne chance.

— Ouais, soupira-t-il comme s'il se parlait à lui-même. Je vais en avoir besoin.

Je refermai mon portable et l'enfouis dans ma poche. Démoralisé, je titubai sur le trottoir bondé. Le meurtrier de Spencer se trouvait juste devant nous. Juste là ! Et pourtant, la première chose qui me venait à l'esprit était de dire à Chris que je l'aimais. Bon sang. Avais-je oublié mes priorités ?

UNE SÉRIE de meurtres entre gangs occupa le temps libre de Chris pendant près de deux semaines après la course poursuite à Gaslamp. Nous parlions par téléphone, mais au fil des appels, Chris devenait plus distant. Plus… préoccupé. Je le vis deux fois, mais les deux fois, il passa en vitesse à la maison pour me dire bonjour avant de repartir aussitôt travailler dehors sur les crimes qui lui avaient été confiés.

La troisième fois, il me prévint qu'il allait rapporter du travail avec lui à la maison, si je n'y voyais pas d'inconvénient. À ce moment-là, j'avais si désespérément besoin de le voir que je lui dis qu'il pouvait bien emmener un cadavre, si ça lui chantait. Il rigola, mais son rire semblait forcé.

Il arriva à vingt heures pétantes. Lorsque je lui proposai de dîner, il me répondit qu'il avait déjà mangé. Il sortit une cassette VHS d'un sac en papier et le posa sur la table basse. Je m'assis près de lui et ramassai la cassette pour l'observer. Elle était étiquetée : Vidéosurveillance – Station de tramway de San Ysidro.

Mon cœur fit un bond dans ma poitrine et je me tournai calmement vers Chris, pour le trouver en train de m'étudier.

— Quoi ? demandai-je, en toute innocence, lui sortant miraculeusement un sourire curieux et tentant d'agir de manière posée – de manière *normale*.

— Tu sais ce que c'est ? m'interrogea-t-il, en indiquant la cassette dans ma main.

— Oui, c'est la cassette de « vidéosurveillance de la station de tramway de San Ysidro », lui lus-je l'inscription. C'est écrit là. C'est sur ça que tu travailles en ce moment ?

— C'est un des cas dont je m'occupe actuellement, oui.

— Je croyais qu'on avait assigné la fusillade du tramway à quelqu'un d'autre. C'est bien de ça qu'il s'agit, non ? Une vidéo du tireur responsable de la fusillade qui a eu lieu récemment. Ce criminel qui a été tué sur la Blue Line.

— Oui. Je donne un coup de main aux enquêteurs.

— Pourquoi ? Tu n'as pas assez d'affaires sur les bras pour accepter celles des autres ?

— C'est comme ça dans les forces de l'ordre, Tyler. On s'entraide.

Je baissai les yeux vers la cassette dans ma main. Sans trop savoir où je trouvais le courage de le faire, je dis :

— Tu voudrais que je te joue la cassette ? C'est ça que tu as à faire, non ?

Il plissa les yeux. Sa bouche s'étira en un sourire paresseux, mais son regard rusé ne le laissait pas paraitre.

— Merci, Tyler. Mets-la. On la regardera ensemble.

Et à ma grande surprise, ce fut comme la nuit du coup de feu. D'une main assurée, je glissai la cassette dans le lecteur vidéo. Lorsque je ramassai les télécommandes pour les rapporter jusqu'au canapé, je demandai tranquillement à Chris s'il voulait une bière. Il refusa.

Je ne sentais aucune peur. Absolument aucune. Avais-je pris tant de distance vis-à-vis de ce que j'avais fait à l'homme du tramway que cela n'avait plus d'impact sur moi ?

— Prêt ? demandai-je.

Il opina du chef et j'allumai la télévision. Je pris la main de Chris lorsque la vidéo apparut à l'écran. Un petit carré en bas à gauche indiquait les secondes qui défilaient lentement, jusqu'à ce que Chris me prenne la télécommande des mains et appuie sur avance rapide.

Il savait ce qu'il cherchait. À mesure qu'avançait la cassette, je vis la station de tramway passer de la lumière à l'obscurité en un clin d'œil. Quelques passagers allaient et venaient en vitesse sur le quai, disparaissant dans les voitures ou dévalant les escaliers jusqu'à la rue située en dessous. Les tramways entraient dans le cadre et sortaient tout aussi vite. Chris pressa le bouton de lecture lorsque la vidéo indiqua deux heures et vingt minutes, et toute activité reprit un rythme normal en l'espace d'une seconde.

Tout à coup, la station de tramway de San Ysidro fut noire et déserte. Un flot de lumière éclaira les rails à gauche et dans un silence inquiétant – la vidéo ne comportant aucun son – une rangée de voitures rouges apparut à l'image. Tout de suite, les portes s'ouvrirent et de la porte la plus proche, je me vis sortir du tramway et abaisser la casquette de baseball sur les yeux. J'ajustai le sac à dos sur mon épaule et descendis les escaliers situés à droite pour disparaître dans la nuit. Plus tard, les portes se refermèrent et le tramway fila dans le sens inverse de son arrivée.

C'était le terminus. Le tramway repartait à présent en direction du nord. Comportant une cabine de conducteur de chaque côté, il n'avait pas besoin de faire demi-tour.

Chris appuya sur « pause », puis rembobina. Il visionna la séquence une nouvelle fois. Et une troisième. Après cette troisième et dernière fois, il appuya sur « stop » et se cala au fond du canapé. Sa main n'avait pas quitté la mienne. De l'autre main, il jeta la télécommande sur la table basse.

— C'est lui le tireur ?

— Je crois bien.

— On ne voit pas son visage, commentai-je.

— Non, dit-il. On ne le voit pas.

— Il porte ma casquette Mickey, constatai-je calmement. Du moins, elle ressemble à la mienne. J'imagine que le tueur est aussi fan de Disneyland.

— Je me demandais si tu le remarquerais.

— Une bière ?

Il étudia à nouveau mon visage.

— Ouais. Pourquoi pas.

Je courus en chercher une. Il me suivit dans la cuisine et s'arrêta dans l'embrasure de la porte afin de me regarder me pencher devant le réfrigérateur pour en extraire deux bouteilles. Je me redressai, décapsulai les bouteilles, les plaçai l'une à côté de l'autre sur la table de la cuisine, puis me tournai et marchai droit dans les bras de Chris.

Écarquillant les yeux de surprise, il m'entoura de ses bras pour m'attirer à lui. Il pencha la tête pour loger son visage dans mon cou et j'étendis mes mains dans son dos pour le coller à moi.

132

— Tu m'as manqué, soufflai-je.

— Moi aussi, tu m'as manqué.

Sa voix parut étouffée lorsque ses lèvres bougèrent contre mon cou.

— On ne s'est pratiquement pas vus depuis cette nuit à Gaslamp.

— Je sais, Tyler. J'en suis désolé.

Nous restâmes ainsi pendant un long moment. Une douce odeur de transpiration et de fatigue émanait de lui. La journée avait été longue. Sa chaleur était si agréable contre ma peau que je ne pouvais me résoudre à le laisser partir. Avant de pouvoir m'arrêter, je plongeai mes lèvres dans ses cheveux. À présent, ils faisaient plus d'un centimètre et semblaient doux comme un duvet sur ma bouche.

— Tyler, soupira-t-il. Peu importe les motivations que tu penses avoir, je t'ai déjà dit de ne pas prendre ces choses-là en main. Tu te rappelles ?

Il traça du doigt la marque de coupure encore visible sur ma joue. Elle était guérie, seule restait une fine cicatrice rouge. Peut-être la cicatrice serait-elle permanente. Aucune idée. Le toucher de Chris semblait doux sur mon visage et je fermai les yeux afin de mieux le sentir.

— Oui, dis-je. Je m'en souviens. Pourquoi ?

— Pas de raison particulière. C'est juste que… je veux que tu te souviennes d'avoir fait cette promesse. Je ne veux pas que tu l'oublies.

— Je n'oublierai pas. Je la renouvelle, si tu le souhaites.

Je me reculai juste assez pour voir ses yeux. Ils paraissaient tristes, me dis-je. Tristes et méfiants.

— Voudrais-tu que je la renouvelle ? Que je te le promette à nouveau ?

Il acquiesça et ses mains vinrent me caresser des deux côtés du visage. Il ferma fermement les yeux, puis les rouvrit, me fixant du regard.

— Je te le promets. À partir de ce jour, rien de tel n'arrivera plus. Je te le jure.

Et je suis sérieux, résonnait ma voix intérieure. *Je m'en suis tiré avec un meurtre une fois. Du moins, je le pense. Je ne m'y risquerai plus. Plus jamais. Ça reviendrait à risquer de tout perdre. Ça reviendrait à risquer de te perdre… toi.*

Dieu merci, Chris ne pouvait pas entendre mes pensées, seulement mes mots. Il les laissa en suspens un court instant.

— Merci, dit-il enfin.

Il passa son pouce sur ma tempe et me repoussa tendrement, me tenant à bout de bras.

— Chéri, j'ai du nouveau.

Quelque chose dans sa façon de parler me transperça comme un couteau. Je me raidis dans sa prise.

— Qu'y a-t-il ?

Il fit un pas en arrière et glissa sa main dans la poche intérieure de sa veste de sport. Il en sortit un petit sachet en papier cristal, le genre qu'utilisent les policiers dans les séries télévisées pour transporter les pièces à conviction. À l'intérieur du petit sachet se trouvait une bague en or étincelante, sertie d'un diamant et cerclée de lapis-lazuli.

— Mon Dieu.

Mes jambes faillirent se dérober sous mon poids. Je n'en revenais pas. Je tendis la main vers la bague, avant de la retirer immédiatement comme si Chris tenait un serpent.

— Où l'as-tu trouvée ?

— Alors elle est bien à toi, dit-il doucement.

— Oui. C'est la bague que Spencer m'a offerte la nuit où il... Mais qu'en est-il de l'autre bague ? Celle de Spencer. Celle avec le cercle d'onyx. L'as-tu aussi retrouvée ?

— Non, Tyler. Je suis désolé. Nous n'avons trouvé que celle-ci.

— Où ça ? Où l'as-tu découverte ?

Je trouvai enfin le courage de lui prendre le sachet des mains et de l'ouvrir. La bague atterrit dans la paume de ma main et je la glissai précautionneusement sur mon doigt. Tout comme l'autre fois où je l'avais mise, elle m'allait parfaitement. Mes yeux se remplirent de larmes et je portai la bague à mes lèvres. Lorsque je retournai mon attention sur Chris, je vis que ses yeux s'étaient également embués.

— Elle a été mise en gage, répondit-il. Le prêteur a signalé la bague en se basant sur la liste d'objets volés que nous envoyons chaque semaine aux magasins de prêteurs sur gage. On l'a reçue il y a tout juste deux jours. Cinq mois après les faits, les criminels ont enfin décidé de se faire de l'argent dessus. Peut-être qu'ils ont pensé qu'on serait moins vigilants. Qui sait ce qui leur est passé par la tête. En tout cas, tu retrouves ta bague.

Je déglutis difficilement.

— Merci, Chris.

— De rien, souffla-t-il avant d'entourer mon menton d'une main au toucher aussi léger qu'une plume, afin de me forcer à le regarder en face. Souviens-toi de ta promesse, Tyler. Ne m'éprouve...

Il ravala le dernier mot qu'il allait prononcer. Cependant, je savais ce qu'il comptait dire. Il allait dire : « Ne m'éprouve... plus. »

S'excusant pour la bière gâchée, il sortit la cassette du lecteur, la remit dans son sac et s'avança vers la porte d'entrée.

— Embrasse-moi pour me souhaiter bonne nuit, me lança-t-il à l'autre bout de la pièce.

Je courus à travers la pièce et l'enlaçai à nouveau. Il emprisonna mon visage de ses mains puissantes et me tint fermement pour poser ses lèvres sur les miennes. Il maintint le baiser assez longtemps pour affûter mon désir, puis s'écarta.

La bague semblait étrange sur mon doigt. Froide. Impersonnelle. Lourde. Elle m'était inconnue à présent. Elle ne semblait plus... à sa place. Mais l'homme dans mes bras, si.

— Je t'aime, Chris, soufflai-je. Je veux que tu le saches.

Une fois encore, ses yeux s'écarquillèrent lorsqu'il laissa ces mots s'insinuer en lui. Il empoigna son haut comme pour calmer son cœur battant.

— Je t'aime aussi, dit-il doucement. Ne pense jamais le contraire.

Il s'éloigna et entra dans la nuit, en fermant la porte entre nous. Je me tenais dans ma maison vide, à me demander si je l'avais perdu pour toujours. Puis, je repensai à la vidéo de surveillance et m'imaginai ce que je pourrais bien perdre d'autre.

XI : PARADE

CHRIS ME laissa mariner dans mes peurs pendant un jour et demi, et puis, dans l'après-midi du second jour, mon téléphone sonna. Après une conversation pressée qui ne fit rien pour apaiser mes craintes, je me retrouvai à nouveau au commissariat, dans cette pièce à la détestable couleur vert pomme, avec sa table miteuse, ses chaises et son miroir sans tain géant accroché au mur. Tout comme l'autre fois, la sténographe me suivit et installa son magnétophone. Ensuite, elle s'assit à la table et positionna son bloc-notes devant elle.

Une fois prête, elle m'envoya un hochement de tête. Peut-être s'était-elle souvenue de moi ? Ou peut-être était-ce de la politesse.

— Technologie de base, lui lançai-je en indiquant le papier et le stylo devant elle.

Elle me sourit et haussa légèrement les épaules, puis se reconcentra sur le miroir sombre au mur. Elle semblait s'ennuyer. J'attendis en silence jusqu'à ce que Chris fasse son entrée. Je ne l'avais pas vu depuis la nuit où il avait ramené la cassette vidéo à la maison. J'ouvris la bouche pour dire bonjour et la refermai aussitôt. Il se tenait devant moi avec un œil au beurre noir et une oreille enveloppée de gaze. Son poing droit était couvert d'égratignures et de coupures. Il l'ouvrait et le fermait constamment comme s'il lui faisait mal. En y regardant de plus près, je remarquai que la partie blanche de son œil endommagé était rouge vif. Un vaisseau sanguin avait dû éclater. Ça, ou bien il s'était gratté la surface de l'œil.

— Mon Dieu, bafouillai-je.

— Ne vous inquiétez pas, lança-t-il rapidement, jetant un regard à la sténographe, avant de revenir sur moi. Je vais bien. Une petite course poursuite avec un de vos agresseurs. Enfin, je pense que c'est un de vos agresseurs. Vous êtes là pour me le dire. Prêt ?

Il tendit sa main blessée et la posa sur l'interrupteur. Dès que j'acquiesçai, lui faisant savoir que j'étais paré, il éteignit le plafonnier. L'instant d'après, le miroir prit vie. Une fois encore, six suspects se tenaient dos au mur.

Je me rapprochai du miroir et là, Chris me rejoignit. Nos épaules se touchaient.

— Rien ne presse, Tyler, me murmura-t-il à l'oreille. Prends tout ton temps.

J'entendis à peine ses mots, car dès que la lumière se diffusa dans l'autre pièce, mon pouls commença à tambouriner dans ma tête. Mon champ de vision se rétrécit en un tunnel, n'incluant absolument rien d'autre que le deuxième homme dans la parade, à partir de la gauche.

Le gros. Le gros à l'horrible grain de beauté sur la joue. Je vins serrer la main de Chris dans la pénombre. Fort heureusement, j'attrapai sa main sauve.

— Attends, siffla-t-il. Prends ton temps.

Le premier homme de la rangée s'avança. Si je n'étais pas aussi sonné, j'en aurais ri. Il ressemblait tellement à un policier qu'il aurait tout aussi bien pu porter son badge.

— Ça suffit, les conneries, récita l'homme d'une voix terne. Éclatons-leur la gueule, à ces enculés.

Lorsqu'il se recula au mur, j'entendis quelqu'un hors de mon champ de vision presser le deuxième homme à avancer. Le gros homme.

Il s'éloigna paresseusement de trois pas du mur et se tint là, à fusiller le miroir du regard. Ses doigts tiraillaient les jambes de son pantalon. C'était le seul signe qui trahissait son malaise, mais cela n'avait aucune importance. Pas pour moi. J'avais identifié l'ordure dès que l'autre pièce s'était illuminée.

— Répétez le texte, lui lança quelqu'un.

Le gros tourna la tête pour jeter un regard noir à cette personne. Il se remit face au miroir. Levant la main, il vint toucher le grain de beauté sur sa joue, comme pour se donner du réconfort. Ce n'est que là que je remarquai les égratignures sur son poing et un pansement sur son avant-bras.

Je fixai les blessures de Chris, avant de me recentrer sur le gros. Mon inspecteur regardait droit devant, impassible, ne m'offrant aucune autre raison d'identifier cet homme que ma mémoire.

— Ça suffit, les conneries, grogna-t-il. Éclatons-leur la gueule, à ces enculés.

Le gros homme avait un léger accent mexicain. Il garda les yeux mi-clos durant sa récitation, comme pour prouver à quel point toute cette procédure lui était égale. Après, il fit un clin d'œil en direction du miroir, une action destinée évidemment à la personne qui essayait de l'identifier.

Enfin, il revint à sa place contre le mur, un sourire mauvais sur le visage, comme s'il était certain d'avoir gagné la première manche. Avant que le troisième homme s'avance, je tirai sur la manche de Chris avec mes doigts tremblants.

— C'est lui, l'homme qui tenait la laisse de Franklin. Je reconnais son visage. Je l'ai vu très clairement quand il a allumé le briquet.

Chris claqua des doigts pour la sténographe assise derrière nous, mais j'entendais déjà le magnétophone tourner et un stylo s'agiter sur le papier.

— Essayez de parler plus fort, Tyler. On enregistre cette session. Et sa voix ? me pressa-t-il. Est-ce que vous reconnaissez sa voix ?

— Non, lâchai-je. Le gros n'est pas celui qui a prononcé ces phrases. Je ne suis pas certain duquel des deux autres il s'agissait, mais ce n'était pas lui. Il a dit quelque chose cette nuit-là, mais je ne m'en souviens plus. Je… je ne reconnais pas du tout sa voix. Mais c'est lui, je vous assure ! Je n'oublierai jamais son horrible tronche.

Je tremblais de partout, d'ire, essentiellement. Chris m'attrapa la main plus fermement.

— Calmez-vous, Tyler. Nous n'avons pas fini.

Il tapota sur le miroir et immédiatement, le troisième homme s'avança dans la lumière. Il débita son texte puis revint se coller au mur, comme s'il faisait ça dix fois par jour. Et après tout, qui sait ? Peut-être était-ce le cas ? C'était un autre policier.

Observer, c'est tout ce que je pouvais faire pour détourner mes yeux du gros lard et prêter attention aux autres suspects. *On le tient. À quoi bon tout ce cirque avec les deux autres zigotos ?*

Je contins mon impatience jusqu'à ce que le dernier homme s'avance. Assurément, il était latino. Un tatouage s'étendait sur le côté de son cou, représentant comme une rose. Des pétales tatoués tombaient de sa fleur sur son torse. Je les voyais à travers sa chemise entrouverte.

— Il est mignon, marmonnai-je.

L'homme était laid comme un pou. Non seulement il avait un visage ingrat, mais en plus, il était sec comme un hareng et portait cette même expression belliqueuse que le gros homme. En y regardant de plus près, je leur voyais même une ressemblance. L'homme fin avait un grain de beauté, sauf qu'au cours de son assemblage dans le ventre de sa mère, son nævus avait été renvoyé sous son oreille. Néanmoins, il était tout aussi grotesque que l'autre.

138

Pure coïncidence, pensai-je. Et puis, le numéro six ouvrit la bouche. À nouveau, son accent était modéré. L'accent de tout criminel latino en herbe. Élevé dans la pauvreté, trempé dans la haine, ils parlaient tous la même langue, sonnaient tous pareil. Du moins, à mes oreilles.

Comme le gros homme, l'affreux esquissa un sourire narquois et récita sa réplique :

— Ça suffit, les conneries. Éclatons-leur la gueule, à ces enculés.

Je me penchai en avant et pressai la main contre le miroir pour garder l'équilibre.

— C'est impossible. Impossible.

— Qu'y a-t-il, Tyler ? Reconnaissez-vous cette voix ?

Le fin Latino rejoignit le rang, ignorant la réaction qu'il venait de provoquer de l'autre côté du miroir.

— Oui, soufflai-je, encore sous le choc. C'est l'homme qui a prononcé les mots, cette nuit-là. C'est lui qui a encouragé l'autre homme à utiliser la barre de fer sur Spencer. C'est lui qui a tout commencé, expliquai-je avant de me tourner vers Chris pour étudier son visage, près de moi dans la pénombre. Vous saviez. Vous saviez que c'était lui.

— Je m'en doutais, confirma-t-il, assez fort pour que la sténographe le capte, sténographe que j'entendais encore noter tout ce qu'on disait. C'est son frère. Nous les avons arrêtés ensemble dans une fumerie de crack à la sortie de Barrio.

— Comment les avez-vous retrouvés ? le questionnai-je, en pleine euphorie, et plein de haine également – surtout de haine, en fait.

— Nous avons tracé l'appel passé au prêteur sur gage qui a racheté votre bague. C'était le portable du gros. Le maigrichon le portait tout le temps sur lui.

— Vous en avez trouvé deux. Deux sur trois. Vous les tenez ! m'écriai-je, tout ébahi.

— Et avec votre déposition, nous sommes sûrs de les garder. Aucun autre mandat d'arrêt exceptionnel n'a été lancé contre eux, mais qu'importe. Maintenant qu'ils sont en garde à vue chez nous, nous pouvons faire des comparaisons avec les traces retrouvées dans les toilettes du parc. Si nous arrivons à les replacer sur la scène de crime en trouvant une correspondance entre les cheveux, les empreintes, ou autres, en plus de votre identification durant le tapissage… pour eux, les carottes seront cuites.

Les six hommes dans l'autre pièce, debout sous la lumière aveuglante, regardaient droit devant. Deux de ces hommes paraissaient neveux, à présent. L'instant d'après, quatre hommes de la rangée, tous des policiers, s'éloignèrent du mur et s'en allèrent, laissant place aux deux frères latino.

— Merde ! lança le gros lorsque la lumière s'éteignit dans leur pièce et se ralluma dans la nôtre.

Le miroir devint noir. Je me tournai vers Chris et remarquai le sourire sur son visage. Il m'offrit un clin d'œil, avant de se tourner vers la sténographe.

— Tu as tout eu ?

Elle leva son bloc-notes et tapota son magnétophone avec l'ongle.

— Deux fois, dit-elle tout sourire. Félicitations.

Sur ce, elle rassembla son équipement et sortit de la pièce. Levant la main, je touchai doucement le bandage sur l'oreille de Chris.

— C'est le gros qui t'a… ?

— Oui. De vraies ordures. Autant l'un que l'autre. Nous avons fait une bonne action aujourd'hui, en les sortant de la rue.

— Je ne sais pas comment te remercier. En fait, si, je sais, mais tu dois me laisser faire.

Je vis une lueur dans son bon œil. L'autre était trop amoché pour afficher un quelconque intérêt.

— Est-ce que ça veut dire ce que je pense que ça veut dire ?

— Si tu es partant, oui, c'est exactement ce que tu penses, dis-je pour sonder le terrain.

— Ce soir ? demanda-t-il doucement.

— Ce soir.

Il porta sa main blessée à mes lèvres. C'est là que je jetai un regard suspicieux vers le miroir.

— Ne t'inquiète pas, me rassura Chris. Ils ne nous voient pas.

Je l'attirai à moi, mais à ma grande surprise, il résista.

— Nous avons encore des choses à voir, Tyler. Ce n'est pas fini. *Rien* n'est encore fini. Tu le sais ça, non ?

Je sentis la peine se gonfler à l'intérieur de moi. Une peine presque identique à celle que j'avais ressentie à la mort de Spencer. J'étudiai le visage de Chris. Son œil au beurre noir. Son oreille meurtrie. Il vint poser la main sur mon bras. La main qui ne comportait pas de blessures.

— Il y a des choses auxquelles je dois réfléchir. Et des décisions à prendre.

— Me concernant ?

— Oui, dit-il non sans hésitation.

J'inspirai profondément et luttai contre la sensation brûlante des larmes qui me montaient aux yeux.

— Est-ce que… tu viens toujours ? demandai-je. Tu as dit que tu voulais me voir. C'est encore d'actualité ?

Son sourire semblait triste et las. Il paraissait exténué.

— Ça le sera toujours, chuchota-t-il.

Nous laissâmes le silence s'installer entre nous jusqu'à ce que des voix se rapprochent dans le couloir. Des voix qui motivèrent Chris à agir.

— Rentre à la maison, Tyler. Je passerai chez toi ce soir. Nous avons besoin de parler. J'ai beaucoup à faire ici, donc ce sera probablement tard dans la soirée. Ça ira ?

— Peu importe le temps que ça prendra, acquiesçai-je. J'attendrai. Il est censé pleuvoir ce soir. N'oublie pas de sortir couvert !

Il afficha un large sourire, passa un doigt sur mon menton, puis s'en alla.

UNE FOIS chez moi, je me tins au milieu de mon salon et regardai la bague que j'avais au doigt. Je me souvins des yeux de Spencer la nuit où il me l'avait offerte. Je me souvins de son enthousiasme. De sa gentillesse. Je me rappelai le goût de sa sève sur mes lèvres après lui avoir fait l'amour. La façon dont son corps, réchauffé par nos ébats, s'était collé au mien le temps qu'il m'enfile la bague sur le doigt.

Ces souvenirs furent si douloureux que je retirai l'alliance et filai droit vers la chambre à coucher pour la cacher dans sa boîte de velours. L'autre emplacement dans la boîte restait vide. La bague de Spencer manquait toujours. Pour ce que j'en savais, peut-être bien qu'elle était perdue à jamais. Quelque part, dans mon esprit, la séparation des deux bagues m'arrachait encore plus à Spencer que sa propre mort. C'était une division plus puissante que la séparation matérielle. C'était une division du cœur. Une distance plus transcendantale que physique.

Distance transcendantale, mes fesses ! Des foutaises, voilà ce que c'était. La distance venait de moi. J'avais tourné la page parce que j'étais tombé amoureux de quelqu'un d'autre. C'était aussi simple que cela. Seulement, j'étais trop lâche pour l'admettre. Pour *me* l'admettre, à défaut de Spencer.

Je refermai la boîte de velours et poussai un soupir assombri par mon élan de tristesse. Tristesse, car je savais à présent que j'étais vraiment passé

141

à autre chose. Dorénavant, c'était Chris qui occupait mes pensées. C'était Chris qui m'émouvait. Je fermai les yeux devant mon désir et essayai de trouver quoi faire ensuite. Je devais le lui avouer, c'était certain. Lui dire la vérité. À propos de tout. Néanmoins, il n'y avait pas que cela. Loin de là.

Où était donc passée mon euphorie, sachant que deux des agresseurs de Spencer s'étaient fait arrêter ? Cette euphorie faisait-elle pâle figure à côté de l'idée de perdre Chris à cause de ce que j'avais fait durant cette nuit sur la Blue Line ? Il était inutile de me reposer la question. La réponse était oui. Oui, et mille fois oui.

Nous étions en début de soirée. Le ciel était si chargé de nuages orageux menaçants que le crépuscule se transforma en nuit presque en un clin d'œil. Assis à mon bureau à l'arrière de la maison, je voyais la pluie se rapprocher. Je comptais les heures, attendant que Chris arrive.

Une peur à l'intérieur de moi exaltait mon angoisse chaque fois que son visage m'apparaissait, chaque fois que je me souvenais de ses paroles. *Nous avons besoin de parler. Il y a des décisions à prendre.*

Je savais lesquelles. Chris était déchiré entre l'envie de faire son travail et de m'éviter une souffrance. Ce crime qu'il avait aidé à résoudre le même jour comptait presque pour du beurre. Étrangement, je savais que c'était le meurtre du tramway qui importait le plus pour lui. S'il était incertain de mon implication dans l'homicide de la Blue Line, il le soupçonnait fortement. Il s'agissait maintenant de découvrir ce qu'il ferait de ces soupçons. Il m'avait dit m'aimer, oui. Mais l'amour allait-il suffire pour le pousser à abandonner toutes ses convictions ? Le bien et le mal. La loi. Arriverait-il honnêtement à aimer quelqu'un qui avait brisé ces règles de la société auxquelles il croyait si fermement ? Ces règles qu'il s'efforçait de faire respecter jour après jour dans sa vie de policier ?

Pourtant, son grand sourire lubrique, comme celui dont il m'avait gratifié lorsque je lui avais conseillé de sortir couvert, me revenait parfois en tête, et à chaque fois, j'en tirais de l'espoir. Peut-être la situation n'était-elle pas aussi désespérée que je le pensais ? Peut-être la possibilité d'un happy end subsistait-elle encore ? Un happy end pour Chris et moi. Un heureux dénouement pour tout.

En attendant que Chris vienne toquer à ma porte, je sirotais une bière, trop nerveux pour manger. Devais-je lui dire la vérité dès son entrée ? Devais-je lui avouer ma participation dans le meurtre du tramway et espérer qu'il m'aime assez pour trouver un moyen de me protéger de mes actions ? S'il y avait de réelles preuves qui pointaient dans ma direction, j'aurais sûrement déjà été arrêté, avec ou sans Chris. Le fait que ce n'était pas le cas me donnait de l'espoir. Un espoir insensé, peut-être, mais un espoir tout de même.

Lorsque mon téléphone sonna, je l'arrachai à son support avant la deuxième sonnerie.

— Tyler, c'est moi, chuchota une voix à peine audible.

Je pressai le téléphone contre mon oreille des deux mains.

— Chris.

Des bruits parasites envahirent l'air pendant quelques instants, le temps d'absorber la présence de l'autre.

— Je suis content que tu aies appelé, lançai-je finalement. Toujours au boulot ?

— Oui. C'est la folie. Un agent vient d'amener un suspect dans une de mes autres affaires, alors maintenant, j'ai de la paperasse jusqu'au cou. Je partirai tard, Tyler. Peut-être préfèrerais-tu que…

— Non ! S'il te plaît, l'implorai-je. Viens ce soir. J'ai besoin de te voir. Nous devons parler.

— Très bien, dit-il lentement. Je viendrai ce soir.

Est-ce un sourire que j'entends dans sa voix ? C'est bien ça ? Ou est-ce que je n'entends que ce qui m'arrange ?

Tout à coup, je fus saisi d'une logorrhée.

— Il y a des choses que j'ai besoin de te dire, Chris. J'ai des confessions à te faire…

— Ne dis rien ! me coupa-t-il. Ne dis pas ces choses-là par téléphone. Pas même à moi.

Sa voix baissa encore d'un volume comme s'il tentait de ne pas se faire entendre. Je distinguais les cliquetis des claviers en fond sonore, un brouhaha. Il était à son bureau, au milieu d'une dizaine d'autres bureaux avec leur dizaine d'inspecteurs.

— Chéri, je crois savoir ce que tu veux me dire. Mais pas maintenant. On réglera les choses ce soir. Promis. J'y ai bien réfléchi. Je sais comment nous devons procéder.

— Vraiment ? demandai-je. Je ne crois pas que tu…

— Arrête ! m'interrompit-il. Je sais tout. Enfin, je crois. Je peux te protéger, Tyler. Il faut juste que tu aies confiance en moi.

— Très bien. Je crois en toi. Vraiment. C'est juste que… dépêche-toi, s'il te plaît. J'ai besoin de te voir. J'ai besoin d'être avec toi.

Le silence tomba entre nous. J'entendis une douce respiration. À nouveau, je perçus le bruit de sa barbe frottant contre le téléphone, bruit qui diffusa un frisson de désir dans tout mon corps.

— Ne t'inquiète pas, chéri, souffla-t-il avec véhémence. Je ne laisserai rien t'arriver. Je te le jure. Je t'aime trop pour te perdre.

Je déglutis difficilement.

— Je t'aime aussi, lâchai-je d'une voix éraillée.

— Attends-moi, dit-t-il doucement, avant de couper la conversation.

Je raccrochai tout aussi doucement. Tout irait bien. Chris savait et m'aimait malgré tout.

Je fermai les yeux pour réciter une prière silencieuse de remerciement. M'affalant dans mon fauteuil préféré, je sirotais encore ma bière à l'occasion, pensant à la tournure prise par ma vie ces derniers jours. Je me rappelai le regard fier de Chris quand il m'avait ramené ma bague. Je repensai à ce gros lard et à son frère dans la parade, sûrs d'eux, récitant ces mots que j'avais entendus la nuit de la mort de Spencer. Je me souvins de l'expression anxieuse du premier lorsqu'il avait dû réaliser que son passé l'avait rattrapé. Je me remémorai le timbre inquiet et incrédule de sa voix lorsqu'il avait craché ce « Merde ! », juste avant que la lumière s'éteigne derrière le miroir.

Mais surtout, je me souvins de Chris m'avouant son amour. Sans aucune hésitation. Sans aucun doute. Ce fut ce souvenir qui me conduisit aux bras de Morphée, tandis que j'étais encore dans mon fauteuil préféré, la bière à la main, oubliée, chaude.

À mon réveil, la nuit était tombée. Le ciel, obscurci par la pluie qui approchait, s'étendait noir et dénué d'étoiles au-dessus des toits, s'illuminant occasionnellement d'éclairs menaçants qui annonçaient l'orage. La ville se refermait dans l'attente, tendue dans la pénombre. L'air était chargé, porteur d'un déluge imminent. Je pouvais le sentir dans la douleur soudaine de mes doigts blessés. Peut-être n'étaient-ils après tout pas complètement guéris ?

J'essayai de l'ignorer et, réussissant enfin, je me rendormis.

Des heures plus tard, un doux bruit me tira de mon sommeil. C'était un chantonnement, tremblant et aigu. Au début, je pensais entendre le vent. Je penchai la tête et tendis l'oreille. L'air de la nuit avait changé. Il avait une tout autre odeur, je sentais l'ozone de l'orage en route, l'humidité portée par le vent qui sifflait à présent sous les avant-toits à l'extérieur. L'orage serait bientôt là.

Mais ce bruit... qu'est-ce que c'était ?

144

Le cœur palpitant, je me levai de mon fauteuil et lâchai ma bouteille oubliée, la ramassant rapidement avant que la bière froide se renverse partout. Il faisait noir comme dans un four. Lorsque je m'étais endormi, la pièce était encore éclairée par la lumière faiblissante du soir. La noirceur de la nuit sans lune, voilée par les nuages orageux qui se rassemblaient, rendait la pénombre de la maison impénétrable.

J'allumai la lampe près de mon fauteuil, jetant un cercle que lumière autour de moi. Figé sur place, je tendis à nouveau l'oreille vers le bruit qui m'avait réveillé. Lorsqu'il se manifesta, je le reconnus pour ce qu'il était : un doux gémissement plaintif. Un petit cri. Je me tournai brusquement vers la porte d'entrée et essayai d'ignorer le frisson de peur qui montait dans mes épaules.

Le bruit venait du porche, juste derrière ma porte. Lorsqu'il se fit à nouveau entendre, je posai la bouteille de bière de côté et m'avançai vers lui. J'allumai la lumière du porche, mais rien n'apparut. L'ampoule était sûrement grillée. J'essayai de regarder discrètement à travers la fenêtre, mais je n'y voyais rien.

Un bruit de grattage venant du seuil de ma porte, à mes pieds, me poussa à attraper la poignée et à ouvrir grand. Un petit corps sauta sur moi, me faisant perdre l'équilibre. Je tombai violemment et l'instant d'après, je me surpris à rire.

Les bisous de Franklin furent rapides et énergiques. Il se tenait sur moi, les quatre pattes enfoncées dans ma poitrine, tout son corps se tordant d'avant en arrière tandis qu'il passait sa langue sur chaque bout de peau qu'il trouvait, du front au menton, encore et encore.

J'étais déjà debout lorsque je repris enfin mon souffle et l'éloignai de moi en rigolant. Franklin était attaché à la barrière par cette même longue laisse qui l'avait retenu la nuit de sa disparition. Je me penchai pour la défaire juste au moment où les gouttes de pluie se mirent à tomber, éclaboussant le trottoir. Un coup de vent humide releva les cheveux sur mon front. Je pris cette bouille au sourire béat entre mes mains et embrassai Franklin entre les deux yeux. Il puait le chien mouillé, mais qu'importe. Je n'avais jamais rien vu d'aussi magnifique dans ma vie.

— Tu as besoin d'un bon bain, mon garçon. Tu sens la chèvre morte.

Un instant plus tard, une voix se fit entendre dans l'obscurité :

— En parlant de chèvres mortes, comment va ton petit copain, pédé ?

Avant que j'aie pu réagir, une main sortie de nulle part me repoussa en arrière. J'atterris directement sur le dos. La laisse me fut arrachée des mains et Franklin, poussé à entrer par la porte derrière moi avec un coup de pied, glissa sur le sol à mes côtés et vint se heurter à ma hanche.

Mon agresseur passa le seuil de la porte dans notre dos et, avec un méchant rictus, il claqua la porte derrière nous pour empêcher l'orage d'entrer. Et pour nous enfermer.

Je ne *reconnaissais* pas cet homme. Mais je compris immédiatement de qui il s'agissait.

Je le voyais à ses bottes.

XII : VENGEANCE

J'ESSAYAI DE me redresser, mais le gorille qui m'avait poussé à l'intérieur éclata de rire et planta sa botte dans mon épaule, me rejetant au sol. Un faible grognement quitta la gorge de Franklin, mais l'instant d'après, la même botte prit de l'élan et vint le frapper dans les côtes. Le chien se recroquevilla sous le coup dans un gémissement de douleur, et je me demandai combien il avait souffert durant tous ces mois en mon absence.

L'homme qui me surplombait secoua la tête de dégoût.

— On dirait que je me suis trouvé deux clébards. Oh, ça oui. L'un aussi con que l'autre.

— Va te faire ! lançai-je, et il me rit au nez.

Je remarquai alors qu'il lui manquait une incisive. J'espérais sincèrement qu'à un moment de sa misérable vie, quelqu'un la lui avait délogée de la mâchoire.

L'homme qui se tenait devant moi était celui que Chris avait pourchassé à travers le quartier de Gaslamp, deux semaines auparavant. Il était de corpulence moyenne et sa lèvre supérieure était ornée d'une moustache en bataille que toute personne un tant soit peu intelligente aurait rasée à la première occasion. Il avait la peau basanée et d'épais poils noirs, droits comme des cordes, encadrait son visage. Il portait un jean sale et une veste en cuir sans rien en dessous, qui exhibait un torse correct avec juste un soupçon de poils éparpillés sur son ventre relativement plat. Aux pieds, il avait ses bottes de motard. Lourdes, noires et parées de chaînes et de fermetures éclair. Ces mêmes bottes que j'avais aperçues la nuit de la mort de Spencer.

L'homme posa les mains sur ses genoux et s'accroupit jusqu'à mettre nos yeux au même niveau. Il étudia mon visage comme s'il étudiait une nouvelle et surprenante forme de vie sous-marine à travers un mur d'aquarium.

— J'aurais dû te crever quand j'en avais l'occasion, jeta-t-il avec un sourire en coin.

Il avait une cigarette coincée derrière l'oreille comme ces délinquants juvéniles des années 1950, et choisit ce moment pour la placer dans sa bouche d'un mouvement habile et étonnamment délicat, puis sortit un briquet de sa poche pour l'allumer.

— On ne fume pas dans ma maison, l'avertis-je.

Cette fois, il rit à pleins poumons.

— T'es un petit connard prétentieux, hein ?

Sa main jaillit comme un serpent à sonnettes et il me frappa au visage. Fort. Lorsque mes yeux arrêtèrent de tourner comme billes dans un seau, j'aperçus l'alliance de Spencer au doigt de ce salopard.

Je vis rouge.

Un coup de tonnerre obligea mon agresseur à se retourner vers la fenêtre l'espace d'une seconde, m'offrant le temps de lui mettre un bon coup de pied dans le tibia. Puisqu'il était encore accroupi maladroitement devant moi, il tomba comme un château de cartes, bras et jambes partant dans tous les sens.

Malheureusement, il se releva et me rendit un coup en moins de temps qu'il lui avait fallu pour tomber. Il m'enjamba et, attrapant une poignée de mes cheveux, me redressa. Dès que je fus debout, il balança son genou et me l'enfonça dans l'aine. Je toussai un « Ouf ! » et me pliai comme un canif, heurtant violemment le sol pour la deuxième fois. Les roubignoles en feu, j'adoptai une position fœtale, grognant et happant l'air, pendant qu'il me toisait, tout sourire.

Il avait toujours la cigarette au bec. Il tira dessus et ramassa la photo de Spencer qui se trouvait au bout de la table, puis l'étudia, en savourant sa cigarette le temps que je reprenne mon souffle et que j'arrête de me rouler par terre de douleur. En attendant, il faisait tomber ses cendres sur moi à l'occasion, juste pour m'irriter.

— C'est l'enculé que j'ai tué, commenta-t-il comme s'il parlait de la météo qui, soit dit en passant, martelait l'extérieur de ma maison avec ses rafales de vent et sa trombe de pluie.

Des éclairs flashaient les carreaux des fenêtres à quelques secondes d'intervalle et le tonnerre grincheux se déchaînait dans les cieux au-dessus de nos têtes dans un grondement continuel et fracassant, donnant au ciel de Californie des allures de bowling en pleine nuit de compétition.

— Oui ! sifflai-je à travers mes dents, tenant toujours mon entrejambe. Sale lâche !

Il détourna les yeux du cliché assez longtemps pour m'observer. Je remarquai qu'il avait pour habitude d'aspirer l'air à travers l'écartement entre ses dents lorsqu'il était en pleine réflexion, ce qui ne devait pas arriver très souvent.

— J'aime pas les pédales, lâcha-t-il, impassible, comme si cela suffisait à justifier le meurtre d'un homme innocent. En plus, de quoi tu te pleins ? T'as eu ta revanche.

— Mais de quoi est-ce que tu parles ?

— De mes frères, lança-t-il. Les flics vont porter leurs accusations ce matin. Tu ne m'as pas eu une fois, mais deux. C'est comme s'ils étaient déjà morts, comme ton petit copain chinois. Ils ne sortiront sûrement jamais de taule.

— Tant mieux, crachai-je.

Il tira longuement sur sa cigarette et jeta la photo à travers la pièce, l'envoyant valser contre la cheminée en briques, où son verre éclata. Il me mit un petit coup de pied dans la cheville pour regagner mon attention, comme si ce n'était pas déjà le cas.

— Comment elle se sentirait, ta maman, à l'idée de perdre deux de ses garçons, hum ?

Je reprenais progressivement mon souffle. La douleur dans mes joyeuses s'était réduite à quelques élancements périodiques qui m'obligeaient à serrer les dents.

— Sûrement pas aussi mal que la mère de mon mari, quand elle a dû aller enterrer son fils mort après avoir été battu à mort.

Il me sourit d'un air suffisant et leva les yeux au ciel.

— « Mari » ! C'est comme ça qu'on les appelle de nos jours ? Deux pédales qui se mangent le trou de balle et se pompent le poireau ? Bon sang, mais où va le monde !

— Vers le meurtre, apparemment, répondis-je, serrant encore les dents devant la douleur qui irradiait dans mon entrejambe.

À nouveau, j'observai l'alliance de Spencer au doigt de ce salopard. Il me vit la reluquer et jeta un regard appréciateur sur la bague.

— Pas mal, hein ? Les pédés achètent toujours les meilleurs bijoux. Je dois bien le reconnaître.

Il cracha sur la bague et la frotta contre l'avant de sa veste pour la faire briller. Il aspira alors une bouffée d'oxygène à travers les dents, comme pour alimenter sa réflexion.

— J'ai dit à Carlos de ne pas vendre l'autre, mais ce petit con l'a quand même fait. C'est comme ça qu'ils l'ont coincé, tu sais ? Lui et Trini aussi, expliqua-t-il avant de plisser les yeux et de m'envoyer sa haine pendant qu'il me regardait me tortiller sur le sol. Ça et le fait que tu les as identifiés durant le tapissage.

Je décidai de lui renvoyer son grand sourire. C'était la seule forme de rébellion qu'il me restait.

— Ouais, ben, si la prison te fout la trouille, cherche pas les embrouilles.

— Oh, ferme-la ! gronda-t-il, en sortant un long couteau de sa poche arrière.

On aurait dit un couteau de pêche, avec des dents au dos de la lame pour écailler le poisson et un tranchant affûté qui étincelait dans sa main sous la lumière. Il semblait acéré à souhait. Je n'arrivais pas à en détacher les yeux.

— Qu'est-ce que tu comptes faire avec *ça* ?

Comme pour la bague, il cracha sur la lame et la frotta contre sa jambe afin de la lustrer. Content du résultat, avec une lame aussi brillante que possible, il la passa le long de son avant-bras pour raser une ligne de poils, me montrant à quel point la lame était affûtée. Tout au long du processus, il me souriait.

Franklin se cala près de moi et posa le menton sur mon bras. Je le sentais trembler contre moi. J'enfouis la main dans les poils sur son dos, souhaitant me trouver n'importe où ailleurs, sauf ici. Puisque mon agresseur avait ignoré ma question une première fois, je décidai de la répéter.

— J'ai dit : qu'est-ce que tu comptes faire avec ce couteau ?

Il sourit largement. Si ses dents manquantes le complexaient, il n'en montrait rien.

— Je vais offrir un ticket de sortie de prison à mes frères en m'assurant qu'il ne reste aucun témoin oculaire pour témoigner contre eux au procès. Et comme tu sembles être le seul, j'imagine que je vais devoir te resculpter le visage. Comme ça, vois-tu, je vais éliminer ta grande gueule et tes yeux bleus de bébé en même temps. Quand j'en aurai fini avec toi, tu ne pourras plus avancer d'accusations dans la salle d'audience, s'esclaffa-t-il. D'ailleurs, tu ne pourras plus rien faire, à part peut-être manger de la bouffe pour chien, lâcha-t-il avant de claquer la langue devant Franklin. T'en pense quoi, le chien ? Que dirais-tu d'un peu de langue hachée pour le repas ?

Franklin ignora sa voix. Mais pas moi.

— Ce n'est pas « chien », mais Franklin.

Il hocha la tête, l'air au courant.

— Comme tu veux, bouffon.

Il embrassa la pièce du regard, puis s'avança assez loin pour jeter un coup d'œil dans le couloir qui menait au reste de la maison. Content de constatait que nous étions seuls, il revint vers moi.

— On dirait que tu t'en sors bien dans la vie. T'as d'autres bijoux cachés quelque part ? Peut-être une belle liasse de billets ? Inutile de te couper la tête, si je peux d'abord en tirer assez d'argent pour rendre cette bonne vieille vie un peu moins morne.

Il sourit de son propre humour. Me scrutant de l'autre bout de la pièce, il se rapprocha de moi et m'envoya un coup de pied brutal dans la jambe. Un coup juste assez fort pour me remettre en mouvement. J'agrippai mon pied en gémissant et Franklin poussa un petit cri lorsqu'il me vit m'éloigner de lui. La queue entre les pattes, les yeux terrifiés, il me suivit en se relevant péniblement et vint appuyer son corps contre ma jambe, comme s'il craignait que nous soyons séparés. Il évitait de regarder l'autre homme dans la pièce. Moi, je n'avais pas ce privilège. Pour ma propre survie, je gardai les yeux rivés sur cet enfoiré. Il me traîna dans le couloir. Je dus marcher en boitant, mes testicules me faisant terriblement souffrir.

— Montre-moi l'endroit où tu gardes ton trésor, grogna l'imbécile.

— Je n'en ai aucun.

— Tu mens.

Je devais gagner du temps. Chris arriverait bientôt. S'il rentrait directement du travail, il pourrait même être armé. *Ou*, pensai-je plein d'espoir, *peut-être que je peux m'armer, moi*. Je devais donc me laisser du temps pour procéder. Me donner le temps de réfléchir, d'agir.

— Où es-tu né ? demandai-je, la première chose qui me passa par la tête.

Il s'arrêta et me regarda.

— Où est-ce que tu crois que je suis né ? Ici même. Au Mercy Hospital, si tu veux tout savoir. Mais qu'est-ce que ça peut bien te faire ?

L'hôpital dans lequel j'avais été amené le soir de l'attaque était le même qui avait vu naître mon agresseur. Super ! Belle coïncidence.

— Alors pourquoi as-tu un accent ? l'interrogeai-je, faussement intéressé. Je me disais que toi et tes frères étiez nés au Mexique.

Il rejeta les épaules en arrière, profondément offensé.

— Je suis aussi américain que toi ! Tu pensais que j'étais quoi, un immigré mexicain ? Si moi et mes frères avons un accent, c'est parce que nos parents ne parlaient pas anglais. Ils ne le parlent toujours pas, d'ailleurs. Et si tu récoltes toutes ces informations pour t'en faire un bouquin, j'en ai une bonne pour toi : tu ne vivras pas assez longtemps pour en écrire un. T'auras bien de la chance si je te laisse faire tes adieux à ta tronche de pédé.

Fais-le parler. Fais-le parler.

— Pourquoi avoir pris le chien, la nuit où tu as tué Spencer ? Pourquoi l'avoir emmené ?

Il empoigna mon tee-shirt et me tira à lui. Son haleine sentait comme la carcasse pourrissante d'une baleine, abandonnée sous le soleil de plomb d'une plage. S'il était tombé sur une bobine de fil dentaire, cela devait être dans une autre vie.

— Mais qu'est-ce que t'as à la fin ? Qui ça intéresse pourquoi j'ai pris le chien ? Ce sale clébard est bon à rien de toute façon. Je ne l'ai pas vu remuer la queue une seule fois en cinq mois. Pas une seule !

Je ne pus m'empêcher de sourire.

— J'imagine qu'il n'appréciait pas la compagnie dans laquelle il s'était retrouvé. Il doit avoir des prétentions plus élevées que ce que je pensais.

L'homme au couteau m'attira encore plus près. Avec un sourire mauvais, il glissa sa langue rance le long de ma joue. Je faillis m'évanouir à cause de la puanteur.

— Ne me touche pas comme ça ! m'écriai-je en m'éloignant brusquement.

— Ne t'inquiète pas, petit pédé, lâcha-t-il les yeux plissés de méchanceté. C'est la seule chose à laquelle tu goûteras de moi.

Comme si j'étais intéressé. Quelque chose heurta l'arrière de ma jambe. C'était Franklin. Il gémit doucement, puis lâcha un faible grognement. Je crois qu'il essayait de me protéger. Du moins, c'était ce que je pensais à ce moment-là. Je baissai les yeux et vis un flux d'urine s'écouler de lui, mouillant le sol.

Il émit un autre petit gémissement et se pressa contre moi. Je me baissai et lui caressai l'oreille.

— Vous vous êtes bien trouvés, s'esclaffa le tueur. Tous les deux, vous vous pissez dessus.

J'essayai de penser. *Comment accéder au revolver dans la cave ? Pourquoi l'avoir rangé aussi loin ?!* Je me triturai les méninges, essayant de gagner du temps, d'avoir l'avantage, de me créer une opportunité.

— Comment tu t'appelles ?

La question le rendit hilare.

152

— Et ensuite, ce sera quoi, bouffon ? D'où tu viens ? C'est quoi tes préférences au lit ? T'es au-dessus ou en dessous ? Vous les tapettes, vous me donnez tous la gerbe.

— Surtout ne te retiens pas. Partage donc tes sentiments. Bref, c'est quoi ton nom ? J'aime bien connaître le nom de mon tueur. C'est mon petit truc à moi.

Fais-le parler. Continue de le faire parler.

Cet homme, bien déterminé à être le dernier être humain auquel je pourrais m'adresser, se contenta de me lorgner de haut en bas, comme s'il n'avait jamais vu un déchet plus minable.

— Si ça te tient tant à cœur, mon nom, c'est Rico. Mais pas la peine de le mémoriser. De toute façon, tu ne vivras pas assez longtemps pour l'utiliser. Bon, maintenant, où est-ce que tu caches l'argent ?

Il empoignait encore mon tee-shirt, le tenant si fermement que le col frottait la peau sur ma nuque jusqu'au sang.

— La cuisine, lui indiquai-je.

S'il y avait bien une chose que je ne comptais pas faire, c'était de lui donner une nouvelle occasion de voler la bague qu'on venait de me rendre. Il possédait déjà celle de Spencer. Ça suffisait amplement.

— Il y a de l'argent dans le placard.

C'était la stricte vérité, mais ma fausse boîte de maïs, utilisée pour cacher l'argent aux éléments les plus faibles d'esprit au sein de la communauté des cambrioleurs, était presque vide. J'avais utilisé l'argent pour faire les courses durant ces derniers mois d'inactivité. Avec un peu de chance, ce bon vieux Rico allait peut-être y trouver trente dollars. J'étais largement persuadé que cela ne suffirait pas à le satisfaire. Puis, j'eus une meilleure idée.

— Emmène-moi à la banque, je pourrai retirer de l'argent d'un distributeur. Je t'en donnerai autant que tu voudras si tu me laisses partir.

Peut-être qu'un aller-retour vers la banque me donnera du temps pour réfléchir. Du temps pour que Chris arrive. Du temps pour faire quelque chose !

Il partit en direction de la cuisine, me tirant derrière lui. Mon pauvre Franklin gémit de douleur lorsque je lui marchai accidentellement sur la patte quand Rico entreprit de me traîner à travers la pièce.

— Tu me prends pour un con, sale tafiole ? Avec les caméras de sécurité dans les banques et tout ? Ferme-la et montre-moi ce que tu caches dans la baraque. Et ne pense même pas que je te laisserais partir. Sûrement

153

pas. D'ailleurs, bouffon, t'es déjà mort. Seulement, tu ne t'en es pas encore rendu compte.

Magnifique. Exactement ce que je voulais entendre.

L'orage déferlait sur nous à présent. La foudre scindait le ciel noir à l'extérieur, envoyant des jets de lumière contre les vitres des fenêtres comme un pot de peinture blanche. Un torrent de pluie se déversait du toit, cliquetant dans les gouttières et éclaboussant les fenêtres comme si la maison passait dans un lavage auto.

Chris ! Mais où est-il donc ?!

Je fis l'erreur d'essayer de me dégager de la prise de Rico, et ce dernier se retourna vers moi. Enfonçant le bout de son couteau dans mon cou, il me susurra à l'oreille :

— Donne-moi une bonne raison de ne pas le faire. Vas-y. Tu sais, ça tient à peu de choses. Je suis prêt à découper ta putain de caboche là, maintenant.

J'eus le souffle coupé par ce bout d'acier planté dans ma peau.

— Dans ce cas, tu ne trouveras jamais l'argent.

— Ne te fais pas d'illusions, s'esclaffa-t-il. En me débarrassant de toi, je pourrai prendre mon temps et retourner toute la baraque.

Enfin une idée !

— Tu ne réussiras quand même pas à le trouver, le narguai-je. Et même si tu le trouvais, comment tu ferais pour l'ouvrir ?

Il se figea, le bout de son couteau toujours planté dans mon cou. Je sentis une goutte de sang couler le long de ma pomme d'Adam, de là où il avait percé ma peau. *Bon sang, mais qu'est-ce qu'ils ont avec les couteaux, ces criminels ? C'est la deuxième fois qu'on m'en enfonce un dans le cou !*

Rico relâcha sa prise sur mon tee-shirt. Il me tint à bout de bras et étudia mon visage.

— Qu'est-ce que t'as dit, pédé ? Tu me dis que t'as un coffre-fort ?

Il observa la maison : mon écran plat à mille dollars, mes services en cristal et en porcelaine dans le vaisselier de la salle à manger, la couverture en fourrure de renard étalée sur le dos du canapé.

— C'est pas impossible, se dit-il. T'as de la thune, hein ? Tu dois avoir un bon job. Alors, le pervers ? Qu'est-ce que tu fais dans la vie ?

— Je suis chef comptable.

Ça, c'était la vérité, mais l'histoire du coffre-fort, c'était de la pure fiction. J'espérais être encore en vie lorsque Rico découvrirait le pot aux roses. Il me fixa une seconde, puis éclata de rire.

— N'importe quoi ! lança-t-il, tout sourire. Un comptable, ça ne vit pas aussi bien.

Je décidai de lui envoyer un peu de vérité à la figure, juste histoire de l'irriter.

— C'est là que tu te trompes. Mon travail en tant que comptable me rapporte presque cent trente mille dollars à l'année. L'homme que tu as tué de sang-froid gagnait encore plus que moi. On se sent un peu bête, là, non, *bouffon* ? Combien t'a rapporté ton dernier boulot ? Cinq dollars de l'heure pour retourner des hamburgers ? Vingt dollars la journée pour tailler des haies ? Est-ce que tu es un ouvrier ? C'est ça que tu fais quand tu ne tues pas des gens innocents ? Non, finis-je. Ce n'est pas ça du tout. Tu es juste une autre sangsue de la société qui n'a jamais su garder un emploi, hein ? Tu n'as pas travaillé un seul jour dans ta misérable vie.

Le poing de Rico me surprit lorsqu'il atterrit sur le côté de la tête. Je vis trente-six chandelles. Là, plusieurs choses arrivèrent en même temps. La force du coup m'envoya glisser à travers la cuisine, où je finis par heurter la porte de la cave, manquant de me briser la nuque. Mon visage était engourdi à l'endroit où le poing de Rico avait frappé. Je n'eus pas le temps de m'en plaindre, car tout à coup, et à mon grand étonnement, je me retrouvai à fixer, bouche bée, ce bon vieux Franklin qui avait enfin retrouvé du poil de la bête.

Avec un furieux rugissement, il se jeta en avant et, en plein vol, il planta ses crocs dans le bras de Rico, délogeant le couteau dans sa main et les envoyant tous deux valser contre la table de la cuisine. Un bol de fruits tomba et éclata au sol. Les pommes roulèrent dans toutes les directions.

Alors que Rico tentait de se débarrasser de Franklin, trébuchant sur une chaise et atterrissant avec un bruit sourd sur le sol de la cuisine, au milieu des pommes, je secouai la tête pour dissiper le brouillard de mon esprit et me remis debout. Franklin occupait toujours le bras de Rico comme un terrier s'occuperait d'un rat.

Mon agresseur lançait des obscénités et arrosait Franklin de coups, mais le chien tenait bon à son bras avec ses petites dents acérées, grognant, reniflant et pissant partout. Incapable de se libérer de ses crocs, Rico entreprit de traverser la pièce à quatre pattes, traînant Franklin sur le côté, pour attraper le couteau qu'il avait fait tomber. Lorsque je compris ses intentions, j'éloignai le couteau d'un coup de pied et ouvris grand la porte de la cave. L'instant d'après, je dévalais les escaliers.

Brusquement, la lumière s'éteignit et nous fûmes tous les trois plongés dans le noir complet. Cette soudaine absence de lumière me surprit et je perdis pied, dégringolant les dernières marches qui menaient à la cave. Dans cette pénombre impénétrable, je chassai la douleur pour reprendre mes esprits et me repérer. Mince alors, c'était une panne d'électricité ! La foudre avait dû tomber sur le transformateur. Je n'en revenais pas de la chance que j'avais.

— Merci, mon Dieu, soupirai-je à travers mes lèvres engourdies et ensanglantées.

Un grognement retentit à l'étage, m'annonçant que Franklin et Rico se battaient encore. Avançant à l'aveugle, je trébuchai contre le bazar empilé dans la cave et finis par tomber, la tête la première, sur la chaudière posée dans le coin. J'en fis le tour, tâtant l'obscurité à la recherche du fameux sac à dos que j'y avais caché plus de deux mois auparavant. Une araignée me passa sur le visage et je la remarquai à peine. En temps normal, la même araignée m'aurait envoyé aux urgences avec une crise cardiaque.

Mes doigts tâtonnant finirent par s'accrocher à l'une des sangles du sac et je l'extirpai de sa cachette derrière la chaudière. Les mains tremblantes, j'essayai d'ouvrir la fermeture éclair et l'instant d'après, au-dessus de moi, j'entendis Franklin gémir de douleur, puis des pas lourds descendre vivement l'escalier de la cave.

— Fais chier ! s'écria Rico qui, arrivé au milieu de l'escalier, rata une marche tout comme moi.

Il glapit, s'écrasa sur le sol de la cave et atterrit à moins de six mètres de moi avec un cri de douleur horrible et perçant. J'agrippai frénétiquement le sac et finis par entendre la fermeture glisser. Enfonçant ma main à l'intérieur, je sentis le fer froid du revolver que je sortis prestement. Sentant le cran de sûreté dans le noir, je le déverrouillai et me tournai vers mon assaillant.

Où Franklin était-il ? Se trouvait-il toujours dans la cuisine, ou avait-il suivi Rico dans la cave ? Je tapotai ma cuisse et perçus immédiatement le cliquetis des ongles qui se rapprochait. Lorsque Franklin pressa son museau contre ma jambe, je me baissai, m'agrippai à ses poils pour le tenir près de moi et visai droit devant dans la pénombre.

— T'es un homme mort, le pédé, lança Rico dans le noir, m'envoyant un frisson qui me parcourra l'échine.

Je penchai la tête de côté, réfléchissant à ses mots, puis me dis : *Je ne crois pas, non.* Lorsque sa lourde botte heurta de plein fouet une boite remplie de babioles, provoquant un bruit déjà plus proche que sa voix de tout à l'heure, je pointai le canon vers ce dernier et appuyai sur la détente.

Le flash du coup de feu éclaira la cave dans une explosion de lumière dorée, mais la noirceur revint aussitôt avant que j'aie pu analyser ce que je venais de voir. Je ne voyais peut-être pas mon œuvre, mais un cri d'effroi m'indiqua que le coup n'avait pas raté sa cible. Quelque chose de lourd tomba au sol et j'entendis une série de bruits métalliques, reconnaissant alors la caisse à outils qui s'était renversée. Un gémissement parvint du bas de l'escalier.

Je tombai à genoux, pointant toujours le canon vers l'obscurité devant moi. Franklin et moi nous blottîmes l'un contre l'autre, puissant de la force dans l'autre, et juste quand j'allais tirer à nouveau dans le noir, la lumière réapparut.

RICO ÉTAIT étendu au pied de l'escalier, le corps tordu dans tous les sens, enfoncé à moitié dans la rampe. Ma balle l'avait touché à la cuisse et il fixait la blessure avec de grands yeux effrayés. Je ne pouvais pas lui en vouloir. Un geyser de sang s'échappait si énergiquement de la plaie qu'il arrosait l'escalier et le sol de la cave tout autour de lui.

Rico appuya ses mains tremblantes sur la fontaine de sang et essaya de stopper le flot. Le sang ne fit alors que passer entre ses doigts, incoercible.

— Oh, mon Dieu, balbutia-t-il, le visage tortu de terreur. Aide-moi. Ne me laisse pas crever !

Je m'approchai lentement, l'arme à la main, impassible face à ses supplications. C'était l'ordure qui avait tué Spencer avec une barre de fer, après tout. Je ne ressentais pour lui aucune compassion.

— Spencer ne voulait pas mourir, lui non plus, dis-je calmement.

Une fois encore, je fus surpris par mon calme intérieur. Ma déconnexion inébranlable. Mes mains restaient assurées, mon cœur tranquille. Je sentis même un sourire étirer les commissures de mes lèvres, tandis que j'étudiais cet homme couché au pied de l'escalier, qui implorait ma clémence.

Le revolver était comme un ami chaleureux dans ma main. Je le levai afin de pointer son canon vers le visage de Rico. Ce dernier écarquilla les yeux et je me délectai de sa peur.

— Pitié, non ! Appelle une ambulance. S'il te plaît !

— Tu saignes, commentai-je, resserrant mon doigt sur la détente. La balle a dû se loger dans ton artère fémorale. Je te donnerai le choix que tu n'as pas donné à Spencer. Veux-tu mourir en te vidant lentement de ton sang, ou préfères-tu recevoir une balle dans le crâne ? Pour moi, c'est du pareil au même. Le choix t'appartient, mais tu ferais mieux de choisir rapidement. Je ne crois pas que tu aies toute la journée pour décider. Tu saignes comme un porc.

Des larmes de douleur et d'effroi perlaient sur ses joues. Sa jambe tout entière baignait dans son sang. Ce dernier coulait sur les marches, formant une flaque sur le sol. Le visage de Rico paraissait déjà plus pâle et creusé. Il pressa plus fermement la plaie, n'arrêtant nullement l'écoulement. Il se lécha les lèvres et commença à pleurer.

— Pitié, me supplia-t-il. Ne fais pas ça…

Franklin se crispa à mes côtés et aboya. Au même moment, j'entendis des pas dans la maison, au-dessus de nous. Ils traversèrent la cuisine et, très vite, une ombre se diffusa dans l'entrée, en haut de l'escalier. Je levai les yeux et vis Chris qui se tenait là. Trempé jusqu'aux os par la pluie, il brandissait son arme de service de la main gauche.

Je me détournai de lui et me reconcentrai sur Rico. J'armai le revolver et Rico gémit de terreur. Je me rapprochai de lui, le canon toujours dirigé vers son visage. L'odeur soudaine d'excréments m'indiqua qu'il s'était souillé de peur, ou peut-être était-ce dû à la perte de sang qui avait affaibli son corps. Quoi qu'il en soit, je le voyais horrifié par ce qu'il venait de faire.

— Tu n'es vraiment qu'un lâche, lançai-je, mon doigt se resserrant sur la détente.

— Ne fais pas ça, Tyler. S'il te plaît. Ne fais pas ça, me dit froidement Chris du haut de l'escalier.

Rico tourna la tête pour regarder derrière lui et vit l'inspecteur se tenir immobile, l'arme à la main. Elle pendait mollement contre son flanc puisqu'il avait oublié qu'il la tenait encore.

— Dieu merci ! cria Rico. Aidez-moi ! Ne le laissez pas me tuer ! Abattez ce connard ! Abattez-le !

— La ferme !

Chris parla avant moi et la terreur sur le visage de Rico s'intensifia. À présent, sa perte de sang le faisait trembler. Son visage était blême. Il avait à peine la force d'appuyer sur le trou dans sa jambe pour essayer de juguler l'hémorragie. Et en vérité, jusqu'ici, il n'avait nullement réussi à juguler quoi que ce soit. Le sang coulait toujours entre ses doigts et sur les marches, et des marches il gouttait sur le sol en dessous. Une flaque de sang partait de lui dans toutes les directions. Je me dis que s'il était une voiture, son voyant d'huile serait déjà allumé.

Je levai les yeux pour observer le visage de Chris.

— Je dois le faire pour Spencer, lui dis-je. Je lui dois bien ça.

— Non, répondit-il doucement. Te transformer en tueur ne va rien changer. Baisse ton arme, Tyler. Nous avons des choses plus importantes à voir que le destin de cet enfoiré.

Rico entendit ces paroles et renifla. Il comprenait que son sort était scellé, je le voyais à ses yeux. Son compte était bon. Il n'y avait ici personne pour l'aider, et même si c'était le cas, il était probablement déjà trop tard. Même si quelqu'un appelait une ambulance, là, maintenant, le temps qu'elle arrive, il se serait déjà vidé de tout son sang. Il ne lui restait plus qu'à mourir, et il le savait. Faible et terrifié, il posa la tête sur la marche derrière lui et se mit à pleurnicher comme un enfant.

Je ne relevai pas le canon de sa tête. Ma main resta stable comme un roc.

— Je suis déjà un meurtrier, Chris. Rien de ce que je ferais n'y changera quoi que ce soit.

Chris rangea son revolver dans son holster d'épaule et descendit d'une marche.

— Je le sais, me dit-il avec douceur. Tu as fait une erreur. C'est le chagrin, je pense. Le chagrin et le désir de te venger de ceux qui t'ont injustement pris Spencer. Je le comprends, Tyler. Ça fait des semaines que je suis au courant pour le meurtre du tramway. J'étais le seul à t'avoir identifié sur la vidéo. J'ai reconnu tes mouvements, ta façon de te tenir. Je ne t'ai pas dénoncé. Et je ne compte pas le faire.

Je ne pouvais pas quitter Rico des yeux. À présent, les siens étaient clos, et sa respiration se fit faible et rapide. *Est-il en train de mourir ? C'est à ça que ça ressemble une mort lente ?*

— Une mort de plus n'y changera rien, Chris. Une mort de plus ne changera pas ce que je suis devenu. Ni ce qu'il est.

— Non, répondit Chris en sautant par-dessus la rambarde qui longeait l'escalier, afin d'éviter les dernières marches où s'étendait Rico, en train de perdre tout son sang. Tu l'as déjà tué, Tyler. Il sera un homme mort dans moins d'une minute sans que tu interviennes. Mais on peut encore arranger ça. On peut encore cacher ton implication dans ces meurtres. Je ne veux pas te perdre, Tyler. Je ne veux pas te perdre comme tu as perdu Spencer. Je peux arranger ça. Je peux te couvrir.

— Pourquoi ? demandai-je. Pourquoi tu ferais ça ?

— Parce que je t'aime ! lança-t-il d'une voix pleine d'émotion.

Un coup de foudre secoua la maison et il haussa la voix pour se faire entendre avec l'orage.

— Je n'ai jamais aimé personne ! Du moins pas autant que toi. Je ne te laisserai pas foutre ta vie en l'air pour ces chiens. Je ne te laisserai pas non plus mettre mon bonheur en péril. Je ne serai jamais heureux sans toi. J'en suis certain. Pitié, Tyler. Si tu m'aimes comme tu dis m'aimer, alors laisse-moi m'occuper de ça. Baisse ton arme.

— Je suis désolé pour ce que j'ai fait, pleurnicha Rico qui glissa sur les dernières marches jusqu'au sol, où son visage plongea dans la mare de sang, qui s'écoulait encore de sa jambe. Je suis désolé.

Ce n'était plus à moi qu'il parlait. Peut-être parlait-il à Dieu ? Aucune idée, aucune importance. Chris et moi l'ignorâmes.

Chris m'approcha, en évitant soigneusement la mare de sang sur le sol et ce corps qui, gisant en plein milieu, suppliait encore une entité invisible de lui épargner la vie.

— Écoute-moi, Tyler. Laisse-moi t'expliquer ce que nous pouvons faire.

— Non. Il doit mourir.

— Mais il *va* mourir ! Alors tais-toi et écoute-moi !

Mon regard passa de Rico à Chris. Son œil blessé paraissait bien plus mal en point que durant l'après-midi. Il était violet, bouffi, enflé presque au point de ne plus pouvoir s'ouvrir. Le bandage sur son oreille s'était défait avec la pluie et je voyais à présent les points de suture là où son oreille avait été recousue. L'un des frères se trouvant actuellement en prison avait dû essayer de la lui arracher de la tête lors de son arrestation.

Mais même dans un seul œil, je voyais briller son amour pour moi. Tout comme son envie. Son envie désespérée de m'empêcher de gâche ma vie – la *nôtre* – plus que je ne l'avais déjà fait.

— Vas-y, dis-je en baissant mon arme. J'écoute.

— On peut laisser la loi s'en charger pour nous, Tyler. Tout ce que nous avons à faire, c'est de déformer les faits en notre faveur. L'homme que tu as tué était un être de la pire espèce. Il t'a coupé avec un couteau. C'était de la légitime défense. En plus, c'était un individu abject. Il l'a bien mérité. L'homme qui agonise à tes pieds mérite ce qui lui arrive, lui aussi. Le jury ne te reconnaîtra sûrement pas coupable pour avoir tué l'un d'eux, Tyler. Mais ça n'excuse rien. Laisse-moi arranger ça. S'il te plaît.

Je voulais plus que tout prendre Chris dans mes bras et fondre en larmes comme un enfant. Je voulais sentir ses bras autour de moi et l'entendre me susurrer des mots doux à l'oreille, comme si rien de cela ne s'était passé. Mais je voulais par-dessus tout voir la vie de cet homme se déverser entièrement sur le sol.

— Comment ? demandai-je, jetant mon arme de côté.

Nous la regardâmes tous les deux glisser sur le sol à travers la cave avant qu'elle aille taper contre le mur. La seule personne qui n'observait pas le mouvement du revolver était Rico. Il était trop faible pour prêter attention à quoi que ce soit. Sa main avait quitté la blessure sur sa jambe et le sang s'écoulait maintenant librement du trou. Le flot s'était réduit. Le sang commençait à manquer. Rico gisait au sol, yeux rivés au plafond, écarquillés mais aveugles. Il sentait l'excrément et l'odeur métallique de la peur. Ses doigts se crispaient de manière spasmodique au rythme de sa respiration irrégulière. Il était déjà ailleurs.

Je regardai Chris.

M'étant débarrassé de mon arme, Chris s'avança vers moi et m'enlaça.

— Laisse-moi faire le nécessaire, me murmura-t-il à l'oreille.

— Très bien, acquiesçai-je, fatigué jusqu'aux os.

— Tout d'abord, Tyler, dis-moi que tu as acheté ce revolver illégalement. Dis-moi qu'il n'est pas enregistré à ton nom.

J'essayai de ne pas avoir l'air coupable lorsque je lui répondis :

— Il n'est enregistré à aucun nom.

Il hocha la tête comme s'il voyait tout à fait.

— Où te l'es-tu procuré ?

— Je l'ai acheté à un gars dans la rue.

— Lui as-tu donné ton nom ?

— Non.

— As-tu payé en liquide ?

— Oui.

— Bien. Ils ne peuvent donc pas remonter jusqu'à toi.

Chris posa la main sur ma joue, avant de m'attraper par les épaules et de me déplacer. Il traversa la cave pour ramasser l'arme que je venais d'envoyer valdinguer. Il l'observa pour s'assurer qu'elle était chargée, puis sortit un mouchoir de sa poche arrière afin d'en essuyer toutes les empreintes. Tenant le revolver, toujours emballé dans son mouchoir, il mit un genou à terre et appuya la main de Rico sur l'arme. Ce dernier ne sourcilla pas.

Relevant la main de Rico, armée de mon revolver, Chris visa le mur et, couvrant le doigt de mon agresseur avec le sien, il exerça une pression sur la détente et tira dans le mur.

— Maintenant, les résidus du tir seront sur sa main.

— Je ne comprends pas, dis-je. En quoi ça nous aidera ?

— D'une pierre deux coups, expliqua-t-il. Les résidus du tir sur sa main prouvent que c'est ce salopard de Rico qui a trébuché dans l'escalier, qui s'est tiré une balle dans la jambe en te pourchassant jusqu'ici et qui a mis une balle dans le mur en essayant de te tuer. Mais ce n'est pas tout. En comparant la balle utilisée pour tuer l'homme du tramway avec celle que les policiers croiront qu'il s'est foutu dans la cuisse, on obtiendra une correspondance, étant donné que les deux proviennent de la même arme, prouvant ainsi que Rico ne s'est pas juste tiré dessus comme un idiot, mais qu'il a aussi achevé ce pervers dans le tramway. Nous savons déjà que Rico est responsable de la mort de Spencer. C'est du tout cuit. Non seulement on lui colle le meurtre du tramway sur le dos, mais on protège tes arrières, me dit-il avant de me lancer un regard interrogateur, comme pour chercher un peu de soutien moral. Je suppose que ta carrière dans le crime est terminée, à présent. Je n'ai aucune envie de faire d'autres tours de passe-passe pour te sauver la peau. C'est compris ?

— Oui, lançai-je avec un grand sourire.

— Et on n'achète plus d'armes illégales.

— Promis. À moins que tu me fasses sortir de mes gonds.

— C'était une blague, j'espère.

— Oui, Chris. C'était une blague.

Son regard s'adoucit pendant qu'il me contemplait.

— Rien de ce que tu as fait ne m'a incité à arrêter de t'aimer, Tyler. Je veux que tu le saches. Je connais bien tes motivations. Je sais pourquoi tu as fait ça.

Je sentais des larmes me brûler les yeux.

— Merci.

— Dis-moi que tu m'aimes, me supplia-t-il doucement et tendrement.

— Tu le sais bien.

— Dis-le quand même.

Je soupirai, mais il y avait de la reconnaissance dans ce soupir. La reconnaissance et une dizaine d'autres sentiments.

— Je t'aime.

162

Franklin sautilla à mes pieds, amusé, j'imagine, par la chaleur dans ma voix. Ou peut-être était-il tout simplement content d'être à la maison. Qui sait ?

Chris baissa les yeux vers lui comme s'il venait de remarquer sa présence.

— Tu gardes le chien ? demanda-t-il.

Je me baissai pour caresser la tête de Franklin.

— Oui.

— Waldo va sauter de joie, dit-il en levant les yeux au ciel.

— Qu'il aille se faire voir, Waldo. Dis-moi plutôt que tu m'aimes.

Chris afficha ses dents parfaites. J'étais heureux de les savoir toutes là. Vu l'état extérieur de son visage, c'était plus que surprenant.

— Je t'aime, souffla-t-il.

À nos pieds, Rico souffla des mots d'une voix à peine audible :

— Vous, les pédales, vous me rendez malade.

Puis il se fit silencieux. Sa faible respiration s'arrêta. Rico était mort.

— Sale con, jeta Chris, avant de me prendre par la main et de me mener en haut de l'escalier, en contournant le cadavre.

Je pressai Franklin d'entrer dans la cuisine avant nous et me laissai aller dans les bras de Chris.

— Je dois appeler la police.

— Tu *es* la police, répliquai-je.

— Tu vois ce que je veux dire.

Il sortit son téléphone portable et appela les urgences. Lorsqu'il eut fini d'indiquer le chemin, il replaça le téléphone dans sa poche et, s'appuyant contre l'évier, il me regarda.

— Ne t'en fais pas, me rassura-t-il. Tu es tiré d'affaire.

Je lui passai une bière du réfrigérateur. Il la leva immédiatement pour porter un toast.

— À Spencer, lança-t-il, trinquant sa bouteille contre la mienne.

— À Spencer.

Nous écoutions la pluie et la foudre tomber, avant qu'elles soient noyées dans le bruit des sirènes. Vingt minutes plus tard, la maison grouillait de monde. Policiers, techniciens, urgentistes. Chris et moi fûmes presque poussés à la porte. Ce qui nous allait tout aussi bien.

Nous restâmes là, à observer l'orage frapper la ville tandis que les techniciens faisaient leur besogne. Ensuite, j'écoutai Chris, en silence, expliquer aux enquêteurs le déroulement des faits. À la fin, même moi, j'y croyais. Je sirotais tranquillement ma bière pendant que l'orage se repliait à l'horizon.

L'affaire était bouclée. Toute la saga du meurtre de Spencer, terminée. Les trois salopards qui avaient attiré tout ce malheur sur nous étaient à présent soit morts soit en prison. Je frissonnai intérieurement en repensant à certaines choses que j'avais faites durant cette épopée, mais en vérité, aucune ne m'avait réellement marqué. Je me souvenais d'elles, oui, mais regrettais-je mes gestes ? Non. Pour ma part, je n'avais rien à me reprocher. Je m'étais simplement acquitté d'une dette. Une dette envers Spencer. Et maintenant que j'en étais libéré, j'étais satisfait d'avoir fait mon dû. Pour moi, et pour Spencer.

Appuyé contre la barrière du porche, je laissai la brise rafraîchissante de fin d'orage m'ébouriffer les cheveux. L'air portait une odeur de propre et de frais, et je le sentais emporter les quelques vestiges de culpabilité qui s'accrochaient encore à moi, si tant est qu'il y en ait eu. Les éclairs s'étaient déplacés si loin que je n'en voyais plus que des étincelles dans le ciel. Le tonnerre s'était tu. L'orage se calmait, la pluie également. Je le savais au bruit faiblissant des gouttes de pluie clairsemées qui tombaient dans les flaques formées sur les trottoirs.

J'attendis patiemment que les policiers, les techniciens et les gens de la morgue finissent leur travail pour pouvoir entrer dans ma maison. Franklin se tenait à mes pieds, aussi patient que moi. Il semblait avoir besoin de mes caresses, de mon réconfort, alors mes doigts ne le quittaient littéralement pas d'un poil. Régulièrement, il pressait son museau contre la paume de ma main et me donnait un petit coup de langue, comme pour se rassurer sur ma présence.

De temps en temps, Chris jetait un coup d'œil dans ma direction. Un sourire se reflétait chaque fois dans son regard.

XIII : Caresse

L'haleine de Chris semblait chaude sur mon visage et sentait le bain de bouche. Nous nous tenions l'un en face de l'autre dans la chambre à coucher, juste devant les portes coulissantes en verre qui menaient à la terrasse. Nous avions pris une douche pour nous débarrasser de cette longue et horrible journée que nous venions de partager. Chris était enveloppé dans le peignoir blanc en tissu éponge de Spencer, et moi dans mon peignoir bleu. Nous prîmes nos douches séparément, chacun notre tour. Nous n'étions pas encore tout à fait prêts pour ce genre d'intimité.

Mais la tendance était rapidement en train de changer.

Ses bras autour de moi, ses mains dans le bas de mon dos, il me collait à lui. Il posa tendrement ses lèvres sur les miennes, puis, arrêtant doucement le baiser, il se tourna vers la terrasse pour regarder, rêveur, la lune qui brillait à l'ouest bien bas dans le ciel. Les nuages orageux s'étaient dissipés pour la plupart et la nuit était presque claire. Il avait fallu des heures à la police technique et scientifique pour finir le travail dans la cave.

Il n'y avait pas eu l'ombre d'un doute ni regard interrogateur concernant notre histoire telle qu'elle apparaissait ici. C'est toujours pratique d'avoir un inspecteur de la brigade criminelle à vos côtés, quand vous essayez de tromper la loi.

Chris baissa les yeux vers moi. Ou devrais-je dire son *œil*. L'autre, noir et gonflé, était largement hors d'usage. Je levai la main pour poser un doigt tendre dessus.

— Ça fait mal ? demandai-je.

— Maintenant que tu le touches… Je rigole, Tyler, plaisanta-t-il, en voyant la surprise sur mon visage. Mon œil va bien. Ce n'est pas la première fois qu'un criminel me met un poing dans les mirettes. Ce ne sera sûrement pas la dernière non plus.

— Peut-être que tu devrais te trouver une profession plus calme.

Encore une fois, il lâcha un doux petit rire.

— Je pourrais, mais j'ai bien peur d'avoir besoin de toutes mes compétences dans la lutte contre le crime pour t'éviter des problèmes à l'avenir. Je ne peux pas laisser mon amant-justicier faire de la prison, sous prétexte qu'il se sent l'envie de débarrasser les rues de toutes leurs ordures. Ça ferait tâche sur mes évaluations trimestrielles.

Moi-même abasourdi, je vis son expression étonnée s'adoucir. Il semblait tout juste se rendre compte de ce qu'il venait de dire. J'avais sauté la première partie de son monologue, mais la seconde avait, pour sûr, attiré mon attention.

— Amants, soufflai-je. C'est ça notre avenir ? Des amants ?

Il caressa ma joue du bout des doigts, comme pour prendre ma température.

— Jusqu'à ce que tu sois prêt à porter à nouveau cette alliance, oui. Si tu me le demandes. Je suis fou de toi, Tyler. Je le suis depuis le premier jour où je t'ai vu. Je ne te quitterai plus des yeux. J'ai travaillé trop dur pour te conquérir. Tu es à moi pour toujours.

— Je demande beaucoup d'entretien, commentai-je avec un grand sourire.

— Sans blague.

Je plongeai mon regard dans le sien. À chaque fois que je le regardais, je lisais en lui comme dans un livre ouvert : il s'offrait entièrement et ne me cachait rien. C'était une de ces choses que j'aimais chez lui.

— Chris, t'es-tu déjà dit que c'était mal ? Notre relation, je veux dire. Tu sais, étant donné que tu es le policer chargé d'enquêter sur mon affaire. As-tu déjà pensé que, peut-être, on franchissait la ligne jaune ? Qu'on allait vers l'interdit ?

Il haussa légèrement les épaules.

— Ça m'a déjà traversé l'esprit. Mais à chaque fois que je te voyais, je repoussais ces doutes qui me tenaillaient. Il le fallait bien. Tu vois, là, maintenant, dans les bras l'un de l'autre, je savais que c'est comme ça qu'on finirait. Dans ma tête, c'était obligé, et ce depuis l'instant où j'ai posé les yeux sur toi. Bien sûr, je ne m'imaginais pas que tu te mettrais à tuer des gens à droite à gauche comme Attila le Hun. Disons que ça a mis un léger frein à notre relation naissante.

— Tu me laisses bouche bée, lui dis-je en souriant.

— Plus pour très longtemps, me répondit-il. Mais ne me presse pas.

J'éclatai à mon tour de rire, mais de toute évidence, Chris n'avait pas fini son explication. Il attendit que j'arrête de glousser avant de reprendre le fil de ses pensées qu'il continua à dérouler.

— La question, je pense, c'est de savoir si toi, tu trouves que c'est mal, dit-il. Le fait qu'on soit là, comme ça.

— Qu'on soit là comme quoi ?

Il se pencha en avant pour presser son front contre le mien. Sa peau était chaude.

— Non, Chris. C'est parfait.

— Bien.

À moi maintenant d'observer les étoiles là-dehors, qui émergeaient une par une des nuages orageux en train de se dissiper. On aurait dit qu'elles se révélaient à moi juste pour le plaisir des yeux. L'air sentait l'humidité, le propre et le frais après la pluie. Un parfum de chèvrefeuille nous parvenait par la fenêtre.

Les mots que je venais de prononcer n'étaient pas tout à fait justes, et je le savais. Chris aussi semblait s'en rendre compte. Il me prit par le menton et pivota ma tête vers lui.

— Tu penses à Spencer. Tu crois qu'il est trop tôt pour passer à autre chose. Ce n'est pas si parfait que ça, après tout ?

— N... non. Pas vraiment. Ça ne fait que cinq mois. Combien de temps faudrait-il attendre pour laisser partir un amour avant d'en accepter un nouveau ? Je ne peux pas m'empêcher de penser à ce que Spencer aurait ressenti. Surtout à propos de nous.

— Il t'aimait, Tyler. Il aurait voulu que tu sois heureux.

Chris me répondit de cette voix douce et mielleuse de baryton qui m'agitait tant à chaque fois que je l'entendais. Elle me donnait l'étrange impression qu'il préparait ses mots pendant des heures avant même de daigner s'exprimer. Aucun mensonge ne pouvait être porté par une telle voix. Et honnêtement, Chris ne semblait jamais avoir de mensonge à dire. Pas quand il s'agissait de ses sentiments.

— Je le sais. J'en suis certain, ajouta-t-il.

J'observai ses lèvres bouger pendant qu'il parlait. Elles étaient délicieuses, et les dents qu'elles renfermaient blanches, petites et parfaites. Les battements de mon cœur s'accélérèrent lorsqu'il glissa une main sous le revers de mon peignoir afin de la poser sur mes épaules nues. Il se pencha vers moi pour me susurrer à l'oreille :

— J'attends ça depuis si longtemps…

— Moi aussi, soufflai-je, absorbant la chaleur de ses doigts à travers ma peau.

Je sentis mon membre grossir, se durcir. Le commentaire grivois de tout à l'heure m'avait agité le sang. Ça, c'était certain. Et ce sang partait en grande partie vers le sud. Néanmoins, Chris ne semblait pas tout à fait prêt. De toute évidence, un détail le préoccupait encore.

— Tu as eu de la chance, tu sais ? Tu as eu de la chance que ton visage n'apparaisse pas sur la vidéo de la station. Tu as eu de la chance que personne ne t'ait vu dans le tramway. Et heureusement, tu n'as pas laissé tes empreintes partout.

Je fermais toujours les yeux et remerciais Dieu à chaque fois que je repensais à la façon dont ma virée criminelle *aurait pu* se terminer.

— Je le sais, Chris. J'y repense presque cent fois par jour.

Il étudia mon visage sous le clair de lune.

— Et toujours pas de regrets ?

— Peut-être quelques-uns, avouai-je. Mais j'estime encore que Spencer méritait une petite vengeance. Je ne suis pas désolé de la lui avoir offerte. En ce qui me concerne, je n'ai fait que ce que j'avais à faire.

— Oui, mais en agissant de la sorte, tu as risqué de perdre ta propre vie et ta liberté. Tu le sais, n'est-ce pas ? Tu as aussi compromis mon bonheur.

— Ton bonheur ?

— Tout à fait.

Je me perdis dans ces yeux brun-miel qui m'observaient en attendant ma réponse.

— Merci de m'avoir dit ça. Je t'aime vraiment, tu sais ? Et pour la première fois depuis des mois, je me sens en sécurité en te sachant là, dis-je avant de tapoter ma poitrine. Je veux dire *là*, Chris, dans mon cœur.

Je posai la main sur sa nuque, en faisant bien attention à ne pas heurter son oreille blessée. L'autre main, je la laissai sur son bras. Une vague de désir m'envahit à la sensation de ses poils piquants et de ses muscles virils sous ma caresse. Il releva sa main de mes épaules et la traîna vers le bas, sur mon torse. Mes genoux se mirent à trembler quand il appuya la paume de sa main sur ma poitrine, juste au-dessus de mon cœur, comme s'il voulait en mesurer les battements. Ensuite, du bout des doigts, il frôla la cicatrice laissée par ma trachéotomie. Il la caressa doucement, puis pencha la tête en avant pour venir y déposer ses lèvres.

— Merci de me laisser entrer dans ton cœur, chuchota-t-il, la bouche toujours collée à la base de mon cou. J'essaierai de te rendre heureux.

Je dus déglutir avant de pouvoir formuler mes pensées.

— Moi de même.

À présent, j'étais en érection. Et lui aussi. Je sentais nos mâts soulever les peignoirs que nous portions, et pourtant, aucun de nous ne tenta un geste sexuel. Chris s'éloigna pour me sourire, son œil sauf se plissant joyeusement. L'autre était trop bouffi pour bouger.

— À en juger par les photos, Spencer était un homme extrêmement beau, commenta-t-il. J'espère que ça ne te dérange pas de revoir tes critères à la baisse, maintenant que tu es coincé avec moi.

Ne se rendait-il pas compte de sa beauté ?

— Chris, lançai-je, chaque fois que je pose les yeux sur toi, j'en ai le souffle coupé. Ça ne se voit pas ?

Son visage s'assombrit sous la lumière tamisée. J'étais sûr qu'il rougissait.

— Vraiment ?

— Vraiment.

Il s'éclaircit grossièrement la gorge et sa main, posée sur ma poitrine, effleura mon téton, m'envoyant un frisson dans tout le corps. Lorsqu'il me vit trembler, il coinça tendrement mon bouton de fleur entre son pouce et son index. Il ne le tirailla pas, ne l'écrasa pas, mais le tint, tout simplement. Je dus alors me rappeler de respirer. Je profitai de la sensation pendant cinq à six secondes, puis rouvris les yeux pour le fixer du regard.

— Je n'ai couché avec personne depuis près de cinq mois, lui avouai-je.

Il me sourit.

— À moins de compter les fois où je me suis masturbé en pensant à toi, je suis certain de te battre à ce jeu-là.

— Tu t'es branlé en pensant à moi ?

— Ne me pose pas la question.

— C'est drôle, lui dis-je, joyeux. Moi aussi. En pensant à toi.

— Je ne te crois pas, jeta-t-il, en me rendant mon sourire.

— Non, je t'assure, insistai-je.

Il étudia mon visage.

— D'accord, j'imagine que c'est vrai.

— Du coup, continuai-je, me sentant sourire, ça ne devrait pas trop durer alors. Le sexe, je veux dire.

— Non, répondit-il, tout sourire. Ce ne sera pas long du tout.

— Histoire que tu le saches, je ne suis pas en forme. Ça fait longtemps que je n'ai pas fait de sport.

— Moi non plus.

— Tu parles, tu cours après les criminels. C'est un peu comme du jogging.

Il toucha son oreille mutilée avec précaution.

— Eh bien, je ne dirais pas tout à fait ça.

— Je suis pâlot aussi, ajoutai-je. Je ne suis pas allé au soleil depuis le début de cette affaire.

— Tyler, je m'en fiche. J'aime les hommes pâlots.

— Oh, je t'en prie, râlai-je avant de m'esclaffer.

Et tout à coup, c'était comme si nous avions changé d'état d'esprit. Figés dans les bras l'un de l'autre, nous nous demandions qui ferait le premier pas. Il lâcha mon téton et glissa sa main sous mon bras afin de me caresser à la taille. Je faillis pousser un cri de surprise devant le tendre toucher de ses longs doigts sur mes côtes.

— Qu'est-ce que tu aimes ? demanda-t-il d'une voix suave.

— Les films, les longues promenades, les Toyota.

Il poussa un rire sonore.

— Tu sais très bien de quoi je parle. Le sexe, Tyler. En matière de sexe.

— J'aime tout, répondis-je sérieusement. Je t'aime. Je veux te faire plaisir. Je voudrai tout ce que tu voudras.

Son autre main glissa sous mon peignoir pour effleurer l'autre flanc. Durant ce mouvement, je sentis ma ceinture se desserrer. Et là, je me souvins de ses blessures.

— Je ne veux pas te faire mal.

— Alors ne me brise pas le cœur.

— Je parlais de tes blessures *physiques*.

— Oh, eh bien, même si tu me fais pleurer, j'essaierai de te le cacher. Je te demanderai juste de ne rien fourrer dans mon oreille. Elle me fait un mal de chien.

— Je tenterai de m'en souvenir.

Nous partîmes d'un petit rire qui se dissipa assez rapidement lorsque j'enfouis mes mains sous son peignoir et l'attrapai par sa taille nue, comme il l'avait fait avec moi. Son corps était d'une douceur satinée sous mes doigts, inconnu et tout nouveau. Je restai immobile, la respiration coupée, à me complaire dans cette sensation. Sa bouche trouva la mienne et je l'attirai à moi. Je sentis alors son membre viril contre mon corps.

— Doux Jésus, dis-je à voix basse.

L'instant d'après, Chris repoussa le peignoir sur mes épaules et je le sentis glisser dans mon dos, avant de tomber à mes pieds. Je me tenais nu et dur devant lui. Il se dégagea alors de son propre peignoir et là, nous nous retrouvâmes tous les deux en tenue d'Adam pour la première fois.

La sensation de son corps contre le mien était divine. Je glissai mes mains dans son dos jusqu'à toucher à la naissance de sa demi-lune. Son fessier était ferme, musclé et parsemé de fins poils. Je plongeai un doigt entre ses fesses et le poussai vers moi. Il logea son visage dans le creux de mon cou tandis que son mât dressé reposait, lourd et chaud, contre mon ventre.

Je l'éloignai délicatement, juste assez pour pouvoir le regarder. Il ressemblait exactement à ce que je m'imaginais. Son torse était presque glabre, en dehors du petit amas de poils noirs dispersés au centre de sa poitrine. Une autre ligne s'étendait de son nombril à la toison dans laquelle était niché son sexe. Il avait les jambes longues, élancées et couvertes de poils, les épaules larges. Son sexe était circoncis, la couronne rose et charnue, la hampe dressée et parcourue de veines. Une goutte de liquide perlait au bout. Je tombai à genoux devant lui et passai mon visage sur cette lourde colonne de chair. Il eut le souffle coupé lorsque j'embrassai son ventre. Incapable ensuite de me retenir, je traînai la langue sur toute la longueur de sa hampe jusqu'à sentir son gland chaud et ferme sur mes lèvres. Tremblant de désir, j'y léchai la goutte de liquide précieux. Dès l'instant où je le goûtai, je sentis ses jambes vaciller contre moi.

Je commençai à le prendre entièrement dans ma bouche, mais il me saisit par les bras et me remit debout, mettant fin à toute connexion. Pour un bref instant seulement.

Il m'obligea à me retourner, colla mes mollets au lit, puis, lorsque je fus enfin placé comme il le souhaitait, il m'abaissa doucement. Je remontai le lit sur les fesses tandis qu'il me lorgnait de haut, me contemplant. Une fois ma tête positionnée sur mon oreiller, mon corps nu s'étendant devant lui, il poussa un petit soupir et se baissa également pour me rejoindre.

Chris posa sa bouche sur la mienne et je savourai sa langue lorsqu'il la glissa entre mes lèvres. Il se releva sur les genoux, se tenant à côté de moi sur le lit, et m'étudia sous le clair de lune. Ensuite, il me caressa lentement les jambes, son avant-bras frôlant mon membre par inadvertance. Il sourit en me voyant me crisper, puis passa sa jambe par-dessus les miennes et se mit à califourchon sur moi, pressant à nouveau nos érections l'une contre l'autre. Ses genoux puissants me ceinturaient les hanches. À nouveau, il se pencha pour me goûter et alors, je sentis ses doigts s'étendre sur mon ventre et malaxer ma chair.

— Tu es incroyable, souffla-t-il, ses mots se perdant presque dans sa respiration saccadée.

Incapable de parler, je posai simplement les mains des deux côtés de son visage.

— Aïe, lança-t-il lorsque mes doigts frôlèrent les points de suture sur son oreille.

— Excuse-moi, chuchotai-je, ne recevant qu'un sourire.

Il m'embrassa sur le torse, puis s'aventura vers le bas de mon ventre avec sa bouche, avant que son menton touche mon pénis. Là, avec un sourire merveilleux qui étira ses lèvres, il leva mon sexe dans sa main et le tint fermement bien droit pour en découvrir le bout à l'aide de sa langue.

Je happai l'air, frissonnant, tandis que mon fessier s'élevait du lit pour capter l'attention de sa bouche. À ce moment-là, d'une main, il vint empoigner mes testicules et glisser mon sexe entre ses lèvres pour la toute première fois. Je rejetai la tête en arrière et me délectai de la sensation. Lorsque je baissai les yeux afin de le regarder me dévorer, mon membre s'enfonça profondément dans sa bouche, ses yeux s'ouvrirent grand et il soutint mon regard, sans honte.

— Tourne-toi, réussis-je à bredouiller.

Sans ôter mon érection d'entre ses lèvres, il se tordit sur le lit jusqu'à ce que sa tête pointe dans la direction opposée. M'allongeant de mon côté sans retirer mon membre de sa bouche, j'enfouis mon visage entre ses jambes et inhalai son odeur de propre, me plaisant à sentir ses bourses tendues contre mon menton, son sexe lourd, rigide et dur sur mes lèvres. Lorsque j'ouvris la bouche pour le prendre à l'intérieur, tout comme il l'avait fait avec moi, je me dis : *Oui, c'est bon. C'est parfait.*

Plus tard, quand il jouit, je jouis avec lui. Dans une étreinte tremblante, nous nous tînmes fermement le temps de nous déverser dans la bouche l'un de l'autre, nos corps couverts de sueur, nos peaux en vie, comme animée par toute les sensation possible et imaginable.

Nous fîmes l'amour jusqu'à ce que le soleil du matin se montre à l'horizon et nous réchauffe sur le lit. Lorsque, rassasiés, nous commençâmes enfin à somnoler, Chris me murmura à l'oreille avant que le sommeil ne l'emporte :

— Pour toujours, dit-il. C'est pour toujours, Tyler. Souviens-t'en.

Je hochai la tête dans le creux de son cou.

— Pour toujours, lui répondis-je en chuchotant.

Et tous deux, nous nous endormîmes dans les bras l'un de l'autre, le sourire aux lèvres. Nos visages étaient proches, nos corps plus proches encore.

Nous resterions ainsi jusqu'à ce que Franklin vienne gratter à la porte de la chambre pour réclamer son petit-déjeuner.

JOHN INMAN écrit des romans de fiction depuis qu'il est en âge de tenir un crayon. Lui et son compagnon vivent dans la magnifique ville de San Diego, en Californie. Ensemble, ils adorent aller au théâtre, lire, faire des randonnées et du vélo le long des sentiers et des canyons de San Diego ou, si le cœur leur en dit, se détendre simplement devant un film avec une bière à la main. Les conseils de John pour les écrivains en herbe ? « Gardez-vous du temps pour écrire chaque jour et tenez-vous-y. N'ayez pas peur de partager ce que vous avez écrit. Il est important d'avoir des retours. Quand vous recevez un refus, déchirez-le et retentez le coup. Continuez à envoyer vos écrits. N'arrêtez pas d'écrire, de réécrire et de réécrire encore. Chaque moment de difficulté en vaudra la peine à la fin, alors ne lâchez rien. Jamais. Souvenez-vous que les éditeurs ressemblent beaucoup à des amants. Parfois, il faut chercher longtemps avant de trouver le bon. »

Vous pouvez contacter John à l'adresse john492@att.net, sur Facebook : www.facebook.com/john.inman.79,
ou sur son site : www.johninmanauthor.com.

Par JOHN INMAN

Vengeance

Publié par DREAMSPINNER PRESS
www.dreamspinner-fr.com

Embuscades sur la route

Abigail Roux

www.dreamspinner-fr.com

Pour les meilleures
histoires d'amour
entre hommes, visitez

www.dreamspinner-fr.com

www.ingramcontent.com/pod-product-compliance
Lightning Source LLC
Chambersburg PA
CBHW022156240626
47153CB00007B/2687